A PROPOS DE L'AUTEUR

Nicole Locke a découvert la romance dans la bibliothèque secrète de sa grand-mère et a tout de suite apprécié leur goût d'interdit. C'est tout naturellement qu'elle a elle-même commencé à écrire des romances. *La châtelaine du Highlander* est son troisième roman publié dans « Les Historiques ».

La châtelaine des Highlands

NICOLE LOCKE

La châtelaine des Highlands

Traduction française de
HELENE ARNAUD

Les Historiques

HARLEQUIN

Collection : LES HISTORIQUES

Titre original :
THE HIGHLAND LAIRD'S BRIDE

HARPERCOLLINS FRANCE
83-85, boulevard Vincent-Auriol, 75646 PARIS CEDEX 13
Service Lectrices — Tél. : 01 45 82 47 47

www.harlequin.fr

ISBN 978-2-2803-7695-2 — ISSN 1159-5981

A mes amies, pour tous vos encouragements et votre soutien au fil des romans. Voici mon secret : je n'aurais pas pu le faire sans vous.

Renee, je suis toujours si heureuse de pouvoir faire l'enfant avec toi.

Anita, je sais que tu as souvent pensé que je ne grandirais jamais et, comme d'habitude, tu avais raison.

Corrie, si pleine de grâce, de vie et d'amour. Ta vivacité et tes cocktails sont mon rayon de soleil.

Sue, je serais perdue sans ton esprit méticuleux et tes listes — et encore plus sans ton rire.

Karen, je sais que tu ne voulais pas voir ton nom apparaître dans mes dédicaces, mais hélas tu ne pourras pas modifier cette phrase comme tu en as modifié tant d'autres. Je voulais que tu saches à quel point ton amitié m'est précieuse.

Chapitre 1

Ecosse, 1296

— Vous m'attendiez, je crois.

Entendant cette voix, Lioslath, du clan Fergusson, cessa de faire les cent pas dans sa chambre et resserra les doigts sur la garde du petit poignard qu'elle tenait à la main.

Grâce à des années d'entraînement, elle savait à l'oreille où se trouvait Bram, laird Colquhoun, dans la pièce — tout comme elle saurait précisément trouver son cœur battant sous ses vêtements.

Le laird avait raison : elle l'attendait comme on attend qu'éclate un orage qui noircit déjà l'horizon. Elle l'attendait depuis que ses hommes et lui, comme un attroupement de nuages lourds, étaient apparus au sommet de la colline ; depuis que leur présence avait alerté les jeunes frères de Lioslath qui s'étaient précipités au fort pour fermer les portes. Hélas, pendant ce temps, l'orage préparé par laird Colquhoun et ses hommes avait enflé. Ils s'étaient alignés sur la crête de la colline, en face du fort, rassemblant leurs forces. Même de loin, leurs épées tirées et leurs flèches brillaient au soleil comme autant d'éclairs sur le point de frapper.

Cependant, la foudre ne s'était pas abattue. Et cela faisait déjà près d'un mois. Pendant ces dernières semaines, Lioslath n'avait cessé de grimper sur la plate-forme hâtivement rebâtie pour observer les remparts. Elle avait entendu nuit et jour les hommes de Colquhoun au pied des murs sans même avoir besoin de gravir les marches branlantes.

Curieusement, les assaillants ne montaient toujours pas à l'assaut. Bien qu'elle ait renforcé les portes et protégé les villageois, laird Colquhoun n'avait pas fondu sur elle comme la plus violente des tempêtes écossaises. Il s'était contenté d'encercler le fort. Menacée de toutes parts, Lioslath avait cru étouffer, suffoquée par l'insoutenable attente du combat.

Ce matin, finalement, elle avait compris que cette torture touchait à sa fin en apercevant de la nourriture soigneusement placée à l'extérieur du passage secret. Son ravisseur avait découvert son tunnel ; en dépit de toutes ses précautions pour barricader les entrées, elle ne pourrait empêcher la tempête de pénétrer entre ses murs.

Toute la journée, elle avait guetté son apparition, le cœur battant et, la nuit venue, elle était restée éveillée, l'oreille tendue. Elle n'était pas idiote…

Seulement, elle ne s'était pas attendue à une telle voix. Profonde, mélodieuse, un timbre vibrant de ténor qui fit naître un frisson incontrôlable sous sa peau et une chaleur enveloppante au creux de ses reins.

Elle ne se retourna donc pas immédiatement pour le voir, bien qu'elle fût mal à l'aise de savoir un homme dans sa chambre. Il n'avait aucun droit d'être là et elle était prête à tout pour le chasser. Elle ne fit cependant pas preuve de pudeur virginale et garda son sang-froid autant que possible. Pendant son attente, elle avait largement eu le temps de préparer son attaque, de mettre au point la distraction qui lui donnerait l'avantage sur son assaillant.

Mais, cette voix. C'était si… inattendu.

Elle n'avait pas sa place dans la pénombre intime de sa chambre. Cette voix ne correspondait pas à ce qu'elle avait vu de laird Colquhoun jusque-là.

Arrogant, fier, sûr de sa supériorité, il avait passé ces dernières semaines à chevaucher au cœur du village dévasté jusqu'aux portes mal en point du fort. De toute évidence, il se voyait comme un bienfaiteur, avec ses charrettes remplies de cadeaux — ou pire, comme un seigneur en place qui se montre généreux avec ses gens.

Depuis le début du siège, laird Colquhoun avait été un vrai démon de la guerre, avec ses cheveux d'un roux flamboyant et ses longues enjambées conquérantes lorsqu'il inspectait ses troupes. Sa voix puissante lançait des ordres, exigeait qu'on lui ouvre les portes ; et son rire perpétuel résonnait sous les remparts. Lioslath haïssait instinctivement tout, chez cet homme.

Du moins, jusqu'à présent.

Hélas, dans le silence de la chambre, sa voix résonnait d'accents séducteurs qu'elle n'avait encore jamais entendus. Sa voix la caressait comme un velours — elle pouvait presque la sentir. Et elle n'aurait pas dû éprouver cela. Elle ne pouvait pas se le permettre, se répéta-t-elle en faisant de son mieux pour calmer les battements affolés de son cœur.

Jamais elle ne ressentirait cela. Pour personne.

Elle prit une profonde inspiration, savourant l'air frais de la nuit, et se retourna. Immédiatement, elle regretta de ne pas s'être arrêtée à un autre endroit de la pièce.

La pleine lune dardait ses rayons à travers la fenêtre et les quelques trous du toit, mais Bram tournait le dos à la lumière et son visage restait plongé dans l'obscurité.

Cette pénombre donnerait à la voix de l'intrus plus de puissance encore. Réajustant sa prise sur son arme, elle se rassura un peu. Elle était prête. Elle était peut-être contrainte de changer de stratégie, mais son but restait le même. Bram du clan Colquhoun était attendu, certes. Seulement, il ne serait pas accueilli à bras ouverts chez elle. Il arrivait trop tard pour cela.

— Sortez, dit-elle posément, sans chercher à paraître menaçante.

Chien était caché dans un coin de la pièce. Il ne fallait pas qu'elle l'alerte trop vite et, pour cela, elle devait rester calme. Elle devait respecter leur routine. Cela faisait des années qu'ils chassaient ensemble. Chien savait parfaitement ce que le couteau dans sa main signifiait : il devait rester tapi dans l'ombre et attendre le signal pour bondir par surprise sur sa proie.

— Sortez de ma chambre et de mon fort. Les portes fermées et le fumier étalé devant n'étaient pas assez dissuasifs à vos yeux ? Partez, laird Colquhoun. Vous n'auriez jamais dû venir ici.

Bram ne pouvait quitter cette femme des yeux.

Depuis des semaines, elle lui refusait l'entrée du fort du clan Fergusson, et il perdait son temps à déterminer le plan du village et de la tour. Et, pendant toutes ces journées, il l'apercevait à peine, à des heures différentes, au sommet du mur. Elle était visible, mais n'était jamais assez proche pour qu'il puisse l'observer correctement.

A présent, cependant, la lueur de la lune dessinait sa silhouette devant lui. Il avait presque l'impression que la nuit était en train de donner naissance à une nouvelle étoile, rien que pour lui — plus lumineuse que toutes celles accrochées au velours du ciel, au-dessus de cette chambre étroite.

Il jeta un rapide regard autour de lui. Un lit simple et une petite table étaient placés le long du mur opposé. Près d'elle, dans un recoin, une ombre tassée se devinait — sans doute un coffre. C'était une pièce austère, trop nue pour faire honneur à la beauté de Lioslath ; mais au moins, cela leur permettait d'être seuls.

— Vous m'attendiez, répéta-t-il, comprenant enfin pourquoi il la trouvait là, tout habillée, en train de faire les cent pas. Vous avez reçu mon cadeau, ce matin. Vous nous avez observés aujourd'hui. Vous saviez que j'allais venir.

— Votre cadeau ?

— La viande de biche et les légumes, près de l'entrée, précisa-t-il. Je n'étais pas certain que vous les preniez.

Elle fronça les sourcils et son regard se para d'un voile sombre.

Il savait pertinemment qu'elle lui volait de la nourriture depuis une semaine mais, jusqu'à la veille, il n'avait pas su comment elle faisait. Finalement, il avait découvert l'entrée du tunnel et avait décidé de lui faire comprendre ses intentions. Il avait donc déposé des vivres devant. Pour lui, ce geste était un premier pas vers de nouvelles négociations.

Cependant, en la voyant lui faire face, il comprit qu'il avait échoué.

— Vous ne vouliez pas prendre la nourriture, répondit-il à sa place après quelques instants de silence.

Il était depuis longtemps passé maître dans l'art de la diplomatie. Hélas, son talent ne lui avait servi à rien : son cadeau n'avait pas adouci la fougueuse Lioslath. Les portes du fort étaient restées fermées. Le fait qu'elle ait laissé la nourriture n'était qu'un signe de plus dans ce sens.

— Pourquoi ne partez-vous pas ? lança-t-elle.

Parce que ce qu'il était venu faire n'était pas encore accompli. Il *devait* être là, devant elle. Ce soir. Pendant qu'il attendait qu'elle lui ouvre les portes, le danger s'était approché de son propre clan. Son devoir de laird exigeait qu'il sorte de cette impasse. Seulement, en cet instant, ce n'était pas à son devoir qu'il pensait.

Les cheveux noirs et courts de Lioslath bouclaient en quelques mèches rebelles. Cette coiffure mettait étonnamment en valeur ses pommettes saillantes et son menton un peu anguleux. Sa peau était aussi pâle que l'éclat lunaire. Au milieu de son visage fin, ses yeux paraissaient immenses, scintillants. Et leur couleur…

Ils étaient d'un bleu intense, rendu plus profond par l'ébène de ses cheveux et de ses cils épais. Sous la finesse arquée de ses sourcils semblait luire la clarté d'un ciel d'été.

Le peu de lumière qui baignait la chambre l'empêchait de bien discerner sa silhouette. Peu importait. Il n'avait pas besoin de voir son corps pour le moment. De toute manière, à chacune de ses venues sur la plate-forme, le vent avait plaqué sa robe trop fine sur ses membres, dévoilant des courbes qui auraient mis n'importe quel homme à genoux — y compris lui.

Il n'avait certainement pas prévu de réagir de cette manière lorsqu'il avait mis le point final à sa stratégie avec ses frères.

Il avait simplement l'intention de faire la paix avec les Fergusson, d'attendre que passe l'hiver et de se cacher d'un certain roi anglais pendant quelque temps.

C'était un plan peut-être compliqué mais qui avait au moins un avantage simple, évident : tous les éléments de son stratagème pouvaient se dérouler sur les terres des Fergusson et Lioslath n'avait besoin de connaître qu'une seule des raisons qui l'amenaient sous ses remparts — la raison qu'il avait décrite dans sa lettre, en avril dernier. Officiellement, il était là pour réparer les torts qui avaient été faits à son clan et à sa famille en apportant aide et réconfort aux pauvres orphelins Fergusson.

Après tout, il avait déjà essayé de s'allier à eux en proposant la main de sa sœur, Gaira, au laird des Fergusson, le père de Lioslath. Quand Gaira avait refusé ce mariage et s'était enfuie chez leur sœur à Doonhill, le père de Lioslath avait été tué.

Bram avait prévu d'arriver pendant l'été mais, hélas, la bataille de Dunbar l'avait retardé. Bientôt, l'hiver gèlerait la terre et son intention d'aider ce clan se heurterait à d'autres difficultés. Quoi qu'il en soit, il était tout de même venu.

Il était là. Maintenant. Dans la chambre de Lioslath. Cela avait été assez facile d'atteindre cette pièce en se faufilant dans le passage secret. Il avait d'ailleurs été surpris de voir que le tunnel débouchait directement sous sa chambre. Quand il l'avait découverte seule dans la pièce, cela avait été un soulagement : après tout le tumulte politique et personnel de l'année précédente, l'arrivée fatidique de ses frères et les messages sinistres qu'ils apportaient, il avait besoin de quelque chose de simple.

Malheureusement, il n'y aurait rien de simple, avec Lioslath, il en aurait donné sa main à couper. Cette femme avait été créée en alliant le rayonnement du soleil et de la lune, comme si les deux astres la jugeaient digne de leur beauté. S'il avait su à quel point elle était sublime, merveilleuse, il aurait détruit ses faibles défenses deux semaines plus tôt. N'importe quel homme à sa place aurait fait de même…

L'espace d'un instant, il se maudit pour sa sempiternelle

diplomatie, si raisonnable. Il avait essayé, en vain, d'offrir de la nourriture à cette femme. Et pourquoi ? Parce qu'il avait assiégé un fort décrépi, au lieu d'assiéger la belle femme qui y vivait.

Soudain, tout devint clair. Il y avait un moyen simple pour lui d'obtenir sa coopération — et il en avait *besoin* pour pouvoir espérer passer l'hiver ici.

— Voulez-vous vraiment que je parte ? Après tout, nous avons besoin de... négocier, vous et moi. C'est votre première rencontre avec laird Colquhoun, ajouta-t-il, conscient de qui il était et de l'impact de son pouvoir sur n'importe quelle jeune femme. Vous n'aimeriez pas que je vous quitte si vite, n'est-ce pas ?

Elle était belle et avait certainement l'habitude que les hommes tentent de la séduire. Quel idiot il avait été de rester si longtemps devant les remparts ; de ne pas vouloir effrayer les enfants et les familles de paysans par une démonstration de force.

Finalement, il n'avait qu'à la charmer, la séduire, lui plaire.

— Si vite ? reprit-elle d'un air abasourdi. Ce que *j'aimerais* — elle insista sur ce mot — c'est que vous ne soyez pas venu du tout.

Il apprécia les sonorités du verbe « aimer » dans sa bouche ainsi que la forme de ses lèvres pulpeuses, et la profonde fossette qui marquait celle du haut. Ces lèvres avaient la forme d'un arc, comme si un ange y avait pressé les doigts pour les empêcher de révéler un important secret.

— Et pourtant, je suis là, répondit-il avec une feinte nonchalance, qui dissimulait, tant bien que mal, le feu brûlant en lui. Je suis ici pour que nous fassions connaissance correctement. Vous êtes Lioslath, n'est-ce pas ? La fille aînée ?

Il se serait bien présenté à la porte du fort, mais elle ne l'aurait pas reçu. Peut-être serait-elle rassurée s'il respectait les convenances, même ici, dans sa chambre.

Dans la chambre où elle l'avait attendu. Son corps se tendit un peu plus, excité à l'idée qu'elle puisse connaître ce petit jeu aussi bien que lui.

Elle fronça les sourcils de plus belle.

— Vous êtes venu dans cette pièce sans savoir qui j'étais ?

Bram sentit un flot de satisfaction monter en lui. Oui, elle connaissait ce petit jeu ; mutine, elle cherchait à lui faire deviner qui elle était, sans pour autant s'exprimer ouvertement. La séduire serait sans doute plus facile qu'il l'avait pensé.

— Je sais exactement qui vous êtes.

Il s'avança d'un pas. Elle ne bougea pas. La chambre était petite et il serait rapidement assez proche d'elle.

— Vous êtes la femme que je vais bientôt embrasser…

Elle entrouvrit les lèvres un instant, l'air troublé, puis secoua la tête comme si elle répondait à une question muette.

Pensait-elle qu'il n'oserait pas l'embrasser ? Dans ce cas, elle ne le connaissait pas beaucoup. De nouveau, il regretta d'avoir perdu tant de temps. Bientôt, elle apprendrait qu'il tenait toujours parole.

— Je n'apprécie pas les plaisanteries, reprit-elle au bout d'un instant, ni les gens qui poussent ma patience à bout.

Elle s'écarta du rai de lumière et Bram la perdit presque de vue. Il avait peut-être enfin passé les remparts, mais elle continuait à le tenir à l'écart par ses paroles implacables. De toute évidence, c'était une sorte de joute qu'elle maîtrisait à la perfection.

Cependant, il était tard et, bien qu'il fût connu pour son penchant joueur, il savait quand retrouver son sérieux et aller de l'avant — surtout quand il avait l'avantage… Après tout, c'était une femme et il n'avait jamais eu le moindre problème à obtenir ce qu'il voulait des femmes. Il n'y avait aucune raison pour que celle-ci soit différente.

— Allons, assez de ces fausses pudeurs, dit-il. Il fait nuit et nous sommes seuls. N'y a-t-il pas un autre plaisir auquel vous souhaiteriez vous adonner avec moi ?

Fausses pudeurs ? Plaisir ?

Lioslath ne comprenait décidément pas cet homme !

Sa voix profonde semblait se glisser sous sa chair, sans doute à cause de l'heure tardive. Seigneur, son appétit perpétuel et sa soif devaient la troubler plus qu'elle ne le pensait. Elle avait conscience de ce trouble car, quand il parla de « plaisir », sa bouche se mit à saliver à l'idée de savourer un peu de viande succulente. Mais Bram ne parlait pas de ce genre de plaisir.

— Je ne m'accorde aucun plaisir, répliqua-t-elle sèchement.

Ce simple mot avait des échos indécents.

Bram eut un rapide geste de la main et elle ne put que le suivre du regard. Ses mains étaient étonnamment fines, trahissant une force et un raffinement aussi inattendus que sa voix.

— Voyons, je connais ce stratagème, ma chère, dit-il d'une voix mielleuse. Par le passé, cela a même su me rendre la récompense plus douce, mais nous avons déjà suffisamment attendu. Croyez-moi, j'aurais pourtant vraiment aimé m'engager dans ce pas de deux avec vous.

Est-ce que cet homme essayait sincèrement de la séduire ? Depuis sa plus tendre enfance, et jusqu'à très récemment, Lioslath avait pris l'habitude d'être profondément ignorée. Elle dormait dans une chambre au-dessus de l'écurie et aucun homme ne se donnait la peine de se montrer charmant avec elle. Jamais. Ils n'osaient pas.

Non, c'était impossible. Son air si tranquille n'était dû qu'à son éloquence facile, à ses manières, à tout ce qu'il était. Cet homme se croyait irrésistible quand il employait des mots comme « ma chère »…

Quoi qu'il en soit, même s'il ne la charmait pas, il ne paraissait pas non plus décidé à partir. Lioslath allait devoir faire un choix. Le couteau ou Chien ? Il était tard. Un coup de couteau salirait toute la pièce et elle était bien trop fatiguée pour tout nettoyer.

— Partez immédiatement, ordonna-t-elle donc plus fermement.

Attentif au moindre mouvement de sa part, Chien se redressa dans la pénombre. En un éclair, elle vit le regard de Bram s'écarquiller, non pas de peur, mais de surprise.

— C'est un chien ? Je croyais que c'était un coffre !

Son sourire pâlit un instant.

— Vraiment, ce n'est pas une manière chaleureuse d'accueillir un homme qu'on attend dans sa chambre. Bon sang, est-ce un *loup* ?

Il détourna le regard de Chien, ce qui était soit idiot, soit incroyablement arrogant.

Cela n'avait pas d'importance. Il aurait bientôt disparu du fort. Sa visite n'avait que trop duré. Elle en voulait à sa faim, à la voix de Bram, aux mouvements envoûtants de ses mains. Elle le blâmait pour *tout* et il était temps de le lui faire comprendre.

— En effet, je vous attendais, répondit-elle avec tout le mépris dont elle était capable. Je vous attendais comme on attend la peste ou le choléra. Et je vous accueille de la même manière.

Elle se redressa de toute sa hauteur, prête à tirer son couteau si nécessaire.

— Partez. Je vous aurais prévenu…

— Pourquoi donc partirais-je, Lioslath ? Nous n'avons encore rien fait.

Oui, il était arrogant. Vibrant. Trop plein de vie. Elle fit un nouveau signe et Chien, grondant comme un démon, vint se placer à côté d'elle.

Ce grondement guttural avait toujours fait se redresser les petits cheveux de sa nuque et il aurait certainement le même effet sur Bram. Seulement, il ne la lâcha pas du regard, comme s'il ne voyait pas Chien comme une menace. Il allait donc lui forcer la main.

— Partez, car je vous attendais, Bram, laird de Colquhoun, lança-t-elle avant de faire un pas dans la lumière et de tirer sa lame pour qu'il comprenne bien ce qu'elle avait en tête, mais je ne pense pas que vous attendiez cela.

Chapitre 2

A son réveil, ayant besoin d'aller se soulager, Lioslath se leva d'un bond de son lit mais s'effondra par terre, saisie d'un violent vertige. Elle s'était redressée bien trop vite... Le manque de nourriture, la faim perpétuelle avec laquelle elle vivait depuis quelque temps l'avaient beaucoup affaiblie, ces derniers jours, et elle avait déjà perdu connaissance plusieurs fois. Ses vertiges n'avaient-ils pas empiré depuis la veille ? Si c'était bien le cas, elle savait qui blâmer pour cela !

Sa colère lui redonna quelques forces et elle put se relever avec précaution. Sa colère, qui n'était dirigée que vers une seule personne : Bram... qui avait ri. *Ri.*

Elle ne comprenait toujours pas ce qui s'était passé pendant la nuit.

Avec Chien à ses côtés et son poignard à la main, elle avait été prête à frapper. Alors qu'elle était plus dangereuse que jamais, Bram avait ri comme si elle venait de lui raconter la meilleure plaisanterie qu'il ait entendue.

Surprise par cette explosion joyeuse, elle avait failli lâcher son arme et s'était montrée incapable de réagir en le voyant hocher la tête, lui dire qu'il avait apprécié leur petit pas de deux et qu'il la reverrait le lendemain.

Elle s'était contentée de rester là, sans comprendre le sens des actions de Bram.

Pire encore, Chien, qui ne laissait jamais ses proies lui

échapper, qui aurait dû attaquer, s'était brusquement assis, avait penché la tête et avait regardé Bram se glisser par la trappe.

Qu'est-ce qui était le plus incroyable ? Sa propre incapacité à attaquer ou la soudaine douceur de Chien ?

Si, en fait, elle le savait… Ce qui l'avait le plus abasourdie avait été d'entendre Bram lui donner rendez-vous pour le lendemain. Visiblement, il s'attendait à ce qu'elle lui ouvre les portes.

Elle ne l'avait peut-être pas attaqué sur le moment, mais elle n'avait *aucune* intention de faciliter la tâche de cet envahisseur. Son rire présomptueux l'avait décidée à camper sur ses positions coûte que coûte. D'ailleurs, si elle avait eu le moyen de renforcer ses barricades ou de refermer la grande porte au nez de Bram, elle l'aurait fait ! A cette idée, un flot de satisfaction la réchauffa.

Ayant vraiment besoin d'utiliser les commodités, elle sortit de sa chambre. Chien leva paresseusement la tête et la regarda sortir.

Elle se détourna de lui. Elle l'avait élevé depuis qu'il n'était qu'un chiot et, pendant toutes ces années, il avait à la fois été son ami et son protecteur. Plus bête sauvage que chien dressé, il savait maintenir tous les importuns à l'écart, trop effrayant pour qu'on ose l'affronter. C'était comme si son animal et elle avaient une sorte de lien indestructible.

Lioslath avait l'habitude de dormir dans l'écurie quand il pleuvait et dehors quand il faisait beau. Chien n'avait jamais vraiment perdu son instinct sauvage et elle non plus. Seulement, au moment où il avait penché la tête, il n'avait été qu'un chien domestique faible et inutile…

Le vertige la reprit et elle dut s'appuyer contre le mur le temps de reprendre ses esprits. Au moins, Chien était bien nourri, tout comme le reste du clan de Lioslath. Elle y avait veillé — ou du moins, Bram y avait veillé.

Il avait su lui rappeler, la veille, que c'était lui qui chassait et apportait de la nourriture au village. C'était lui qui avait découvert le passage secret. Un nouvel accès de rage lui donna la force de tenir une fois de plus sur ses pieds.

Le tunnel était à elle. Elle seule le maintenait en état et elle n'en avait jamais parlé à personne. Quand elle n'était qu'une enfant, il y avait eu de nombreux passages de ce genre dans le fort ; mais le temps avait passé et tout le monde les avait oubliés, ou était persuadé qu'ils s'étaient effondrés. Cependant, elle en avait entretenu un, l'avait régulièrement dégagé et renforcé au fil des ans. Il était étroit et un peu dangereux, certes, mais avait toujours été son échappatoire préférée pour fuir les punitions. Fuir sa famille ou ce qui en restait.

Le simple fait de savoir que le tunnel était toujours là l'avait longtemps aidée à rester calme. Et, depuis le début du siège, il lui avait permis de voler les quelques provisions dont le clan avait tant besoin. Mais elle n'avait pas volé ; Bram lui avait fait des cadeaux.

Elle aurait dû le savoir — *elle l'avait su* — mais elle n'aurait pas pu laisser les siens mourir de faim pour ménager sa fierté.

Aussi, quand elle avait découvert une pièce de venaison pendue à un arbre à côté de la sortie, et dessous, un sac de choux et d'oignons, elle n'avait pas été dupe. Elle avait immédiatement compris que ce n'était qu'un appât. Seulement, elle n'avait pu se détourner, en dépit de son instinct qui la poussait à la prudence. La prudence n'avait plus lieu d'être quand la nécessité vous pressait. Son clan était affamé et, à contrecœur, elle avait pris les provisions.

Après cela, elle avait passé la journée à regarder par-dessus son épaule. Toute la nuit, elle était restée habillée et avait fait les cent pas dans sa chambre. Un instant, elle avait même pensé à barricader le tunnel, mais une simple journée de travail n'aurait pas maintenu à l'écart un intrus aussi déterminé que Bram — sans compter qu'elle préférait ne pas attirer l'attention des autres sur le passage secret.

Néanmoins, elle s'était juré de ne plus jamais voler de nourriture. Le repas qu'elle avait rapporté allait être le dernier, il lui fallait nourrir les quelques personnes encore présentes dans le fort : ses frères et sa sœur. En revanche, elle ne mangea pas.

Cela n'avait pas d'importance. Elle n'avait pas besoin

de beaucoup d'énergie, puisqu'elle était piégée à l'intérieur des murs sans aucune chance de pouvoir sortir au grand air. Piégée, oui, et elle savait exactement qui blâmer pour cela.

En quittant les commodités, elle découvrit Chien qui l'attendait au bout de l'étroit couloir. De là, une volée de marche menait dans le grand hall.

Elle aurait préféré pouvoir éviter cette pièce, même si l'odeur perpétuellement rance du hall s'était affaiblie — seul avantage du siège qu'ils subissaient depuis un mois.

Ils avaient nettoyé le fort dès qu'ils avaient dû fermer les portes. La paille poussiéreuse et moisie, les os et résidus pourris des repas furent soigneusement récupérés pour être jetés aux hommes de Colquhoun qui encerclaient les remparts.

Hélas, même sans ces détritus, le hall sentait toujours le bois humide et, depuis dcs années, plus personne ne récurait les pierres recouvertes de salpêtre.

Quand Lioslath était enfant, la grande salle rayonnante embaumait. Elle avait eu la douce odeur d'un foyer confortable, à l'époque où ses parents étaient encore en vie et heureux. A présent, il n'en restait plus que de la moisissure, des taches et des regrets…

Lioslath ne supportait pas d'être obligée de rester au sein du fort, de traverser le grand hall qui remuait ses souvenirs d'enfance. Caressant doucement la tête de Chien, elle ressortit dans la cour aussi vite que possible et se dirigea vers le bâtiment bas qui abritait les cuisines.

A son entrée, la cuisinière, qui préparait une soupe avec la venaison et les légumes, lui lança un sourire prudent et respectueux.

Ignorée durant presque toute sa vie, Lioslath s'obligea à la saluer en retour. Depuis plus d'un mois, son clan la traitait avec loyauté, même avec… *respect*. Leurs tentatives d'amitié ne cessaient de la surprendre.

Il était difficile de modifier les habitudes d'une vie entière. A cause du siège, elle n'était plus libre de bouger à sa convenance et était contrainte de côtoyer son clan et sa famille.

Non, en fait, elle avait déjà dû côtoyer sa famille un peu avant le siège — mais elle préférait ne pas y penser.

Dès que Chien eut attrapé le gros os abandonné sur la table de la cuisine, elle ressortit avec lui par-derrière. Là aussi, il y avait eu du changement. En général, cette portion de la cour était envahie de carcasses pourrissantes. Cependant, depuis l'arrivée des Colquhoun, ces ordures aussi avaient été nettoyées.

Elle ne prit pourtant aucun plaisir à voir cet espace enfin propre. Depuis sa rencontre avec Bram, dans la nuit, rien ne pourrait lui apporter une once de plaisir, à part son départ. Cet homme était tout ce qu'elle haïssait : suffisant, arrogant, jovial.

Regrettant de ne pas avoir plongé sa lame dans le cœur de Bram quand elle en avait eu l'occasion, Lioslath se dirigea vers la plate-forme qui lui permettait de voir au-delà des remparts.

Cette structure était un désastre, trop rapidement montée à l'aide de l'escalier construit par son père pour agrandir le fort. Un escalier qu'il avait désiré alors qu'il n'y avait ni murs, ni sols, ni plafonds pour le soutenir ; encore une folie impétueuse de son père, tout comme sa soudaine décision d'épouser la sœur de Colquhoun.

Soudain, elle sentit tout le poids de sa perte peser sur ses épaules. Son père était mort. Elle enrageait contre le chevalier anglais qui lui avait donné le coup fatal, mais l'homme qu'elle haïssait plus que tout autre était là, en bas, et il avait intérêt à lever le camp au plus vite, sinon elle jetterait n'importe quel seau d'ordures sur ses hommes.

— Tu t'es encore levée tard.

Surprise, Lioslath s'immobilisa au milieu de la cour pour faire face à Aindreas, le fils du chasseur. Comme à son habitude, l'apparence d'Aindreas était dissimulée par son épaisse tignasse brune emmêlée.

— Quelle importance ? répliqua-t-elle.

Seulement, cela avait de l'importance à ses yeux : jamais elle n'avait eu l'habitude de se lever tard…

— Tu te lèves tard et tu dors dans le fort. Tu prends des goûts de luxe… Les hommes et moi avons déjà ramassé les ordures dans des seaux, ils sont prêts et nous pourrons les jeter dès que tu en donneras l'ordre. J'ai aussi vérifié et renforcé les pièges à l'arrière et réaiguisé les branches pour attraper des oiseaux.

Lioslath eut un reniflement de dérision mais, intérieurement, elle envia les tâches d'Aindreas. Ce travail perpétuel lui donnait un but tandis qu'elle se sentait particulièrement perdue.

— Tu as été obligé de te lever tôt pour placer les pièges parce que tu n'as jamais été doué pour les poser !

— Tu sais, j'ai fait des progrès depuis nos cinq ans et, puisque tu prends l'habitude de tant dormir, je suis sûr que je serai meilleur que toi, la prochaine fois que nous irons chasser.

Chasser. Elle ne vivait que pour cela. Durant son enfance, le père d'Aindreas, Niall, avait été le meilleur chasseur du clan. Quand le père de Lioslath s'était remarié, sa belle-mère l'avait empêchée de rester, puis de dormir dans le fort. Elle avait donc commencé à suivre Niall comme son ombre jusqu'à ce qu'il accepte de lui apprendre à chasser. Aindreas n'avait qu'un an de plus qu'elle et ils étaient rapidement devenus comme frère et sœur.

— Cela fait des années que tu fabriques des pièges. Tu ne pourras pas devenir meilleur que moi en quelques semaines à peine, dit-elle. Tu aurais une meilleure chance d'attraper un animal en les remplaçant par une poignée de tes cheveux tant ils sont emmêlés.

Aindreas la dévisagea d'un air surpris.

— Les filles n'ont jamais été repoussées par mes cheveux.

Il sourit et Lioslath aperçut la fossette qu'elle connaissait tant — celle qui avait fait soupirer toutes les filles Fergusson pendant des années.

— C'est parce qu'elles n'ont jamais eu à entendre ta mère se plaindre que tu ne les coiffes jamais.

Ces années d'enfance passées dans la cabane du chasseur avaient été les meilleures de sa vie, une réelle chance, pour elle, de connaître une vraie famille, puisqu'elle n'en avait pas.

Sauf… qu'elle *avait* une famille, à présent. Son père et

sa mère avaient peut-être disparu mais ses demi-frères et sa demi-sœur étaient encore là.

— Les chiots sont déjà debout, annonça Aindreas, comme s'il lisait dans ses pensées.

Si ses frères et sa sœur étaient réveillés, Lioslath avait de nouveaux problèmes à régler.

— Est-ce qu'ils ont mangé ? demanda-t-elle avec un rapide regard autour d'elle.

— C'est vraiment important ?

— Oui, si quelqu'un d'autre s'occupe d'eux, au moins, je n'ai pas à le faire, lâcha-t-elle sèchement. Et le fait que tu continues à les appeler « chiots » ne m'amènera pas à les apprécier ou à m'inquiéter pour eux.

Aindreas secoua la tête d'un air peu convaincu.

— Ils savent que les choses sont différentes maintenant, tu sais.

Elle ne voulait pas penser à la mort de son père ou à ce que cela pouvait bien signifier pour sa demi-sœur Fyfa et ses demi-frères Eoin et Gillean. Elle avait déjà beaucoup de mal à s'habituer au siège, à être coincée dans le fort avec eux, alors qu'ils avaient passé leur vie séparés.

— Même si les choses sont différentes, que veux-tu que je fasse avec eux ? Ils sont… oisifs.

— Ils ne sont pas oisifs. Ils jouent.

— Et qu'est-ce que je sais de leurs jeux ? coupa-t-elle. Jouer ne sert à rien, c'est une occupation inutile.

— Ce n'est pas parce que tu n'as jamais eu la chance de…

Aindreas s'interrompit un instant et son regard se fit moins dur.

— Tu n'as pas à *faire* quoi que ce soit avec eux, reprit-il. Sois simplement leur sœur.

Hélas, Lioslath ne savait pas comment jouer, ou comment agir en sœur, parce qu'elle n'avait jamais eu de réelle enfance. N'ayant pas connu ce qu'ils connaissaient, comment pouvait-elle espérer les comprendre ?

— Tu ne pourras pas les éviter perpétuellement, Lioslath.

— Je ne les évite pas.

C'était impossible : ils étaient toujours dans ses jambes, à jouer et à rire. Si les sourires timides et incertains de son clan la surprenaient, les sourires francs et le bavardage incessant de ses frères et de sa sœur la terrifiaient.

— Est-ce que tu veux bien t'occuper d'eux aujourd'hui ? demanda-t-elle à Aindreas au bout d'un moment.

— Tu sais bien que oui.

— Contente-toi de les tenir éloignés de la plate-forme.

Peut-être sa froideur vexerait-elle son ami, mais elle ne s'en soucia pas.

— On a peur qu'ils se fassent mal. *Décidément*, tu t'adoucis !

— Non, répondit-elle, se demandant vaguement s'il avait raison, si elle avait vraiment peur pour eux. J'ai trop de choses à faire aujourd'hui, pour perdre mon temps à panser des plaies.

— Trop de choses ? Quelles choses ?

Elle se détourna, non sans lancer par-dessus son épaule :

— Dire au revoir aux Colquhoun.

Elle entendit les bruits du camp avant de le voir. Au bas des marches, elle attrapa un seau et écouta quelques instants, frustrée et brûlante de colère. Bram n'avait pas décidé de partir. Connaissant par cœur l'escalier branlant et sachant parfaitement quelles marches éviter, elle bondit jusqu'à la plate-forme. Juste avant d'arriver au sommet, elle entendit le rire de laird Colquhoun résonner au pied des remparts et ne put réprimer une satisfaction sauvage : Bram faisait une cible si facile à repérer…

Chapitre 3

Bram trouva Lioslath dans les cuisines. La nuit était tombée et l'obscurité envahissait chaque recoin de la pièce. Le visage et les mains recouverts de suie, elle dormait roulée en boule près du feu mourant, flanquée de son loup. Dans cette position vulnérable, elle paraissait si douce — presque comme si elle l'invitait à s'allonger près d'elle.

A peine eut-il fait un pas qu'il entendit le chien grogner. Lioslath se réveilla en sursaut. Sa main tâtonna un instant le sol nu, près d'elle. Si elle avait été un homme, Bram aurait juré qu'elle cherchait une arme.

Les oreilles du chien frémirent et se plaquèrent en arrière. Il grogna encore et Bram ne put que reculer. Cet animal était un rappel de leurs différences — et de la raison qui l'avait poussé à venir dans l'enceinte du fort une seconde fois.

— Vous n'avez pas ouvert les portes, dit-il, plus doucement qu'il ne l'avait prévu.

Encore sous le charme du spectacle qu'elle offrait en dormant, son corps n'avait pas encore retrouvé tout contrôle. Et pourtant, elle était là, sévère, déterminée à lui faire barrage, à lui refuser tout accès chez elle — alors même qu'elle aurait dû être flattée qu'il soit venu la voir à nouveau…

Bien entendu, il n'avait pas pensé un seul instant qu'elle puisse ouvrir le fort sans faire semblant de se défendre. Après tout, l'accueillir après avoir résisté un mois n'aurait pas eu de sens. Ainsi, le matin même, quand elle lui avait jeté un seau de déchets, rapidement imitée par ses hommes, Bram l'avait patiemment laissée faire. Il lui devait bien cela : Lioslath ne pouvait pas perdre la face publiquement.

Il avait donc maîtrisé sa colère lorsque ces déchets étaient venus s'étaler sur ses pieds. Cependant, sa bonté n'avait pas été remerciée comme il s'y attendait. La journée entière avait passé et Lioslath ne s'était plus montrée sur le rempart.

— Non, je n'ai pas ouvert, répliqua-t-elle. Et pourtant, vous êtes là.

Elle vacillait peut-être un peu sur ses pieds, mais elle ne recula pas pour autant. Debout devant le feu mourant, elle lui faisait face fièrement et les reflets des braises illuminèrent ce qu'il n'avait pas encore remarqué : un petit grain de beauté sombre, juste au-dessus de sa lèvre supérieure. On aurait presque pu croire qu'une fée malicieuse l'avait placé là en ajoutant la perfection de sa bouche. Si Bram *était* une fée, il ne se serait pas arrêté là, et Lioslath aurait eu d'autres grains de beauté…

— Que dois-je faire pour que vous compreniez que vous n'êtes pas le bienvenu ?

Elle était obstinée. Leur rencontre de la veille avait été courte, mais Bram avait cru contrôler la situation. Lioslath était après tout une très belle femme et, par le passé, il n'avait eu besoin que de flatteries pour séduire les femmes. Hélas, cela ne serait clairement pas suffisant pour elle.

Peut-être que la séduction n'était pas la bonne stratégie à adopter ; mais changer de méthode allait être difficile, étant donné l'effet que sa beauté avait sur lui.

Non, il ne s'agissait pas que de sa beauté, mais aussi de son comportement sur la plate-forme, de sa manière de jeter des détritus sur eux sans la moindre hésitation, de son observation contemplative de ses troupes installées au village… Tout cela affectait Bram plus qu'il ne l'aurait cru. Néanmoins, si la flatterie n'adoucissait pas cette femme, il connaissait d'autres moyens de persuasion.

Elle avait pris son cadeau, à l'entrée du tunnel. Bram avait vu l'état dans lequel étaient ses terres et son clan. Elle avait besoin de vivres et de l'aide d'un homme, qu'elle l'admette ou non.

Son désespoir devrait suffire à la convaincre d'accepter Bram chez elle, au moins pour l'hiver.

— Les portes restent peut-être closes, mais cela ne m'empêche pas d'entrer à ma guise, dit-il. Ce n'est pas un véritable siège et je pense qu'il est temps de mettre fin à cette mascarade.

— Je ne vous ai jamais demandé de venir. Au contraire : je vous ai menacé d'une dague et vous ai ordonné de partir. Je ne vois pas comment j'aurais pu être plus claire.

Et lui n'avait cru qu'à une simple plaisanterie. Il commençait à la soupçonner d'être sérieuse. C'était toujours aussi risible, mais pour d'autres raisons.

— Je ne suis peut-être pas le bienvenu, répondit-il tranquillement, mais mes vivres, eux, vous sont nécessaires.

— Vous êtes resté à cause des cadeaux ? Vous auriez pu vous contenter de les laisser là et de partir. Je ne sais même pas pourquoi vous êtes là !

— Je vous ai envoyé une lettre. Quand votre père est mort, je comptais venir vous aider.

— Oui, parce que vous vous sentiez coupable des crimes que vous avez commis !

— Je n'ai commis aucun crime, répondit Bram, surpris. J'ai forgé une alliance, c'est tout.

Lioslath se redressa, vacilla encore une fois, avant de se reprendre et d'affermir sa position. Bram jeta un rapide coup d'œil à ses pieds ; rien ne la faisait trébucher.

— Vous avez soudoyé ce clan, poussé mon père à épouser votre sœur qui, à la première opportunité, a choisi de fuir au lieu d'honorer ses vœux.

— Faites attention à ce que vous dites, Fergusson. Je n'ai soudoyé personne au sein de ce clan. J'ai simplement proposé un mariage, une alliance, entre votre père et ma sœur Gaira. Pour cela, j'ai offert quarante moutons — vingt immédiatement et vingt autres au bout d'un an. C'était une alliance stable et profitable que votre père a acceptée.

— Et que votre sœur n'a pas honorée ! Elle s'est enfuie, sans la moindre raison.

Comment répondre à cela ? Quoi que Bram dise, cela ne servirait pas sa cause. Quelque chose, chez le père de Lioslath, Busby, avait effrayé Gaira ; mais sa sœur s'était aussi révoltée quand Bram l'avait contrainte au mariage.

— Savoir pourquoi elle est partie n'a aucune importance, dit-il.

— Bien sûr que si ! Si elle n'avait pas fui, mon père ne serait pas parti à sa poursuite et il n'aurait pas été assassiné par un chevalier anglais.

Seigneur ! Bram devait à tout prix couper court à cette conversation. Il n'avait pas menti dans la lettre envoyée, mais il avait éludé certains points concernant la mort de son père. Il savait exactement qui avait tué Fergusson et il n'était pas plus anglais que simple chevalier. Non, Robert de Dent, le célèbre Robert le Noir, favori du roi Edward, n'était pas mort. Au contraire, il était marié à Gaira et vivait en secret sur les terres des Colquhoun.

— Ma sœur s'est enfuie, certes, répondit Bram froidement, mais je n'ai pas demandé à votre père de la suivre.

— Non, vous vous êtes contenté de le menacer de reprendre les moutons et de fondre sur nous, accompagné par tous les hommes de Colquhoun s'il ne la retrouvait pas.

Bram réprima un soupir. Il n'avait pas eu d'autre solution pour assurer la sécurité de Gaira, sa seule sœur encore en vie, à l'époque. En nouant son alliance avec Busby, il ne s'était soucié que de son propre clan et de son propre désir égoïste de mariage. A ce moment-là, les massacres anglais de Berwick et Doonhill n'avaient pas eu lieu et l'Ecosse n'avait pas encore perdu la guerre à Dunbar. Comment aurait-il pu, comment *qui que ce soit,* aurait pu deviner que le pays changerait tant en quelques mois ?

S'il avait su comment les choses allaient tourner, il aurait conservé sa famille à ses côtés. Pendant des mois, il aurait préparé et renforcé son domaine. Puis il aurait fermé les portes pour sauver, à l'intérieur, tous ceux qui comptaient à ses yeux.

Au lieu de cela, il avait contraint Gaira à épouser temporairement laird Fergusson. Dans des circonstances normales, cette stratégie aurait été efficace : avoir quelqu'un dans le sud aurait renforcé la position du clan et Gaira aurait vécu plus près de leur jeune sœur Irvette.

Irvette… La plus jeune et la plus douce d'eux tous, qui avait épousé l'homme qu'elle aimait. Irvette, qui avait été assassinée par les Anglais à Doonhill.

Depuis avril, la famille de Bram avait connu trop de dangers, souffert de trop de pertes. Et, pire que tout, Bram savait à présent qu'il aurait pu éviter une partie de ces drames.

Tout ce qu'il pouvait encore faire, à présent, c'était réparer ses torts et se faire pardonner par les Fergusson — mais il ne pouvait plus se montrer gentil. L'obstination de Lioslath mise à part, Bram était laird et il savait ce qui pesait dans la balance. Il ne pouvait plus se permettre de faillir vis-à-vis de son clan et de sa famille. Son nouveau plan *devait* fonctionner.

— Qu'est-il arrivé à ces moutons, Lioslath ? Je ne les ai pas repris, et je ne vois presque aucune bête sur vos terres.

— En quoi est-ce que cela vous concerne ?

Bram sentait qu'il perdait patience. Mais il ne devait pas céder de terrain.

— Je vous ai écrit. Je vous ai dit que Gaira était revenue à Colquhoun et je vous ai expliqué que je comptais venir pour faire amende honorable.

— Certes, mais vous êtes en retard.

— Il y a eu la bataille de Dunbar. Je suis en retard parce que notre pays était en guerre !

— Cela n'explique pourtant pas votre retard, reprit-elle d'un air hautain. Tout le monde sait que vous n'étiez pas à Dunbar.

En effet, il n'avait pas pris part à cette terrible bataille contre les Anglais, en avril. Les guerriers écossais y avaient été massacrés et les quelques rares survivants se cachaient dans la forêt d'Ettrick. Son frère, Malcolm, était parmi eux, gravement blessé.

Bram ne pouvait hélas avouer à personne pourquoi il n'était

pas venu à Dunbar. Le roi John Balliol, lui-même, lui avait ordonné de ne pas combattre, de rester chez lui, à Colquhoun, pour y attendre deux messages. On lui avait assuré que ces messages protégeraient l'Ecosse.

Bram était donc resté et avait conseillé à sa famille, à son clan, de l'imiter. Mais il n'avait jamais reçu les deux messages. Balliol avait été défait à Dunbar et était retenu à la Tour de Londres. Le roi anglais Edward dirigeait à présent l'Ecosse. Si Balliol espérait toujours que Bram soit capable de protéger le pays, il se trompait…

Pendant qu'il attendait que Lioslath ouvre ses portes, ses frères Malcolm et Caird étaient arrivés. Les messages devinrent soudain clairs. Il ne s'agissait pas de missives, mais d'une dague et du légendaire Joyau des Rois.

Bien que le bijou soit en sécurité entre les mains de Malcolm, il leur avait paru plus sage de l'envoyer mettre la dague en sûreté sur les terres du clan Buchanan. Son frère partit donc, avec deux chevaux pour accomplir le voyage le plus vite possible — mais serait-ce assez rapide ? Tant que le Joyau était sur les routes, son frère et leur clan seraient en grand danger.

Bram était donc contraint de rester sur les terres Fergusson durant l'hiver pour y attendre des nouvelles du bijou. Quand le printemps arriverait, il saurait s'il devait se rendre au nord pour assurer la sécurité du pays, ou au sud pour commettre un acte de trahison, avec Balliol dans la Tour de Londres. Quoi qu'il fasse, Edward ne manquerait pas de le retrouver.

— Que j'aie été présent à Dunbar ou non n'a pas d'importance, répondit-il enfin. La bataille a retardé mon arrivée, certes, mais je suis là, maintenant.

— Et je veux que vous repartiez.

Elle accompagna son ordre d'un geste de la main déterminé, qui, de nouveau, provoqua un léger vacillement.

— Qu'est-ce qui ne va pas, Lioslath ?

Elle hésita un instant avant de répondre :

— Rien que votre départ ne puisse guérir.

Elle mentait, c'était évident. Ses yeux étaient soulignés

de cernes noirs et la minceur de son visage était accentuée par ses joues creuses.

— Je vous ai donné des vivres, reprit-il.

— Et je les ai acceptés.

Il l'examina encore un instant en silence.

— Mais vous n'avez pas mangé…

— J'ai pris vos cadeaux. Ce que j'en ai fait ne vous regarde absolument pas.

— Est-ce que les autres ont mangé ?

— Dois-je me répéter ? Cela ne vous regarde pas.

C'en était trop ! Jamais il n'aurait attendu derrière les portes aussi longtemps s'il avait su que des gens souffraient à l'intérieur !

— Répondez-moi.

Lioslath croisa les bras, ce qui plaqua sa robe contre son corps étroit et ses… côtes ?

Sous le choc, il ne put réprimer un juron.

— Petite idiote ! Vous n'avez rien mangé !

— Idiote ? Je préfère être une idiote que devenir comme vous. Vous n'êtes pas venu à Dunbar. Vous êtes un traître. Dans ces conditions, que dois-je penser de vos actions envers mon clan ? Vous saviez probablement que votre sœur allait s'enfuir et mettre mon père en danger !

Traître ? Non, il n'avait rien d'un traître. Hélas, il allait sans doute devoir s'habituer à ce surnom humiliant…

— Je n'ai rien pu faire pour empêcher la mort de votre père, dit-il au lieu de chercher à se défendre.

— Jamais je ne vous croirai ! Regardez ce que cet endroit est devenu sans lui, sans sa protection !

— Ce que cet endroit est devenu ? Que voulez-vous dire ?

Il aurait dû s'en douter. Les dégâts qu'il avait vus au village et dans le fort n'étaient pas uniquement dus à un manque de soins. Les premiers jours qui avaient suivi son arrivée, il avait interrogé les villageois mais ils l'avaient ignoré — tout comme ils avaient ignoré ses hommes. Bram avait donc décidé d'observer en silence. Les maisons du village étaient de véritables taudis, et les récoltes, brûlées alors qu'il était encore bien trop tôt dans l'année pour cela. Il avait pensé… non, espéré… que les moissons avaient été précoces et que les réserves pour l'hiver étaient déjà en sécurité dans les granges du fort.

Mais Lioslath lui volait de la nourriture, avait l'air à moitié morte de faim. Il n'y avait pas de vivres, dans le fort. Pas de vivres du tout sur le domaine.

Cette année, il avait commis suffisamment d'erreurs pour une vie entière. Irvette était morte et il avait perdu la confiance de sa sœur Gaira. Il était sur le point de se rendre coupable de trahison, non pas à cause de son absence à Dunbar, comme le pensaient Lioslath et le reste de l'Ecosse. Il fallait en accepter l'humiliation. Le Joyau était entre leurs mains, sa famille détenait un nouveau secret, bien plus dangereux que tout ce à quoi lui, n'importe quel clan ou même roi, était préparé.

Alors que Malcolm emportait le bijou, Bram s'était senti coupable de ne pas pouvoir le protéger. Et ses torts ne s'arrêtaient pas là…

Bien qu'il n'ait pas tué lui-même le père de Lioslath, Busby aurait encore été en vie s'il n'avait pas cherché à forger une alliance entre eux. A présent, il était trop tard pour ramener ce père perdu à Lioslath, mais il pouvait au moins aider son clan à se préparer pour l'hiver.

— Répondez-moi, lâcha-t-il.

L'obstination de cette fille l'exaspérait et il ne serait pas capable de réprimer sa colère bien longtemps. Si jamais il perdait son calme, il ne contrôlerait plus rien et il ne s'était jamais impatienté lors d'une négociation.

A ces mots, quelque chose parut changer chez Lioslath.

— Vous répondre ? Le tout-puissant laird exige… a *besoin*… que je lui réponde ? Vous ne méritez pas que je m'abaisse à vous parler.

Elle déplia les bras et serra les poings, chancelante.

— Vous n'avez besoin de personne puisque vous ne respectez pas votre parole. Vous voulez faire amende honorable, avez-vous dit ? Eh bien, il est trop tard pour cela !

Achevant ce petit discours, elle leva le poing. Ses intentions étaient claires : elle n'avait peut-être pas de dague, cette fois-ci, mais elle n'hésiterait pas à lui faire du mal, à mains nues si elle n'avait pas le choix. Elle parvint à s'avancer de deux pas mal assurés avant de fermer les yeux et de s'écrouler. Si Bram n'avait pas été aussi rapide pour la rattraper, elle se serait effondrée sur les dalles de la cuisine.

Chapitre 4

Secouée, et étouffant presque dans les bras qui la tenaient, Lioslath reprit peu à peu ses esprits. Il lui fallut encore quelques secondes pour comprendre que Bram la portait, traversant le hall à grandes enjambées.

Son cœur s'emballa brusquement. Il était bien trop proche, à tel point qu'elle pouvait voir les différentes nuances de roux de sa chevelure et les pointes presque blondes de ses cils. Elle sentait son odeur de cuir, de campagne… Une odeur qui n'appartenait qu'à lui. C'était presque aussi enivrant que de se retrouver dans ses bras.

— Posez-moi tout de suite, ordonna-t-elle cependant.

— Certainement pas. Depuis combien de temps avez-vous cessé de manger ? Vous pensiez vraiment pouvoir tenir des jours l'estomac vide ?

Bram la serra un peu plus contre lui, comme si elle ne pesait pas plus lourd qu'un enfant. Elle n'aurait certainement pas dû sentir son corps à travers l'épaisseur de leurs vêtements, mais elle le sentait. Elle devinait la fermeté de son large torse, ainsi que la grâce et la force de ses jambes. Ses bras étaient tout aussi puissants que le reste de son corps et, pourtant, il la portait avec une infinie douceur.

Elle ne se souvenait pas avoir déjà été portée comme cela. Il était laird Colquhoun et elle aurait dû lui en vouloir, lui résister. Ce contact trop intime aurait au moins dû lui paraître étranger.

Mais, au contraire, cela la… réchauffa.

Luttant contre cette émotion honteuse, elle se détourna et vit la lumière filtrer à travers la porte de la grande salle. Un soudain accès de terreur la tira complètement de sa torpeur.

— Posez-moi, répéta-t-elle.

Bientôt, tout le monde, dans le fort, se réveillerait. Elle n'avait pas besoin d'être surprise dans cette situation par ses deux frères. A cinq et six ans, ils risquaient de poser beaucoup trop de questions. Quant à sa sœur de huit ans, Fyfa, elle aurait trouvé la situation romantique — et cela aurait été pire que tout.

Les sourcils froncés, Bram ne baissa même pas les yeux sur elle ; cependant, elle sentit ses doigts se crisper sur son bras et sa jambe.

— Je ne vous laisserai pas tant que nous n'aurons pas atteint votre chambre.

Elle était trop faible pour se débattre, mais pas assez pour se laisser aller dans ses bras. Se crispant à son tour, elle sentit sa poigne se faire plus autoritaire. Quand il la déposa sur son lit, elle se redressa aussitôt et les sourcils de Bram se froncèrent de plus belle.

— Restez là.

Croyait-il vraiment qu'elle allait obéir à ses ordres ?

— Tout cela est ridicule ! protesta-t-elle.

— Pas du tout : vous vous êtes évanouie.

En un instant, elle oublia sa chambre, ses frères et sa sœur : son évanouissement était plus humiliant que tout le reste. Pire encore, son ennemi en avait été témoin et l'avait portée jusqu'au lit.

— Je ne me suis pas évanouie…

Il la dévisagea un instant, d'un air peu convaincu.

— En tout cas, si j'ai bien perdu connaissance, c'est fini, maintenant. Il fait jour et le fort va grouiller de monde.

Le cœur battant, elle jeta un rapide coup d'œil autour d'elle.

— Votre chien est resté dans les cuisines. N'est-il pas censé vous protéger ?

— Parce que vous êtes une menace ?

Comment diable pouvait-il savoir qu'elle cherchait Chien ? Et pourquoi son fidèle compagnon ne l'avait-il pas suivie pour veiller sur elle ?

Sa vision se brouilla quelques instants et elle porta instinctivement une main à son front.

— Il faut que vous partiez tout de suite ; on risque de découvrir que vous êtes là.

— Nous sommes dans votre chambre. Je n'aurai qu'à prendre le tunnel.

Hélas, la porte et la plate-forme allaient rapidement être gardées…

— Impossible : on vous verra.

Bram eut un imperceptible sourire, sans la quitter des yeux.

— On s'inquiète pour moi ?

Penché sur elle, il paraissait plus arrogant et dominateur que jamais. Sa chevelure rousse abondante retombait gracieusement sur ses épaules mais ne dissimulait rien de la largeur de ses mâchoires ou de la grandeur de ses yeux gris — du même gris que le ciel juste avant qu'un orage éclate. Sa peau tannée par le soleil mettait en valeur la douce teinte légèrement brunie de ses lèvres. Sa mâchoire était large et étonnamment carrée. Quant à son nez, il avait l'air d'avoir été cassé et redressé plusieurs fois, mais cela ne le défigurait pas, au contraire. En fait, Lioslath trouvait cette partie de son visage… intéressante. Cela lui donnait une certaine allure farouche qu'elle ne s'attendait pas à trouver chez les faibles Colquhoun.

Bref, Bram avait tout du grand guerrier que chantaient les histoires à son sujet.

Elle sentit soudain un vol de papillons lui chatouiller le ventre et ses joues s'enflammèrent. Etait-ce la faim ou la peur ? Non, cela ne pouvait pas être la peur !

Elle avait grandi à l'ombre d'un père au physique impressionnant, capable de diriger son fort à coup d'intimidations et de punitions. Elle avait souvent eu peur de lui et pourtant, quand il se penchait au-dessus d'elle, jamais elle n'avait éprouvé cet essoufflement impuissant.

Sa faiblesse devait venir de la faim, il n'y avait pas d'autre explication possible.

Après un long silence, Bram soupira.

— Vous ne vous inquiétez pas pour moi, n'est-ce pas ? Vous vous inquiétez pour votre tunnel. Dites-moi, pourquoi y a-t-il un passage secret et une pièce abandonnée sous votre chambre ?

Elle ne répondit pas. Cet homme n'avait pas besoin d'en savoir plus sur le tunnel ou le petit entrepôt vide, en dessous. De plus, il était inutile qu'il apprenne que la pièce où ils se trouvaient n'était pas sa chambre. Tout ce qu'il devait savoir, c'était…

Soudain, la porte s'ouvrit à la volée et Bram, prêt à se défendre, bondit devant le lit.

Deux garçons aux vêtements boueux entrèrent en courant, suivis par une fille un peu plus âgée. Le hoquet de surprise et de colère de Lioslath fut étouffé par les cris aigus de la fille. Joyeusement, les garçons continuèrent à jouer avec elle, sautillant autour du lit. A l'instant où ils s'apprêtaient à repartir, ils aperçurent Bram.

— C'est le géant, devant la porte ! hurla le plus petit avant de se précipiter hors de la chambre.

En un éclair, Bram referma la porte pour empêcher les deux autres enfants de sortir avant de leur faire face.

Etonnamment, ils ne cherchèrent pas la protection de Lioslath. Au lieu de cela, ils se contentèrent de rester debout, de l'autre côté du lit, main dans la main.

Contrairement à celle des garçons, l'apparence de la fille était très soignée. Ses cheveux étaient démêlés et des barrettes rudimentaires maintenaient de petites tresses écartées de son visage. Sa robe, faite d'une étoffe fine, raccommodée en plusieurs endroits, était bien trop courte pour elle, mais propre. La fille elle-même était lavée de frais, à l'exception d'une trace de boue sur sa joue gauche qui avait coulé sur son corsage.

A côté d'elle, le garçon avait l'air d'être tombé dans une flaque de boue — alors que la fille semblait n'avoir jamais touché la moindre saleté de sa vie.

Hélas, ils venaient de voir ce dont personne n'aurait dû être témoin : lui, à l'intérieur du fort. Bram devina aisément qui étaient ces enfants.

Lorsqu'il avait refermé la porte, Lioslath s'était redressée. Elle ne trahit aucun signe de reconnaissance en apercevant les enfants, cependant, ils se ressemblaient trop pour qu'elle puisse les faire passer pour des étrangers. Les petits avaient des cheveux châtains aux reflets dorés, mais leurs yeux avaient le même éclat que ceux de Lioslath.

Elle leur fit un signe autoritaire de la main.

— Partez ! Tout de suite !

— Je pense qu'il est un peu tard pour cela, répondit Bram.

En effet, des bruits de pas résonnaient déjà à l'extérieur de la chambre. Cette histoire risquait de mal se terminer.

— Est-ce que vous… souriez ? s'étrangla Lioslath.

Bram s'écarta d'un pas juste avant qu'un homme entre en coup de vent dans la pièce, accompagné par le plus jeune des garçons. Dès que l'inconnu aperçut Bram, il brandit sa hache d'un air menaçant.

— Aindreas ! cria Lioslath.

— Eloignez-vous d'elle ! ordonna l'homme — Aindreas.

Un accès de rage et de frustration envahit Lioslath. Comment pouvait-elle se sentir si impuissante, si vulnérable ? Elle s'aperçut trop tard de l'approche de Bram dans sa direction. Ce geste ne ferait qu'empirer la situation.

Elle aurait voulu le frapper, lâcher toute sa rage au visage d'Aindreas et jeter les enfants dehors, mais elle ne pouvait rien faire de tout cela. Elle était prise au piège.

— Est-ce que tu es blessée ? demanda Aindreas sans pour autant quitter Bram des yeux.

— Non, je n'ai rien, j'ai simplement eu quelques vertiges.

— Qu'est-ce qu'*il* fait ici, Lioslath ? Comment est-il entré ?

Elle ne pouvait évidemment répondre à aucune de ces questions et, déjà, elle voyait que les enfants avaient compris l'étrangeté de la présence de Bram, en dépit des portes toujours barricadées.

— Ce n'est pas ce que tu crois, balbutia-t-elle, le cœur battant.

— Pas ce que je crois ? éructa Aindreas. Il est dans ta…

— Les enfants ! coupa-t-elle brutalement.

Aindreas crispa la mâchoire et, plus tendu que jamais, se retourna vers Bram.

— Vous leur avez fait mal ?

— Non, je n'ai fait de mal à personne et je suis venu seul, répondit Bram avec calme.

En dépit de sa tranquillité apparente, Lioslath entendit la menace froide et calculée de sa voix. Aindreas et elle l'avaient observé pendant qu'il entraînait ses hommes. Il était peut-être intimidant, de loin, mais de près il était absolument terrifiant.

— Pourquoi êtes-vous ici ? reprit Aindreas.

— Cela ne regarde que Lioslath et moi.

— Certainement pas ! Pas tant que je serai en vie, Colquhoun. A présent, partez. Tout de suite.

— Pourquoi est-ce que je ferais une telle chose ? demanda Bram.

Aindreas leva à nouveau sa hache, affermissant sa position. Il était très doué au lancer de hache, mais Bram était trop proche de Lioslath et les enfants étaient présents. Il ne pouvait pas attaquer l'intrus — et tous trois le savaient très bien. Néanmoins, Aindreas semblait près de perdre tout contrôle.

— Il va partir, dit Lioslath dans une tentative désespérée pour appeler les deux hommes au calme. Il sait que, s'il restait, les conséquences seraient tragiques.

— Vous ne vous sentez pas bien, répondit simplement Bram.

La croyait-il idiote ? Comment pouvait-elle, ne serait-ce qu'un instant, penser qu'il restait par souci de son bien-être ?

— J'ai des gens pour prendre soin de moi, à présent.

Quelque chose, dans le comportement de Bram, trahit son désaccord.

— Cela ne suffit pas. Nous devons négocier.

— Vous ne négocierez avec personne, coupa Aindreas, à part ma hache !

Les hommes sont décidément incapables de se maîtriser, songea Lioslath. C'était à elle de mettre fin à cette altercation. Le soleil se levait et la pièce devenait de plus en plus lumineuse. Déjà, elle entendait des gens marcher et parler dans la cour et elle n'avait pas besoin d'autres témoins.

— Aindreas, pars et emmène les enfants, dit-elle fermement, avant de se tourner vers ses frères et sa sœur : Et vous, ne parlez de cela à personne.

— Hors de question ! rugit Aindreas avec un grand moulinet de sa hache. Il est piégé. Nous pourrons l'utiliser comme monnaie d'échange. Profitons d'avoir l'avantage…

— L'avantage ? Vous croyez ? intervint Bram, un sourire condescendant aux lèvres.

Lioslath sentit la colère l'envahir de plus belle. Y avait-il une chose que cet homme ne trouvait pas amusante ?

Oui, bien sûr. Depuis des semaines, elle l'épiait du haut du rempart, et Bram faisait honneur à son rang et à son statut de guerrier. Les ans, l'autorité et l'expérience étaient imprimés dans son comportement. Même sans arme, c'était un ennemi redoutable. A son sourire entendu, tranquille et trop amical, Lioslath soupçonna qu'il ne quitterait pas le fort dans le calme.

Pour une fois, ses frères et sa sœur restèrent immobiles, et chuchotèrent entre eux, derrière leurs mains, ce qui ne rassura nullement Lioslath.

— Aindreas, je t'en prie, pars. Arrange-toi pour que les petits ne parlent à personne et je t'assure que personne ne me fera de mal. Je discuterai avec laird Colquhoun en tête à tête… Je suis sûre que nous trouverons une solution à tout cela.

— En tête à tête ? Tu t'attends vraiment à ce que je te laisse seule dans une chambre avec un homme ?

— J'étais déjà seul avec elle avant que nous soyons interrompus, lança Bram.

Lioslath crut s'étouffer.

— Cela n'a duré que quelques instants, et je n'avais pas

l'intention que cela se passe ainsi ! Aindreas, nous sommes les seuls à savoir qu'il est ici. Si nous perdons du temps, nous ne pourrons plus garder le secret.

Aindreas baissa imperceptiblement sa hache.

— Tu veux négocier avec lui ?

Elle acquiesça gravement.

— Je te fais confiance.

Aindreas parut hésiter quelques secondes puis abaissa franchement son arme.

— Je les emmène jusqu'à la cour, devant la porte du hall, rien de plus.

Lioslath acquiesça de nouveau. Elle ne pouvait rien lui demander de plus.

— Attendez, lança Bram en se tournant vers les enfants. Qui êtes-vous ?

— Cela n'a aucune importance, coupa Lioslath.

— Dans ce cas, je ne partirai pas.

C'était du chantage, mais elle sut immédiatement qu'il disait la vérité.

Ses frères et sa sœur frémirent, mais Eoin et Fyfa se décidèrent à faire face à cet homme intimidant, soutenant son regard avec obstination. Elle les avait déjà vus prendre ces grands airs face à elle, mais jamais encore face à une personne dont ils auraient dû avoir peur.

— Est-ce que… Est-ce que vous avez fait du mal à Lioslath ? demanda Fyfa, le regard farouche.

— Non, répondit Bram, mais si je reste, cela risque de causer du tort à ta sœur.

Aindreas lâcha un cri étouffé et Lioslath fit de son mieux pour ne pas trahir sa surprise. Jamais elle n'avait vu ces enfants faire preuve d'un tel courage.

— Pourquoi cela lui causerait du tort ? demanda Eoin.

Fyfa lui donna un petit coup de coude.

— Je te le dirai plus tard. Pour le moment, ils veulent qu'on fasse semblant de ne pas l'avoir vu.

— Et comment on va faire ? Il est si grand !

— Plus tard, siffla-t-elle encore avant de se retourner vers Bram.

Cette fois, son regard scintillait de malice.

— Qu'est-ce qu'on recevra pour notre silence ?

Ainsi, c'était ce qu'ils avaient prévu, en discutant à voix basse ? Leur comportement — leur soudain instinct de protection envers Lioslath — était si troublant.

Cependant, Bram semblait de plus en plus amusé.

— Vous savez ce que vous voulez ? demanda-t-il.

Eoin et Fyfa acquiescèrent mais Gillean, qui était resté caché derrière Aindreas, paraissait perdu.

Bram le montra d'un signe de tête.

— Quand il saura aussi ce qu'il veut, venez me voir et nous en discuterons.

— Vous en avez terminé ? demanda Aindreas avec impatience.

Bram haussa les épaules.

— Oui, pour le moment. A votre retour, apportez de la nourriture : elle a besoin de manger.

La mâchoire d'Aindreas se crispa et il jeta un rapide coup d'œil à Lioslath, attendant son ordre. Elle acquiesça. Pour le moment, en tout cas, elle était en sécurité. Elle se chargerait de l'arrogance de Colquhoun après le départ des enfants !

Sans un regard pour Bram, Aindreas quitta la chambre, accompagné des enfants.

Le loquet de la porte claqua dans le silence — un bruit sinistre qui amplifia soudainement la solitude de Lioslath, face à Bram. Elle ne s'était pas sentie aussi désarmée, avant l'arrivée des autres. C'était presque comme si elle avait plus… conscience de la présence de cet homme. Cela n'avait aucun sens, bien entendu, mais elle ne put réprimer cette sensation vibrante, vivante qu'il produisait sur elle.

Avait-il toujours été si grand, si large ? Ses muscles, façonnés par des années d'entraînement, commençaient à se dessiner dans la lumière du matin — un peu trop, même, à son goût. Pourquoi était-elle si sensible à son corps, tout à coup ? Elle préférait ne pas le savoir. Sans doute était-elle encore sous le choc de son évanouissement, affamée comme elle l'était. C'était la raison de ce frémissement quand elle posait les yeux sur lui. Uniquement cela.

Jamais encore elle n'avait ressenti cet émoi ; et elle ne pouvait que prier de ne plus jamais perdre connaissance. Cela apportait bien trop d'ennuis.

Pour éviter de s'écrouler une nouvelle fois, elle s'assit mais ne quitta pas Bram du regard. Il voulait négocier avec elle et elle n'avait pas d'autre choix que l'écouter.

— Que voulez-vous ? commença-t-elle.

— Comment s'appellent les enfants ?

C'était une information inutile pour lui — pour elle — et elle voulut protester. Cependant, le comportement de Bram lui fit rapidement comprendre que résister serait futile.

— Il y a Eoin, qui a six ans, Gillean, qui en a cinq et Fyla, huit.

Son anniversaire venait de passer. Avant sa mort, leur père avait toujours fêté ce jour mais Lioslath n'avait pas su quoi faire pour rendre ce jour spécial. Donc, elle n'avait rien fait.

— Est-ce qu'il y en a d'autres ?

Lioslath secoua la tête, un peu tristement. Ses frères et sa sœur étaient orphelins, comme elle. Ils allaient donc devoir aussi apprendre la dure loi de la vie. Sauf que…

— Pourquoi est-ce qu'Aindreas n'est pas au courant de l'existence du tunnel ?

Bien sûr, Bram avait forcément remarqué cela.

— Vous souhaitez vraiment parler du tunnel ?

De nouveau, il haussa les épaules.

— Je suis simplement curieux.

Non, ce n'était pas de la pure curiosité et elle le savait très bien !

— Votre réputation vous précède, Colquhoun. Vous ne posez des questions que pour obtenir des moyens de pressions, nécessaires à vos célèbres talents de négociateur. Que cherchez-vous ? Des informations à utiliser contre vos adversaires ? Ne croyez-vous pas que vous nous avez fait suffisamment de mal comme cela ?

Bram referma les mains derrière son dos et se dandina un instant sur ses talons. C'était une position détendue, mais qui ne dissimulait pas entièrement son agacement.

Et Lioslath en fut secrètement contente.

— On ne parle plus de baisers, maintenant, hein ? Pas comme hier. Il m'a fallu un peu de temps pour comprendre ce que vous aviez l'intention de faire, mais je le sais, à présent : c'est une autre de vos petites manipulations, laird Colquhoun. Dommage, vous ne trouverez pas ce genre de faiblesses chez moi.

Il eut un petit sourire.

— J'en trouverai d'autres, ne vous en faites pas.

— Vous ne resterez pas ici assez longtemps pour cela.

— Peut-être, mais vous me donnez envie d'en trouver, reprit-il, avant de soupirer. Vous n'êtes pas… telle que je l'attendais.

Jouait-il avec elle ? Qu'avait-il en tête ? Sans doute croyait-il avoir affaire à une femme pleine de bonnes manières, courtoise et calme, comme toute dame respectable. Seulement, elle n'avait aucune de ces qualités. Quand elle chassait, si sa main tremblait ne serait-ce qu'un instant, si elle n'était pas sûre d'elle, elle manquait sa cible. C'était exactement pareil avec les humains.

Bien entendu, elle aurait voulu protester, argumenter, mais Bram avait déjà passé trop de temps dans sa chambre. Aindreas allait finir par s'impatienter.

— J'ouvrirai les portes, dit-elle donc à contrecœur, si vous ne parlez à personne du tunnel.

Il réfléchit quelques instants, comme s'il pressentait un piège, mais ne tenta même pas de dissimuler un petit sourire triomphant.

— Vous me surprenez peut-être, mais vous savez piquer ma curiosité. Ce passage secret est donc aussi un secret pour les habitants de ce fort ? Il n'est là que pour vous, si je comprends bien… Dites-moi, qu'est-ce qu'une femme peut bien faire d'un tel tunnel ?

Aussi irritants que soient son sourire et sa manière d'éveiller des sensations étranges en elle, elle répondit :

— Il me sert à vous faire sortir d'ici pour pouvoir ouvrir les portes.

Bram la dévisagea un instant.

— Dès ce matin ?

Elle acquiesça.

— Cela paraît assez soudain, reprit-il. Je ne comprends pas pourquoi le maintien de ce tunnel secret est si important à vos yeux. A quoi jouez-vous donc ?

Jouer ? Elle ne savait rien de ce mot. Contrairement à cet homme et à son existence choyée, elle n'avait connu que le dur labeur depuis son plus jeune âge.

Elle se souviendrait toujours du départ de son père, lorsqu'il était allé chercher Gaira du clan Colquhoun pour l'épouser. Riant de bon cœur, ses frères et sa sœur s'étaient agrippés à lui. Ils étaient joyeux, comme s'il était sur le point de satisfaire leur vœu le plus cher.

Et elle ? Son père, les bras chargés d'enfants, avait levé les yeux sur elle, sans se soucier de son clan qui lui souhaitait un bon voyage. A cet instant, elle avait eu l'impression que son père l'aimait à nouveau. Les larmes aux yeux, elle n'avait pas voulu se détourner. Elle n'avait pas vu son père la regarder ainsi, avec tant d'émotion, depuis la mort de sa mère, tant d'années plus tôt.

Elle retrouvait son père — son *vrai* père — et non l'homme qu'il était devenu depuis son second mariage et le moment où leur vie avait empiré. Amer, le noyau de haine né en lui depuis la mort de la mère de Lioslath grossit à tel point que chaque mot, chaque geste n'était plus qu'un reflet de cette rage enfouie au fond de lui. Evidemment, la fuite de sa nouvelle épouse n'allait pas améliorer les choses.

Parti à la poursuite de Gaira, son père avait été tué. Puis les Anglais étaient arrivés et les Fergusson avaient définitivement perdu le peu de richesse et de fierté qui leur restait.

Le destin — ou Dieu — avait déjà fait cruellement souffrir

le clan de Lioslath. A présent, ce Colquhoun arrivait pour les humilier plus encore.

— Je ne joue à rien, dit-elle, s'étranglant presque sur ce mot.

— C'est bien trop facile.

— N'est-ce pas ce que vous aimez ? La facilité ? cracha-t-elle.

Privé de son épouse et en proie à la colère, son père avait passé son temps à décrire à haute voix la demeure décadente des Colquhoun et le confort excessif dans lequel ils baignaient. Leurs tables débordaient de nourriture et leurs sols étaient recouverts des plus fraîches paillasses. Il parlait même de rires, de plaisanteries… de distractions.

Et, plus il en parlait, plus son amertume grandissait. Quand il se décida finalement à partir à la poursuite de son épouse, il n'avait plus que désir de vengeance.

Jamais plus il ne regarda Lioslath.

— Vous parlez de facilité, répéta-t-elle. N'est-ce pas ce que tous les Colquhoun aiment ? J'ouvre donc les portes parce que c'est ce que vous voulez — comme cela, votre siège n'en sera que plus confortable.

Gaira, l'épouse Colquhoun qui était censée tous les sauver, n'avait jamais atteint le fort Fergusson. Lioslath savait pertinemment pourquoi : elle était faible, comme le reste de son clan. Sans doute était-elle partie retrouver la sécurité de sa luxueuse demeure.

Les sourcils de Bram se froncèrent de plus belle.

— Confortable ?

Il articula ce mot comme s'il ne l'avait jamais entendu auparavant. Peut-être était-ce le cas… Habitué à la nourriture et aux distractions, peut-être pensait-il tout cela naturel. Cette simple pensée ne fit que nourrir la colère de Lioslath.

— Vous m'insultez et me prenez pour un idiot, dit-il doucement (presque trop doucement). Pourquoi agissez-vous ainsi ?

Elle avait beaucoup de travail à accomplir, ce jour-là, et avait besoin de le convaincre à tout prix de partir. Lui résister n'avait pas fonctionné ; elle allait donc ouvrir les portes. Dès qu'il aurait vu que sa demeure n'avait aucun confort à lui offrir, qu'on travaillait sans relâche ici, il partirait de lui-même. Comme sa sœur était partie. Pour une fois, elle fut fière de l'état lamentable dans lequel était le fort.

Elle hésita un instant, tout comme il l'avait fait, puis répondit :

— Parce que c'est plus facile.

Chapitre 5

Bram se faufila dans la pièce vide, sous la chambre de Lioslath, et se glissa rapidement le long du tunnel. Il contournait l'angle du rempart lorsqu'il rencontra Finlay, son second, qui venait à sa rencontre.

— Où étais-tu ?

Bram le dévisagea froidement, faisant de son mieux pour ne pas laisser ses émotions transparaître.

— Je marchais.

Finlay n'eut pas l'air convaincu — après tout, ils se connaissaient depuis l'enfance, avaient grandi ensemble. Son second savait donc pertinemment qu'il ne se promenait jamais simplement, comme Caird le faisait si souvent. Non, Bram appréciait la chasse et la pêche, mais ces activités ne s'exerçaient jamais seul.

— Nous avons entendu du bruit dans le fort, finit par annoncer Finlay. Je crois qu'ils sont sur le point d'ouvrir les portes.

Bien rapide, songea Bram. Lioslath s'était-elle contentée de donner ses ordres ou avait-elle tenu conseil avec ses proches ? La situation commençait à le mettre mal à l'aise : il y avait trop d'inconnues.

— Et nos hommes ?

— Ils se préparent.

Finlay et lui avaient envisagé plusieurs stratégies au cas

où le fort s'ouvrirait enfin devant eux, mais quelque chose, dans le ton de son second, fit battre le cœur de Bram plus vite.

— Ils se préparent à quoi ?

Finlay n'eut pas besoin de lui répondre. En approchant de son camp, Bram vit immédiatement ce qui se passait : ses hommes se préparaient au combat.

Tous avaient déjà leurs armes en main et la clôture de pieux établie autour du campement était placée en biais face au fort.

Ses hommes étaient au courant du mariage de Gaira et de l'alliance entre les deux clans. Quand ses meilleurs guerriers et ses charpentiers avaient suivi Bram, ils avaient été aussi surpris que lui par l'accueil glacial qui leur avait été réservé. Ayant dû tenir le siège plusieurs semaines, il était tout à fait normal qu'ils envisagent l'éventualité d'une bataille — sans doute pensaient-ils que leur chef avait l'intention de soumettre le clan Fergusson. D'ailleurs, en ces temps de troubles, il était étonnant que personne d'autre ne l'ait tenté.

— Ils nous ont repoussés des semaines durant et n'ont jamais donné le moindre signe d'amitié, reprit Finlay. Je ne pense pas qu'ils nous veuillent du bien…

Dans les ruelles venteuses du village, quelques habitants se rassemblaient déjà, armés de tout ce qu'ils avaient pu trouver pour se défendre.

Bon sang, Bram aurait dû dire à Lioslath d'attendre un peu. Si, en ouvrant les portes, elle voyait ses hommes prêts à se battre, elle penserait sans doute qu'il avait trahi leur accord.

Accord ? Ils n'avaient pas passé d'accord, Bram n'en avait pas besoin. Tout ce qu'elle avait à faire était coopérer ; et pour cela, les hommes de Bram le devraient aussi.

— Que nos guerriers se mettent au repos, ordonna-t-il. Immédiatement.

— Mais les portes s'ouvrent, et les villageois…

— Ne font que réagir à notre présence. Ce n'est pas encore l'heure du combat. Pour le moment, tenons-nous-en à l'autre plan dont nous avons parlé.

— Est-ce prudent ? Nous ne savons pas quelles sont leurs intentions.

— Quand ces portes seront entièrement ouvertes, je ne veux pas que ces gens nous voient armés, face à eux. Je veux qu'ils voient un festin prêt pour eux et qu'ils découvrent tous les généreux cadeaux que nous avons commencé à leur donner hier. Est-ce que le porc est prêt ?

— Oui, mais que faire de l'autre ?

— Je sais que nous n'avons plus beaucoup de temps, mais tout doit être fait comme nous l'avons prévu.

Sachant que Finlay exécuterait ses ordres, Bram l'abandonna pour s'adresser à ses hommes. L'ordre d'abaisser leurs armes créa la confusion dans les rangs. L'oisiveté forcée qu'ils avaient subie avait au moins eu un avantage : ils étaient bien préparés. Cependant, il n'exigea pas que la clôture soit démantelée. Il avait peut-être été négligent en ne demandant pas de délai à Lioslath, mais il ne le serait pas quant à la sécurité de ses hommes.

Quand il atteignit enfin la porte, elle était grande ouverte. Comme il s'y était attendu, les hommes qui lui faisaient face étaient tous armés d'arcs. Non. Il n'y avait pas que des hommes…

Lioslath se tenait devant ses maigres troupes, un arc et une flèche à la main. Deux autres flèches étaient passées à sa ceinture. Elle s'était aussi changée, troquant sa robe contre une tunique et un pantalon.

Jamais encore il n'avait vu de femme armée — ni de femme aussi belle. Elle paraissait tellement à son aise dans cette tenue, comme si elle lui était naturelle… Et il pensa à la lame avec laquelle elle l'avait menacé lors de leur première rencontre.

Qu'elle sache tirer à l'arc ou non n'était pas important, étant donné que ses hommes — y compris Aindreas — étaient tous armés de la même manière.

Il avait passé des semaines à avancer prudemment, à faire les choses en douceur pour être accepté de ce clan, et ses efforts avaient été vains.

Bram jeta un rapide coup d'œil derrière lui. La plupart de ses propres guerriers avaient baissé leurs armes, mais ils n'avaient pas quitté leur formation stratégique au cas où le camp subirait un assaut. Cette histoire risquait de se terminer dans le sang si Bram n'agissait pas rapidement.

Les hommes de Colquhoun étaient armés et faisaient face à la porte. Voilà : il avait parlé de jeux, de tours, et c'était exactement ce qu'il avait l'intention de faire depuis le début !

— Préparez-vous, cria Lioslath.

Elle fit de son mieux pour contrôler le tremblement de sa voix : Aindreas l'aurait perçu et les autres, dans son dos, auraient senti ses inquiétudes.

C'était le moment ou jamais de garder son calme. La présence de Chien, à ses côtés, l'y aidait ; sa chaleur familière la réconfortait. Malheureusement, c'était bien la seule. Jamais encore elle n'avait eu à prendre le commandement des hommes de son père, armes à la main. Tous ceux qui la suivaient étaient des guerriers, ils s'attendaient à recevoir des ordres et espéraient d'elle une certaine autorité depuis le décès de son père. Comme tout le reste, ce comportement continuait à la surprendre.

Les hommes de Colquhoun semblaient sur le point de se détendre et Lioslath se décrispa aussi — néanmoins prête à attraper les flèches passées à sa ceinture. Leur unique avantage était l'étroite ouverture de la porte. Si jamais ils devaient se battre à l'extérieur des remparts, ils n'auraient aucune chance. En dépit de ses inquiétudes, elle ne put réprimer la montée brûlante de son excitation de chasseuse.

Quand elle avait ordonné à Aindreas de préparer les hommes et d'ouvrir les portes, son ami n'avait pas été surpris. Il s'attendait certainement à ce que sa discussion avec Bram s'achève de cette manière. Il était plus contrarié par la présence même de cet homme dans sa chambre.

Aindreas n'avait jamais connu l'existence de l'entrepôt vide, en dessous, ou du tunnel en ruines. Quand il avait protesté, exigé des explications, Lioslath les lui avait promises pour plus tard. Il n'avait peut-être pas apprécié ce délai, mais n'avait pas eu de temps pour répliquer.

A présent, il se tenait derrière elle et elle pouvait presque sentir le tumulte de ses pensées. Elle aussi avait l'esprit agité.

Soudain, de l'autre côté de la porte, les hommes de Colquhoun abaissèrent leurs armes. Remontant les rangées d'archers, Bram apparut. Ses cheveux et ses beaux vêtements étaient toujours poussiéreux depuis sa fuite dans le passage secret. Il ne portait pas d'arme et ne semblait pas prêt au combat. Tandis qu'il passait au milieu de ses hommes, quelques-uns quittèrent leur position mais, par l'étroite ouverture de la porte, Lioslath ne put voir où ils allaient.

Lorsque Bram se trouva en face d'elle, elle fit un pas en avant à son tour. Sans se soucier des flèches pointées vers sa poitrine, il passa le rempart d'un pas conquérant.

Lioslath encocha une flèche à son tour. Son arc était toujours baissé mais sa position était évidente. Bram ralentit un instant, l'air surpris. Avait-il vraiment cru qu'il l'avait domptée ? Il savait *très bien* qu'il l'avait obligée à ouvrir les portes, mais les hommes de Lioslath, eux, l'ignoraient.

Quand il arriva à sa hauteur, elle lança, assez fort pour que tous l'entendent :

— Bienvenue, laird Colquhoun.

Evidemment, sa voix glaciale démentait la cordialité de ses paroles.

Bram la salua brièvement, un sourire furtif aux lèvres, qu'elle fut sans doute seule à voir. Il jeta ensuite un rapide coup d'œil autour de lui, examinant les armes pointées dans sa direction, et répondit :

— Je me sens en effet le bienvenu, Lioslath du clan Fergusson, et je vous remercie d'ouvrir vos portes afin d'offrir un peu de répit à mes hommes au sein de votre place forte.

Le cœur battant, elle raffermit sa prise sur son arc. Décidément, cet homme était rusé, avec ses belles paroles et ses manières de courtisan… En fait, il n'avait plus grand-chose en commun avec le Bram qui s'était introduit dans sa chambre en pleine nuit, uniquement armé de son sourire et de ses mots mielleux. Quoi qu'il en soit, sa conduite était aussi malvenue que ses apparitions nocturnes. Elle avait peut-être été contrainte d'ouvrir ses portes, mais rien ne l'obligeait à se montrer accueillante.

— Je crains fort que vous ne trouviez aucun répit ici, dit-elle. Ne savez-vous pas que nous avons récemment été malmenés ?

Cette fois, il eut un franc sourire — ce sourire insouciant et tranquille qu'elle haïssait tant ! Obéissant à son instinct, elle banda son arc de quelques pouces.

Ne daignant pas baisser les yeux, Bram lança encore plus fort :

— Peut-être accepterez-vous néanmoins nos humbles présents ?

D'un nouveau geste gracieux, il se retourna en direction de la porte. En quelques instants, ses hommes apportèrent cérémonieusement de larges planches débordantes de nourriture.

Grognant d'envie, Chien fit le beau et se mit à humer tous les parfums délicieux qui envahirent la cour. Il y avait du porc rôti, des navets, des oignons, des panais, le tout recouvert de… beurre ! Bram avait-il donc apporté tout cela avec lui ?

Les hommes de Lioslath tenaient toujours leurs armes mais les avaient peu à peu baissées. Plus aucun d'eux ne la regardait ou n'attendait ses ordres ; ils étaient fascinés par le festin de roi qui traversait lentement la cour et serait bientôt installé dans la…

Lioslath sentit soudain une chape glacée s'abattre sur ses épaules. Dans la grande salle — *sa* grande salle. Jamais ces longues planches n'entreraient dans l'espace étriqué du hall, sale et humide. Non, elle ne pouvait pas entrer là-dedans, aujourd'hui. *Surtout pas aujourd'hui.* Elle avait déjà abandonné une partie de sa fierté aux Colquhoun, elle comptait bien conserver le peu qui lui restait.

Elle était sur le point d'ordonner aux hommes de s'arrêter, quand d'autres guerriers de Bram apportèrent des tréteaux sur lesquels poser les placnhes lourdement chargées. Comme s'ils avaient entendu sa supplique silencieuse, ils installèrent le tout au milieu de la cour.

Il était impossible qu'ils aient fait tout le voyage, depuis les terres de Colquhoun, avec ce mobilier.

Ainsi, les hommes de Bram n'avaient pas été si oisifs que cela, durant ces dernières semaines. Elle les avait vus construire la clôture de pics et fabriquer un petit stock de flèches. Elle les avait regardés s'entraîner encore et encore. Mais, en secret, ils avaient également préparé ce banquet.

Rangeant sa flèche dans sa ceinture, elle se tourna vers Bram, qui portait un épais banc de bois comme s'il ne pesait pas plus lourd qu'une brassée de petit bois. Il dit quelque chose à voix basse à certains de ses hommes et tous éclatèrent de rire en rassemblant d'autres bancs.

Il faisait assez bon, ce matin, et il n'avait pas plu depuis des jours. Elle avait ouvert les portes, des tablées de nourriture étaient apparues et voilà que, maintenant, même le climat s'alliait à cet homme !

Chien, en tout cas, paraissait coopérer avec entrain. Quelqu'un lui avait jeté un morceau de venaison, dans un coin de la cour, et il était très occupé à le traîner en dehors de la cour. A présent qu'il avait à manger et pouvait sortir du fort, qui savait quand Lioslath le reverrait ?

Elle chassa cette inquiétude rapidement ; elle avait des soucis bien plus urgents à traiter. Dès que le festin serait prêt, qu'attendrait-on d'elle ? Tout avait changé pour elle. Finie la solitude ; ces gens attendaient quelque chose d'elle. Elle haïssait toutes ces questions, tous ces doutes. Chacune de ses faiblesses augmentait le pouvoir de laird Colquhoun.

— Il en aura bientôt fini, lui glissa soudain Aindreas à l'oreille. Accepteras-tu ce cadeau ?

Quel cadeau ? La nourriture ? Bram ne lui en avait pas parlé. Hélas, maintenant que tout son clan avait vu les tables, comment pourrait-elle refuser ?

— Ce serait du gâchis : tout le monde a faim.

— Je n'aime pas la manière dont il te regarde, reprit Aindreas.

Elle comprenait très bien ce qu'il voulait dire. Même si Bram était occupé à organiser la fête, elle avait l'impression qu'il épiait ses moindres mouvements. Et elle savait qu'il s'en servirait à son avantage, à un moment ou à un autre.

— Il ne s'est rien passé entre nous.

— Je ne te crois pas. Et puis, quoi qu'il se soit passé entre vous, j'avoue que je ne m'attendais pas à des excuses de sa part.

— Tu penses que ce sont des excuses ?

Elle avait du mal à imaginer Bram en train de s'excuser. Non, son geste devait être une preuve de plus de sa fameuse diplomatie. Sans doute s'attendait-il à ce qu'elle baisse sa garde face à une telle générosité.

Ha ! Sa générosité ! Cela ressemblait plus à une forme de stratégie.

— Il apporte de la nourriture ici, mais il en a aussi offert aux villageois.

Lioslath crut s'étrangler. Il avait *encore* des vivres à distribuer après tout cela ?

— Il faut que tu fasses savoir aux villageois si tu acceptes ses excuses ou non, la pressa Aindreas.

Tous ces gens avaient attendu d'elle qu'elle se place en dirigeante à la mort de son père. Elle avait essayé, mais avait échoué. Ensuite, quand les Anglais avaient détruit, ravagé et rasé chaque…

Réprimant une vague de colère et de profonde impuissance, elle soupira. Les Anglais étaient partis à présent. C'était fini. A son tour, Colquhoun partirait et ils pourraient enfin être en paix.

Soudain, le visage d'Aindreas s'assombrit et Lioslath comprit que Bram se trouvait juste derrière elle. Seigneur, il fallait qu'elle agisse, et vite : elle n'aurait pas la force de séparer les deux hommes, si jamais ils en venaient aux mains…

— Va dire à tout le monde d'accepter la nourriture, et va voir ce que Donaldo a fait cuire, dit-elle donc fermement.

Il y aurait sans doute peu de pain, mais au moins elle pourrait offrir quelque chose à ses hôtes, aussi malvenus soient-ils. Elle ne pouvait tout de même pas laisser les Colquhoun être les seuls maîtres de la fête. Le clan Fergusson était peut-être pauvre, mais il avait sa fierté à défendre.

Jetant un rapide coup d'œil par-dessus son épaule, Aindreas se dirigea vers la porte.

— Leur dire quoi ? lança Bram, dans son dos.

Faisant de son mieux pour empêcher son cœur de s'emballer, Lioslath se retourna et dut résister pour ne pas reculer. Il était si proche d'elle qu'elle fut plus consciente que jamais de sa taille impressionnante, de sa posture, du fait qu'il soit simplement… là.

Ce n'était pas le moment de perdre le contrôle de ses émotions !

— Leur dire que vos excuses sont acceptées, répondit-elle froidement.

— J'en suis ravi.

En dépit de ses paroles courtoises, Lioslath sentit un sous-entendu, un message caché dans son sourire. Il valait mieux ne pas y penser. De toute manière, cet homme cachait toujours quelque chose, songea-t-elle, exaspérée.

Elle n'avait pas l'habitude de côtoyer tant de monde, ni de cacher ses sentiments ou ses émotions, mais si c'était aujourd'hui le seul moyen pour elle de protéger son clan des Colquhoun, elle apprendrait vite.

— C'est plus facile comme cela, n'est-ce pas ?

La mâchoire de Bram se crispa un instant.

— Oui, murmura-t-il. Facile.

De toute évidence, il n'avait pas apprécié sa réponse. Peu importait. Elle n'appréciait rien de tout cela non plus — en particulier les traits de cet homme, fascinants, ensorcelants, vus de près dans le soleil matinal. Il était si vivant… De près, elle n'entendait pas seulement le timbre rocailleux de sa voix mais le *sentait*.

Ce seigneur Colquhoun était décidément très beau. Non, plus que « beau ». Aindreas était beau, mais Bram était plus que cela. Ses postures mettaient en valeur la puissance de ses membres et ses yeux exceptionnels semblaient percer les vêtements et la chair de Lioslath — en particulier en ce moment. Elle sentit de nouveau un frisson la parcourir mais, cette fois, cela n'avait rien à voir avec sa faim ou sa faiblesse.

C'était lui.

— Avez-vous besoin de parler avec votre conseil ? suggéra Bram en jetant un petit coup d'œil à ses gens, regroupés plus loin. Vous n'avez certainement pas eu le temps de le consulter avant d'ouvrir les portes.

Lioslath suivit son regard. Tous les habitants du fort s'étaient rassemblés en petits groupes et Bram regardait les plus âgés.

— Je prendrai soin de vos frères et de votre sœur en attendant, si vous voulez.

— Mes frères et ma sœur ?

— Oui : vos frères qui mangent déjà et votre sœur qui les gronde, comme elle le fait toujours…

En dépit de la tension qui animait la cour, et des hommes qui pointaient leurs flèches sur sa poitrine, il avait trouvé le temps de remarquer les enfants. Quelques instants à peine passés avec les petits, et Bram avait réussi à en apprendre plus sur eux qu'elle qui, même après tant de mois, ne savait toujours pas comment les approcher ou leur parler.

Lâchant un petit rire en voyant Gillean éviter de justesse une remontrance de sa sœur, Bram répondit :

— Je peux m'assurer qu'ils mangent suffisamment avant de partir jouer hors des remparts.

Etait-ce ce qu'ils avaient prévu de faire ? Jouer hors des remparts ? Peut-être bien. Cet enfermement d'un mois devait leur peser.

Le fort et la cour n'étaient pas immenses. Il y avait à peine assez de place pour des adultes ; alors, y enfermer des enfants habitués à courir où ils le voulaient… En les examinant de plus près, elle remarqua qu'ils paraissaient particulièrement excités, quittant les tables pour passer les portes.

— Il n'y a pas de conseil, ici, répondit-elle, l'esprit ailleurs, en contemplant la course folle d'Eoin.

— Depuis quand ?

La question de Bram la tira de ses pensées. Sous son regard perçant, elle s'en voulut de lui avoir dévoilé une autre de ses faiblesses.

Le clan Fergusson n'avait pas de conseil… Un conseil était

synonyme d'ordre, de commerce, de négociations. C'était le signe d'un fort bien tenu et accueillant.

Ils avaient eu un conseil, quand Lioslath était petite, mais sa belle-mère, Irman, avait fait taire toute opinion contradictoire au sein du clan. Les anciens avaient été ignorés ou humiliés jusqu'à ce que plus aucun d'entre eux n'ose donner son avis.

Cela n'avait aucune importance. Aucun conseil, aussi sage soit-il, n'aurait pu détourner son père de sa folie. Et Lioslath n'avait pas besoin d'un conseil pour l'inciter à se débarrasser des Colquhoun.

— Pour tout ce qui concerne mon clan, adressez-vous à moi, reprit-elle, plus fermement.

L'espace d'un instant, Bram s'immobilisa et elle eut la désagréable impression d'être tombée dans l'un de ses pièges, sans s'en apercevoir. Elle avait peut-être bêtement ouvert les portes pour le laisser entrer, mais cela ne voulait pas dire qu'elle accepterait quoi que ce soit d'autre de cet homme.

— Allons manger, voulez-vous ? proposa-t-il courtoisement.

Manger ? Non ! Elle ne voulait pas s'asseoir avec les autres. Elle n'avait jamais mangé à la même table que les membres du clan et ne saurait pas comment faire.

— Non.

— Nous pourrions peut-être marcher, dans ce cas.

Une promenade les entraînerait à l'extérieur, où elle pourrait enfin respirer librement. Une fois qu'ils auraient réglé leurs affaires, Bram la laisserait peut-être seule et elle profiterait de quelques instants de paix dans la forêt.

— Oui, allons marcher.

Chapitre 6

Il avait réussi. Une profonde satisfaction envahit Bram. L'attente avait finalement pris fin et il allait pouvoir mettre en place les premières étapes de son plan.

Entre-temps, les réparations les plus nécessaires du fort et du domaine ne tarderaient pas à commencer. Et les terres des Fergusson en avaient vraiment besoin !

S'était-il passé quelque chose dont Lioslath refusait de lui parler ? Ou bien ce clan manquait-il vraiment de fermiers et de charpentiers décents… Les maisons du village étaient réparées à la va-vite et les toits n'étaient plus couverts que de vieux chaume abîmé. Quant au fort, il était dans un état pire.

Il y avait beaucoup à faire avant l'hiver et une pleine coopération entre les deux clans serait nécessaire — mais une telle coopération serait longue à instaurer.

Depuis son arrivée, il avait fait ce qu'il pouvait pour éviter un bain de sang. Et l'animosité entre les deux clans ne cessait de gronder. Le festin commençait, cette colère larvée était toujours là, bien palpable. En dépit de la nourriture qu'on engloutissait et des boissons qu'on buvait joyeusement, sourdait encore l'anticipation de la bataille.

Il fallait à tout prix que Bram trouve rapidement un accord avec la maîtresse du clan. Seulement, se montrerait-elle agréable, si elle avait faim et se sentait sur le point de s'évanouir à chaque pas ? Et lui, serait-il capable de rester raisonnable et sensé, face à une beauté si époustouflante ?

Dans la lumière dorée du soleil, ses cheveux étaient d'un noir de jais, comme une flamme sombre incandescente. S'ils avaient été plus longs, ils auraient certainement éclipsé le plus clair des ciels d'été.

Ils étaient coupés au plus court, ce qui l'étonnait et lui plaisait particulièrement. Coiffée ainsi, elle lui laissait voir la courbe gracieuse de son cou et la texture soyeuse de sa peau. Il apercevait aussi le point de sa gorge qu'il aurait aimé effleurer de ses lèvres, mordiller du bout des dents et embrasser avec passion…

Le premier soir, il avait plaisanté en proposant à Lioslath de lui prendre un baiser, mais cette attirance était bien réelle et complexe — une attirance dont il ne voulait pas et qu'elle paraissait de toute manière peu encline à partager. Elle refusait de manger les vivres qu'il offrait, et même de le regarder dans les yeux. En fait, elle ne se détournait pas de l'ouverture de la grande porte.

— Nous pourrions emporter de quoi manger avec nous, si vous le voulez, proposa-t-il.

— Avec nous ?

— J'aimerais voir quelles réparations seront nécessaires, au village, avant l'arrivée de l'hiver.

— Et vous pensez que je vais vous faire visiter le… mon clan ? répliqua-t-elle.

— Bien sûr.

— N'avez-vous donc pas de responsabilités, ici ?

Il haussa les épaules.

— Et vous, ne devriez-vous pas manger avant que nous y allions ?

— Aindreas m'a apporté de quoi manger pendant que je me changeais.

— Ah oui, la venaison… Et vous ne souhaitez pas goûter à ce que j'ai apporté aujourd'hui ? insista-t-il encore.

Ils ne parlaient peut-être que de nourriture, mais au moins, ils parlaient. Parfois, les discussions les plus enflammées commencent par des banalités.

— En effet, vous vous êtes arrangé pour nous offrir un vrai festin, ce matin.

— Nous avions plus de vivres, hier, répondit-il tranquillement, pour lui faire comprendre qu'il s'attendait à ce qu'elle ouvre les portes la veille.

Elle eut un imperceptible sourire à cette remarque mais se détourna bien vite. Qu'elle profite de sa petite victoire, ce serait bien la seule qu'elle pourrait savourer tant qu'il serait là.

— Vous devez avoir hâte de quitter les murs de votre fort, j'imagine.

— Oui, en effet.

Son regard trahit un instant la colère à laquelle Bram s'était attendu, mais il laissa aussi apparaître une légère vulnérabilité — une émotion profonde et complexe qu'il n'avait pas envie de voir en elle.

Il ne lui servirait à rien de se laisser aller à des sentiments déplacés envers ce clan ou cette femme. Il aspira profondément et prit son mal en patience, reculant d'un pas pour qu'elle puisse marcher devant lui.

Bram menait toujours à bien les plus délicates négociations et celle-ci ne serait pas différente. Quand on était sous tension, trouver à un accord prenait souvent du temps mais, au final, Bram parvenait toujours à ses fins — et il y arriverait encore. Mais comment ?

Ce lieu renfermait de nombreux secrets et il ne savait presque rien de cette femme, qui marchait devant lui. Une femme qui n'avait pas peur de s'armer de dagues et d'arcs ; dont les cheveux étaient aussi sombres que la nuit, et les yeux, aussi clairs qu'un ciel d'été…

— Refuserez-vous donc de nous laisser améliorer vos maisons et vous fournir des vivres ? reprit-il après quelques instants.

— Non, ce serait idiot de ma part, vous ne pensez pas ?

— Mais vous n'aimez pas cela.

— Non, répondit-elle brutalement.

Bram n'arriverait pas à grand-chose avec ces arguments. Il allait devoir changer de sujet.

— J'ai remarqué que les clôtures qui entourent le fort, aisni que les portes, ont besoin d'être améliorées. Qu'en est-il du fort lui-même ?

— Les pierres tiennent, mais la majorité du bois devrait être remplacé, lâcha-t-elle en accélérant le pas pour passer la porte. Je ne veux pas parler du fort aujourd'hui, ni d'améliorations quelconques. S'il y a des réparations à faire, nous les ferons au printemps.

Bram réprima un nouveau soupir. Lioslath et ses hommes ne pourraient pas effectuer les réparations seuls : la plate-forme érigée près de la porte tenait à peine debout, le village entier était rempli de bâtiments instables, comme si tout l'entretien de ces terres était fait trop rapidement ou à contrecœur.

— Pourquoi le fort et le village sont-ils dans un tel état ?

— Vous saviez que notre clan était pauvre quand vous avez forgé votre alliance avec mon père, dit-elle, sans répondre à sa question.

En effet, mais à présent qu'il voyait cette pauvreté de plus près, il aurait juré que les dégâts avaient été faits volontairement. Aucun charpentier ne pouvait travailler aussi mal…

— Vous ne me dites pas tout, Lioslath.

— Rien n'a jamais été facile ou confortable, ici, c'est tout ce que vous devez savoir.

Son argument ne convainquit pas Bram. Il s'était passé quelque chose qu'elle ne voulait pas avouer. Autour du village, il n'avait vu que peu de chevaux, aucun mouton, et des champs nus. Il faudrait beaucoup de travail avant l'hiver pour remettre les bâtiments en état et remplir les granges — si elle n'avait pas menti et qu'il n'y avait, en effet, pas de nourriture. Il savait ce que c'était, d'avoir faim, et il ne souhaitait cela à personne ; pas même à cette femme si obstinée.

La survie paraissait précaire sur ces terres — tout comme l'étaient les futures prospérité et stabilité du clan. John Balliol étant en prison à la Tour de Londres, le roi anglais Edward commençait à installer des shérifs et des gouverneurs dans tout le pays. Les Fergusson auraient plus que jamais besoin de protection et d'alliances.

Caird avait prévenu Bram qu'il y aurait beaucoup à faire ici ; mais, en dépit de l'état catastrophique du fort, il sentit une brûlante excitation parcourir ses veines. Il relèverait le défi : il aimait chasser et jouer, et avait un goût prononcé pour les gageures. Ainsi, le travail qui l'attendait ici le rendait particulièrement pressé de s'y mettre.

Non, il ne devait pas se laisser emporter et suivre le plan — ce qui voulait dire qu'à l'arrivée du printemps il serait parti.

Ils firent le tour du camp, mais les yeux de Lioslath ne quittèrent pas le village. Si elle continuait à l'ignorer ainsi, Bram n'aurait aucune chance d'être accepté par son clan en dépit de l'approvisionnement qu'il apportait.

Certes, elle avait accepté son aide, mais à contrecœur. Cette femme était décidément toute en contradictions. Il avait voulu mettre son plan en action, mais elle l'avait obligé à rester oisif. Il lui avait offert un festin, mais elle refusait de manger ou de discuter des réparations dont son domaine avait besoin. Trop de paradoxes en elle, trop de facteurs imprévisibles entraient en ligne de compte et luttaient les uns contre les autres.

Lutter ? Cette pensée lui donna une idée.

Ils ne parviendraient jamais à faire la paix s'ils restaient tous deux aussi tendus ; et il *fallait* qu'ils fassent cette paix si Bram et ses hommes voulaient rester là pendant l'hiver. Heureusement, il savait parfaitement comment y parvenir.

— L'hiver arrive et certains de ces travaux ne pourront pas attendre le printemps. Nos deux clans doivent travailler ensemble si nous voulons commencer.

— N'est-ce pas pour cela que vous nous avez nourris ? demanda Lioslath.

— Cela ne suffit pas. Ce dont nos hommes ont besoin, après ces dernières semaines, c'est d'une distraction. Une fête. Peut-être même une compétition.

— Vous voulez que nous fassions quoi ? s'étrangla-t-elle, l'air abasourdi.

— Nous devrions organiser une compétition entre nos deux clans, expliqua-t-il.

Des jeux. Il voulait des jeux pour éviter le combat…

— Et en quoi ce genre de futilités devrait nous empêcher de nous battre ?

Il devenait difficile à Lioslath de se concentrer. Depuis qu'ils avaient passé les portes, l'air frais lui faisait tourner la tête. Près du village s'élevait la forêt qu'elle aimait tant. Bien qu'elle fût censée montrer les champs et le village à Bram, ses pas la guidaient vers les arbres, le calme.

Et, lui, il parlait de *jeux* ?

Elle ne voulait pas rester là à l'écouter, de peur que, troublée, elle finisse par accepter. Il voulait peut-être parler du village et des champs ; mais, à ses yeux, seule la forêt conservait un certain attrait. Elle avait tellement hâte d'atteindre les arbres, de sentir la terre douce sous ses pieds. D'entendre… le silence.

— Faites-vous exprès d'être aussi fermée, ou ne comprenez-vous vraiment pas ce que je dis ?

— Que faut-il que je fasse pour que vous partiez ? répliqua-t-elle sèchement.

Elle ne voulait pas qu'il se dresse entre la forêt et elle.

— Partir ? répéta-t-il d'un air surpris, comme s'il essayait de deviner ses pensées. En tant que maîtresse de ce clan, ne souhaitez-vous pas apaiser les tensions entre nous ?

Il se trompait. Elle n'était pas la maîtresse du clan et les seules tensions qu'elle souhaitait apaiser étaient celles qu'elle ressentait elle-même.

— Non.

Bram fronça les sourcils un instant, l'air confus. Puis, tout son corps se détendit et il recula d'un pas.

— Vous êtes une lady, et je vous prie de m'excuser. J'imagine que vous ne vous êtes jamais encore trouvée dans une telle situation. Néanmoins, je sais qu'il en faut peu pour entamer une bagarre, et cette compétition nous sera d'un grand secours.

Une lady ? Maîtresse du clan ? Il aurait tout aussi bien pu parler une autre langue ! Même ses bonnes manières paraissaient fausses, comme celles d'un courtisan.

Lioslath n'était pas de haute naissance. Elle ne s'était jamais souciée de cuisine ou du nettoyage des sols — ou encore d'*apaiser les tensions*. Elle avait peut-être confié son arc et ses flèches à Aindreas, mais elle avait conservé sa dague dissimulée dans les plis de sa tunique. Seigneur, comme elle aurait voulu pouvoir égorger Bram avec !

— Vous plaisantez, avec vos jeux, j'en suis sûre.

De toute manière, qu'attendre d'un Colquhoun habitué à rire en permanence ?

— Tout cela n'est qu'un mauvais tour que vous me jouez.

— Il n'y a aucun mauvais tour, simplement des jeux. Une compétition, répondit-il comme on répondrait à un enfant aux questions idiotes. Nous devrions organiser une épreuve de nage sur le lac, de la lutte, des jeux de boules, des lancés de fer à cheval et un concours d'archerie.

— Avec des équipes, des points, des prix ?

— Oui.

Il parut soulagé, comme si elle avait accepté.

— Ce ne sont que des distractions frivoles qui ne servent à rien.

Bram dut maîtriser un nouvel accès d'impatience. Cette femme ne comprenait rien, à moins qu'elle se fît un plaisir de le contrarier. Quoi qu'il en soit, il ne pouvait accepter sa rébellion.

Décidément, Lioslath n'était pas la fille qu'il avait imaginée. Son père était mort en avril, cela aurait pourtant dû lui laisser le temps de s'habituer aux affaires du clan. Après tout, les femmes se soucient toujours de l'humeur des gens qui les entourent, même si elles n'ont pas l'habitude de s'occuper de politique ou de stratégie.

Dans les deux clans, les hommes étaient sur le point de perdre le contrôle. Il fallait à tout prix qu'ils trouvent un moyen de coopérer et de calmer les esprits.

— Les jeux sont plus utiles que vous le pensez, reprit-il aussi patiemment que possible, surtout pour des hommes prêts à se battre entre eux. Les jeux canalisent leur agressivité.

Nous devons à tout prix organiser cela, et vite, sous peine de les voir s'égorger avant la nuit.

— Ces jeux ne feront rien pour nourrir mon clan ou réparer les maisons, ou apporter…

— Tous ces problèmes auraient pu être réglés il y a des semaines si vous m'aviez ouvert les portes !

Lioslath frémit et Bram sut qu'il avait touché juste. Il n'aimait pas se montrer aussi brusque — surtout quand ses paroles raisonnables suffisaient à lui faire atteindre son but. Hélas, avec elle, les paroles raisonnables étaient inutiles.

— Nous *avons besoin* de coopération et je ne connais rien de plus efficace pour faire disparaître les rancœurs qu'une compétition. Ce qui fera du bien à nos hommes est un test de valeur.

— Cela n'a rien d'un test de valeur. J'ai suffisamment chassé pour savoir comment manipuler une proie pour la faire sortir de sa tanière. Viens ici, petit campagnol, tu pourras manger — et moi aussi, quand je t'aurai attrapé !

— Tout ce que je veux, c'est empêcher nos clans de se battre !

— A vous entendre, tout serait ma faute, alors. Oui, petit campagnol, tu es dans mon potage parce que tu avais si faim que tu as mangé les miettes que j'avais mises au fond du piège…

Exaspéré, Bram s'efforça de garder son calme. Il finirait bien par la convaincre de se ranger à son point de vue !

— Est-ce que vous essayez de dire que je vous ai manipulée en plaçant cette nourriture à l'entrée du tunnel ?

— Bien sûr, qu'est-ce que c'était censé être, sinon cela ?

— Un gage de paix. Un cadeau pour vous montrer que je ne vous voulais pas de mal, enfin !

— Et le fait que j'aie pris votre cadeau ? reprit-elle, toujours aussi sèchement. Cela ne m'obligeait donc pas à ouvrir les portes ?

Seigneur, il n'avait absolument pas pensé à cela… Il n'avait agi que pour adoucir Lioslath, la convaincre de les accueillir.

— Vous avez ouvert la porte pour sauver votre honneur, rien de plus, répondit Bram.

— Uniquement parce que vous avez été vu dans ma chambre ! Que j'ai été aveugle : vous êtes rompu à ce genre de malhonnêteté. Vous affamez les gens, puis tendez généreusement la main vers eux quand vous les savez désespérés ; tout comme vous aviez promis des bêtes et une puissante alliance à mon père…

Bram eut un pincement au cœur : elle s'approchait un peu trop de la vérité à son goût.

— Faites attention, Fergusson, prévint-il. Qui manipule qui, à présent ? L'accord que nous avons conclu était dû à une longue discussion diplomatique entre votre père et moi, établi entre deux partis consentants et…

— Nous ne sommes pas consentants, aujourd'hui ! coupa Lioslath. Vous avez tout fait pour nous affamer jusqu'à ce que nous ayons l'impression d'avoir nous-mêmes attiré ce malheur sur le clan ! Ces jeux que vous proposez d'organiser ne sont pas un compromis, c'est de la coercition !

— Je suis un Colquhoun, le chef de mon clan. Je ne pratique pas la coercition, sachez-le !

Elle eut un petit sourire exaspéré.

— Bien entendu, cela serait vous rabaisser. Quelle idiote je fais… Après tout, nous ne sommes là que pour votre petit plaisir.

Soupirant de nouveau, Bram jeta un rapide coup d'œil autour de lui. Ils étaient écoutés de près.

A présent qu'ils avaient passé les portes et traversé le campement, le village était plus proche que jamais. Il n'y avait ni bancs ni tables ici, mais de la nourriture fraîchement préparée attendait sur des charrettes. De nombreux villageois venaient se servir pour emporter leur part du festin aux tables communes, érigées plus loin. Hélas, il y en avait trop qui ralentissaient le pas pour suivre attentivement leur discussion animée.

A court d'argument, Bram ne sut que dire. Que cette fille était frustrante ! Ne savait-elle donc pas que les femmes étaient censées se montrer douces, sourire, être humbles ?

C'était pourtant ce dont il avait besoin, aujourd'hui : une femme docile.

Hélas, elle n'avait rien de ce que l'on attendait de ses semblables et Bram était contraint de jouer à un perpétuel jeu de devinettes avec elle. Elle le troublait, non seulement par sa beauté, mais par le mystère qui l'entourait ; il ne comprenait pas non plus son étrange comportement détaché — presque méfiant — vis-à-vis de son clan, de ses frères et de sa sœur…

Mais ce qui le déstabilisait le plus était son obstination à ignorer son statut de laird et ses sourires pourtant ravageurs. Son obstination à repousser toute tentative de raisonnement sensé. Elle était aussi frustrante qu'énigmatique !

Une nouvelle fois, il dut lutter contre un soudain désir de la laisser là — pourquoi devait-il être patient ? Elle l'obligeait en permanence à se défendre, à se justifier, et il avait horreur de cela.

— Etes-vous en train de me dire que vous ne voulez pas de cette compétition ? demanda-t-il.

Lioslath éluda une fois encore sa question et pointa le village du doigt.

— N'étais-je pas censée vous montrer ce que, dans votre générosité, vous pourriez améliorer chez nous ?

Décidément, il n'irait pas plus loin avec elle. Quelle entêtée ! Elle avait peut-être mangé, mais lui non… Il jeta un rapide coup d'œil à la nourriture que les Fergusson avaient offerte en plus de la sienne. Le potage avait une couleur peu engageante et il préféra attraper deux morceaux de pain et un peu de porc.

Une fois servi, il suivit Lioslath en mordant à pleines dents dans son pain avant de recracher instinctivement sa bouchée, de peur de se blesser avec la croûte trop dure.

— Notre pain n'est pas assez frais à votre goût, laird Colquhoun ?

— Non, tout va bien.

Il aurait aimé lui signaler que le pain n'était pas censé être agrémenté de cailloux et que le potage n'avait pas à être gris, mais ce n'était probablement pas une bonne idée. Déjà elle pensait qu'il menait une vie facile et frivole… S'il voulait atteindre son but avant le soir, il valait mieux ne pas confirmer ses premières impressions à son sujet.

Comme si elle avait compris son mensonge au sujet du pain, Lioslath eut un sourire hautain et accéléra le pas en direction du village.

Anxieuse, agitée, et encore bien trop loin de sa chère forêt, Lioslath n'avait plus qu'un désir : que cet après-midi prenne fin. Il ne s'agissait pas que de Bram et de ses exigences. Leurs clans s'observaient avec méfiance et les observaient, Bram et elle, attendant le moindre signe de bonne ou de mauvaise entente.

Elle était peut-être finalement sortie de l'enceinte du fort, mais elle se sentait plus piégée que jamais. Piégée par le rôle qu'elle devait tenir — un rôle dont elle ignorait tout — et par son désir de se sentir mieux.

Ayant de plus en plus de mal à garder son sang-froid, elle montra à Bram les toits des maisons et les poutres qui pourrissaient peu à peu. Elle parla des labours à faire dans les champs et des tranchées à creuser dans le village. Tout cela allait devoir être accompli avant que la terre ne gèle.

Bram lui posa des questions au sujet de chaque détail, de chaque indication qu'elle lui donnait. Rien ne lui échappait. De nouveau, elle sentit sa fierté se rebeller : le fort et les terres des Fergusson étaient à l'abandon…

Evidemment, cela n'avait pas toujours été le cas. Quand elle était encore enfant, ses parents avaient travaillé sans relâche pour préserver cet endroit et le fort avait été splendide ; le clan prospérait, à cette époque.

Puis, les loups étaient arrivés et avaient dévasté le village juste avant l'arrivée d'une gelée brutale. Les moissons n'étaient pas encore finies et la plupart des ballots d'avoine et d'orge n'avaient pas été placés à l'abri dans les granges. Au fil du long hiver rude qui avait suivi, le clan avait souffert — trop souffert. La maladie soudaine et la mort de la mère de Lioslath n'avaient évidemment rien arrangé…

Jamais ils ne vécurent de nouveau un tel hiver ; mais jamais ils ne s'en remirent non plus, son père le premier.

Au fil des ans, il avait pris de plus en plus de risques. Son désespoir, son désir de retrouver son bonheur passé avaient teinté toutes ses actions. Son mariage avec Gaira Colquhoun n'avait été qu'une tentative de plus. Quand les lettres étaient arrivées, quand l'alliance avait été scellée et qu'il était parti récupérer son épouse, il avait retrouvé un peu de sa fierté d'antan. Il s'était montré de nouveau optimiste et avait enfin donné un but à sa vie.

Mais le clan Fergusson était maudit… Quand le père de Lioslath était rentré de ce terrible voyage jusqu'aux terres Colquhoun, ce fut sans épouse. Déterminé et désespéré, il était reparti pour ne jamais revenir, cette fois.

Après cela, Lioslath avait reçu une lettre de Bram proposant son aide — une aide qui, évidemment, n'arriva pas. Quand la garnison anglaise avait dévasté le fort, en juillet, le clan était trop vulnérable pour supporter un affrontement. Les Anglais avaient causé plus de dommages que ne l'aurait fait un ouragan. Ils étaient arrivés au début de la moisson d'orge et étaient restés pour voler l'orge et le blé avant de brûler tout le reste.

Quand les Colquhoun s'étaient présentés à leur tour, le clan tentait désespérément de récupérer tout ce que les Anglais n'avaient pas détruit, dans l'espoir de se nourrir pendant l'hiver.

Et Lioslath en avait assez.

Elle était fatiguée de s'entendre dire qu'elle ne comprenait pas. Fatiguée d'avoir l'impression de ne pas comprendre.

Contrairement à ce que Bram semblait penser, elle comprenait *très bien*. Laird Colquhoun avait écrit, promettant de venir l'aider, mais des jours, des semaines, des mois étaient passés sans le moindre signe de vie.

Ces derniers temps, elle avait appris à aider son clan toute seule. Elle avait chassé, rapporté de la nourriture au fort. Elle avait affronté les Anglais jusqu'à ce qu'ils repartent et avait bien l'intention de faire la même chose avec Bram.

Dans un premier temps, elle avait pensé que fermer les portes du fort suffirait pour qu'il comprenne qu'il n'était pas le bienvenu chez elle, tout comme elle avait pensé que donner des vivres aux Anglais suffirait. Et, les deux fois, elle avait eu tort. Elle n'était pas aussi impitoyable que son père, ni aussi douce que sa mère. En fait, la simple présence de Bram lui rappelait en permanence qu'elle n'était pas ce qu'elle aurait dû être.

Ils contournèrent une maison et elle aperçut ses frères et sa sœur en train de jouer avec les enfants de Donaldo. C'en était trop… Elle fut incapable de faire un pas de plus. Elle ne pouvait pas traverser toutes ses terres en sentant le poids de la pitié de Bram sur ses épaules, et encore moins lui montrer qu'elle était incapable de discuter ouvertement avec le peu de famille qui lui restait.

— Je m'en vais ! lança-t-elle, la gorge nouée, avant de se détourner des villageois, des hommes des deux clans, des champs décimés, du fort en ruines et de ce seigneur Colquhoun qui remarquait tout.

Il lui lança un regard d'avertissement qu'elle ignora en passant près de lui. Il la suivit. Elle sentait sa présence dans son dos, tout comme elle sentait le timbre de sa voix vibrer en elle quand il lui parlait. Il savait provoquer d'insoutenables frissons en elle et elle avait horreur de cela — presque autant que de ses accusations et de sa pitié.

Toute la journée, elle avait marché à ses côtés, répondu à ses questions et parlé à son propre clan. Toute la journée, elle l'avait observé. Son expérience de chasseuse l'obligeait à admirer la souplesse et le silence mortel dont il savait faire preuve ; un trait inhabituel chez un homme de son rang.

De nouveau, elle frissonna. Pourquoi s'intéressait-elle tant à lui ? Pourquoi ressentait-elle ce… désir pour lui ?

Hélas, elle était incapable d'ignorer ses sentiments. Ce n'était ni la faim, ni la faiblesse. C'était une sensation qu'elle n'avait encore jamais connue : son corps était conscient de la présence de Bram, physiquement conscient. Elle avait passé plusieurs semaines à l'observer de loin, et elle savait que son regard n'était plus chargé de haine mais d'une sorte d'admiration… envers laird Colquhoun !

Elle était presque à bout de souffle lorsqu'ils atteignirent le sud de la forêt. C'était l'endroit le plus sombre et le plus dense du bois — l'endroit favori de Lioslath, invisible depuis le fort.

Quelques pas encore et elle se fondit dans l'ombre, emplissant ses poumons du parfum humide de la terre et des feuilles d'automne entassées au pied des arbres. Ce parfum, c'était chez elle. C'était sa liberté. Bram avait peut-être pensé la piéger dans son foyer grâce à son siège mais, à la vérité, il l'avait maintenue écartée du seul endroit auquel elle appartenait vraiment. Son foyer, c'était la forêt, pas le fort.

Bram ne parlait plus, mais elle sentait la volonté qui émanait de lui. Cette volonté qui entachait le sanctuaire de Lioslath. Bram parut hésiter un instant avant de pénétrer sous les arbres à ses côtés, si grand qu'il empêchait toute lumière de parvenir jusqu'à elle. Il paraissait si déplacé, dans *sa* forêt.

Ses cheveux clairs faisaient tache et sa silhouette si haute, si large, le faisait ressembler à un rocher qui serait soudainement apparu au milieu des grands et gracieux troncs d'arbres.

Il n'avait décidément rien à faire là. Cette forêt appartenait à Lioslath ; le clan Colquhoun n'y avait pas sa place.

Finalement, elle s'immobilisa et fit volte-face, glissant les doigts sous sa tunique, au niveau de la courte dague qu'elle avait dissimulée là.

— Je vous ai montré ce que vous vouliez savoir, lança-t-elle d'une voix forte. Pourquoi m'avez-vous suivie ?

— Nos hommes nous regardaient. Si je n'avais pas quitté le village à vos côtés, ils auraient cru à une dispute. J'ai donc préféré vous suivre tranquillement comme si nous avions besoin de parler en privé.

Tranquillement ? Elle avait presque couru jusqu'aux premiers rangs d'arbres ! Il avait d'ailleurs suivi son pas rapide et ne paraissait pas essoufflé pour autant. Aux yeux de tous, ils avaient certainement dû avoir l'air de fuir le village…

Elle s'en voulut immédiatement : de nouveau, elle n'avait pu s'empêcher de faire quelque chose de stupide. Il fallait dire que personne ne lui avait appris à se soucier des apparences et des impressions des autres.

Elle avait été cachée aux yeux du monde pendant si longtemps — et, ensuite, elle avait tout fait pour rester cachée… De nouveau, son réflexe avait été de se soustraire aux regards, mais le laird Colquhoun refusait visiblement de la laisser seule. Instinctivement, elle referma ses doigts sur la garde de son poignard.

— Bien. Nous avons parlé en privé. Vous pouvez partir à présent !

— Non, nous devons parler vraiment. Nous devons trouver un accord.

Il cherchait certainement à revenir sur son idée de compétition. Sa voix, habituellement si mielleuse, était devenue aussi brutale que celle de Lioslath. Peu importait, cela ne la ferait pas changer d'avis au sujet de ces frivolités, en particulier depuis qu'il avait employé ce mot : « devoir ».

Deux syllabes qui suffisaient à la priver de toute liberté. Elle les avait déjà entendues de la part de sa belle-mère et, plus tard, de son père.

Evidemment, Bram n'abandonnerait pas son projet si facilement. Néanmoins, il ne pouvait pas contrôler le sens que prendrait la compétition.

Il avait peut-être apporté des vivres et des matériaux jusqu'à sa porte. Il l'obligeait peut-être à tenir cette stupide compétition, mais *elle* déciderait du vainqueur.

En face d'elle, Bram ne bougea pas. Il ne comprit même pas qu'il devait bouger — jusqu'à ce que la lame du poignard sifflât à son oreille.

Elle sut immédiatement qu'il n'avait pas eu le temps de voir la dague, mais elle aperçut tout aussi vite l'éclat de rage qui brilla au fond de ses yeux quand il l'entendit se ficher dans le tronc d'un arbre, derrière lui.

Un silence pesant s'éleva entre eux tandis qu'il la dévisageait de ses yeux gris, aussi agités qu'un ciel d'orage.

Lioslath, elle, ne put s'empêcher de sourire.

— Considérez cela comme mon accord : vous aurez votre compétition. Satisfait, maintenant, Colquhoun ?

Chapitre 7

Tâchant de se rappeler que tout cela serait bientôt fini, Lioslath supporta en silence que l'on accroche drapeaux et tabards dans tout le fort, le lendemain matin. Elle regarda amèrement ses hommes bâtir des cibles humaines de paille et se disputer au sujet des distances de tir, de la hauteur à laquelle accrocher les cibles aux arbres.

Tout cela était une telle perte de temps...

Chien finit par réapparaître et s'approcha d'elle, observant toutes ces nouveautés de ses yeux perçants. Contrairement à elle, il paraissait plutôt apprécier toute cette animation — sans doute parce qu'il avait enfin été nourri et avait pu chasser librement dans la forêt toute la nuit.

Si seulement elle pouvait se sentir aussi détendue que lui. Hélas, elle ne parvenait pas à oublier l'agitation de la veille, quand elle avait annoncé à son clan l'organisation de la compétition, ni l'attente anxieuse de la nuit alors qu'elle ne savait pas si Bram viendrait la surprendre ou non.

Ayant besoin de garder son calme, elle s'agenouilla aux côtés de Chien et attendit qu'il s'appuie contre elle pour pouvoir le prendre dans ses bras. Cet animal restait sauvage ; il valait donc mieux que ce genre de câlins soit bref et rare. Cependant, il représentait le seul être qui lui était familier dans son monde soudain si bouleversé.

Quand elle se redressa, elle vit que ses frères étaient très occupés à fabriquer des hommes de paille. Du moins,

Eoin les fabriquait tandis que Gillean les détruisait tout aussi consciencieusement. De toute manière, il n'y avait plus assez de paille dans le fort pour construire de grandes cibles. Seul un Colquhoun pouvait suggérer d'utiliser de la paille pour cela ; les Fergusson, eux, savaient bien que c'était une ressource utile que l'on ne devait pas gâcher. Dans son clan, chaque botte de foin était soigneusement ramassée et entreposée pour l'hiver.

Son clan. Elle n'avait commencé à voir les choses ainsi que depuis la mort de son père. Là, dans la cour, elle comprenait que les hommes de Colquhoun se démarquaient des Fergusson, parce qu'ils étaient étrangers à ce lieu, mais aussi à cause du contraste marqué entre les deux clans.

Les Colquhoun, élégamment vêtus, portaient des chaussures confortables et étaient armés de lames propres. Les hommes de Lioslath, eux, étaient amaigris par le siège et l'avidité des Anglais. Les rares arcs et flèches qu'ils possédaient encore étaient usés et dépareillés.

Même si cette compétition était censée rester amicale, elle n'était pas équitable. Les hommes de Bram avaient dès le départ l'avantage et cette réflexion n'en rendit Lioslath que plus amère.

— Cette fête s'annonce agréable, n'est-ce pas, grande sœur ? claironna soudain la voix de Fyfa, près d'elle.

La fillette affichait un mélange d'excitation et de timidité. Elle gambadait depuis l'aube dans la cour, sans rien perdre pour autant de ses manières élégantes et gracieuses.

— Ce n'est pas une fête, répondit Lioslath en regardant Chien s'éloigner lentement.

Il avait aussi peu l'habitude que sa maîtresse de côtoyer les enfants…

— Il y a des bannières et des hommes de paille, reprit Fyfa. On m'a aussi dit qu'il y aurait de la musique, ce soir, et Donaldo a déjà commencé à cuire ses gâteaux d'avoine au miel.

Elle poussa un soupir exagéré.

— On m'avait raconté des histoires au sujet de ce genre de festivals, mais je n'y croyais pas…

— Cela n'a *rien* d'un festival.

Un festival nécessitait des étals, du commerce. Hélas, ici, on ne pourrait marchander que l'air et, avec tous ces gens dans le fort, même cette ressource paraissait s'amenuiser. Et maintenant, Donaldo faisait des gâteaux d'avoine — sans doute en utilisant les dernières maigres ressources du clan… A ce rythme-là, ils n'auraient plus rien pour survivre à l'hiver avant la fin du jour.

— Où sont tes frères ? demanda Lioslath dans l'espoir de détourner la conversation.

— *Nos* frères doivent être en train de se disputer ou de se rouler dans la boue, comme d'habitude.

— Tu leur as parlé ?

Gillean était trop petit pour décider ce qu'il voulait de la part de laird Colquhoun en échange de son silence. Elle était certaine qu'ils n'oublieraient pas la promesse de Bram. Seulement, s'il leur avait déjà donné leurs cadeaux, Fyfa s'en serait probablement déjà vantée, ravie de pouvoir profiter d'un petit luxe.

— Je leur parle le moins possible, maintenant que nous sommes libres, répondit fermement Fyfa.

Lioslath sentit son cœur se serrer. Leur long enfermement avait peut-être été difficile pour elle mais, à l'âge de sa sœur, il lui aurait paru insoutenable. Néanmoins, elle ne s'était pas attendue à voir ses frères ou sa sœur réagir de la même manière qu'elle : elle les avait toujours crus si différents d'elle.

Soudain, elle se souvint des paroles de Bram : les enfants voulaient jouer dehors… De nouveau, son incroyable don d'observation la surprit.

— Nous ne serons pas libres tant que les Colquhoun seront là pour nous tourmenter.

— Nous tourmenter ? Ils ont apporté à manger et préparent une fête ! Evidemment, il va falloir que je surveille Eoin et Gillean. Je leur ai déjà dit que jouer avec des échasses était dangereux, mais ils ne m'ont pas vraiment écoutée.

Oh ! Fyfa et ses grands discours ! A la voir ainsi, on aurait pu croire que c'était *elle*, la maîtresse du fort. Elle deviendrait une parfaite lady, en grandissant.

C'était l'un des souhaits les plus chers de leur père. L'une des raisons qui l'avaient poussé à épouser la sœur de Colquhoun pour donner une mère à Fyfa, une femme capable de l'élever en vraie dame, douce et bienveillante.

Mais Gaira s'était enfuie et Busby avait été tué.

Regarder sa sœur rappelait à Lioslath la perte de sa propre mère et les affreuses années de douleur et d'isolement qui avaient suivi.

— Trouve quelque chose à faire, dit-elle après quelques instants. Tu dois travailler : vous êtes trop oisifs, les garçons et toi.

Quand elle avait son âge, Lioslath avait toujours travaillé. Comment Fyfa croyait-elle que le fort se maintenait — même mal ? Grâce à un rude travail. Elle n'en avait tiré que de maigres bénéfices, mais des bénéfices néanmoins. Jouer, en revanche, n'apportait rien et les festivités qu'on préparait étaient inutiles.

En l'entendant, le visage de Fyfa s'assombrit et la lueur de joie qui avait animé ses yeux s'éteignit.

— Encore du travail…

— Oui, encore du travail.

Tout en prononçant ces mots, Lioslath ne put réprimer un pincement au cœur en voyant le sourire de la fillette s'effacer.

Donaldo approchait d'elles à grands pas.

— Quelqu'un a volé mes gâteaux d'avoine ! lança-t-elle.

Instantanément, le visage de Fyfa s'enflamma. Les poings serrés, elle cria :

— C'est les garçons ! Ils ne m'ont même pas laissée y goûter !

Sans un regard en arrière, elle se précipita vers ses frères.

Pas dupe de cette diversion, Lioslath demanda :

— Est-ce que les garçons ont vraiment volé les gâteaux ?

— Vous croyez qu'ils oseraient ?

Personne, au fort, n'oserait fâcher la large et autoritaire Donaldo.

Donaldo avait été la meilleure amie de la mère de Lioslath et, sans la considérer comme une amie, elle ne se sentait pas aussi mal à l'aise avec elle qu'avec le reste du clan. Lors de la mort de Busby, c'était bien Donaldo qui avait, la première, affirmé sa loyauté envers Lioslath et l'avait soutenue à l'arrivée des Anglais.

Elle reprit la parole dans un murmure, sa voix se faisant plus grave que d'habitude.

Lioslath fut soudain inquiète.

— Que s'est-il passé ? demanda-t-elle.

— Les préparations de la fête avancent bien…

— Ne me mens pas, il y a autre chose.

Lioslath se moquait bien des célébrations, et Donaldo le savait mieux que personne.

— Que voulais-tu me dire sans que Fyfa puisse nous entendre ?

— Il vous a regardée toute la journée.

Lioslath comprit immédiatement de qui parlait la cuisinière. Elle savait très bien que Bram la surveillait, tout comme elle le surveillait, elle aussi. Avaient-ils pris cette habitude à cause du siège ? Non, c'était quelque chose de différent. Tout en lui était si vibrant, de ses gestes à son sourire toujours prêt à rayonner. Il s'agitait, parlait à ses hommes, tentait de parler à ceux de Lioslath. En fait, il faisait preuve d'une énergie qu'elle n'avait jamais observée auparavant. Il avait un but.

Agacée, elle se racla la gorge pour chasser sa gêne. Il avait un but qu'elle admirait — mais elle refusait d'admirer les Colquhoun. Il n'était là que pour la manipuler, voilà quel était son but !

Dissimulant tant bien que mal son trouble, elle haussa les épaules.

— Est-ce vraiment important, s'il me regarde ?

— Oui, c'est important. Il vous regarde comme les hommes ont l'habitude de regarder les femmes, répondit Donaldo.

— Il cherche certainement juste à s'assurer que je n'annule pas la compétition.

— Vous comptez l'annuler ?

Décidément, Donaldo la connaissait trop bien.

— Non, ce serait du gâchis, maintenant que tant de choses ont été préparées.

— Dans ce cas, j'en déduis que vous comptez y participer pour fanfaronner devant lui.

Evidemment que Lioslath comptait y participer ! Même affaiblie par la faim, elle restait la meilleure archère du clan.

— Il n'appréciera pas, vous savez, la prévint Donaldo. Tout cela pourra avoir de graves conséquences.

— Il n'est pas comme les Anglais.

— Peut-être, mais avec eux aussi, vous avez pris trop de risques ; surtout en leur faisant face. Vous auriez dû nous consulter avant de sortir des écuries au galop, comme vous l'avez fait. Quelle idée ! Céder à toutes leurs exigences alors que certains des hommes étaient prêts à se battre…

— S'ils s'étaient battus, ils seraient morts. J'ai peut-être cédé aux exigences des Anglais, mais personne n'a été blessé.

— Vous auriez pu l'être facilement — comme maintenant. Vous ne devriez vraiment pas trop pousser cet homme dans ses retranchements.

Lioslath entendit la sévérité pointer dans la voix grave de Donaldo.

— Dois-je comprendre que tu te ranges de son côté ? Toi, qui as su assurer le silence des villageois contre les Colquhoun depuis un mois ?

— Il n'y a plus de côtés, maintenant que vous avez ouvert les portes, répondit Donaldo avec un regard autour d'elle. A présent, seule la coopération est encore possible et la seule coopération envisageable est de participer à ces jeux, d'accepter leurs cadeaux et de dire adieu à ces Colquhoun une bonne fois pour toutes.

Dites comme cela, les choses paraissaient simples. Faciles. Si c'était aussi simple, pourquoi n'avait-elle pas coopéré avec les Colquhoun dès le départ ? Peut-être que, si elle l'avait fait, Bram et ses hommes seraient déjà repartis.

— Tu crois que j'ai eu tort ? Que j'ai causé plus de problèmes et de gâchis en ne les accueillant pas depuis le début ?

— Vous ne saviez pas ce que cet homme avait l'intention de faire quand il est arrivé, et il était nécessaire de lui rappeler qu'il n'est pas le bienvenu ici, répondit gravement Donaldo. C'était difficile de laisser tous ces vivres pourrir alors que nous en avions besoin, mais les Fergusson sont bornés — vous le savez aussi bien que moi — et c'était agréable de pouvoir leur renvoyer leur arrogance au visage…

Oui, cela avait été agréable, mais Lioslath n'aimait pas être contrainte d'accepter l'aide de Bram. Il n'avait pas été là quand les Anglais étaient venus ravager ses terres. Se retrouver soudain en position d'alliés paraissait déplacé. En même temps, tout paraissait un peu déplacé depuis la mort de son père.

Peut-être qu'après les jeux les choses iraient un peu mieux. Quand les Colquhoun repartiraient, elle pourrait sans doute respirer librement à nouveau.

— Est-ce qu'elle a l'intention de gagner cette compétition ? demanda Aindreas qui s'était approché de Donaldo.

Gênée, Lioslath s'écarta un peu, les invitant à faire de même. Ils avaient besoin de discuter en privé et non pas d'être entendus par tout le clan.

— Oui, bien sûr, répondit Donaldo d'un air désapprobateur.

Aindreas parut soulagé, mais Lioslath préférait que la cuisinière ne devinât pas pourquoi.

— Comment se portent les autres ? demanda-t-elle, changeant brusquement de sujet.

— Mieux à présent, mon enfant, dit Donaldo, bien que la plupart continuent à partager votre point de vue. Pour une fois, tout le monde est d'accord pour garder le silence au sujet de ce qui s'est passé — même s'il a été difficile de cacher les dommages que les Anglais ont causés…

— Les Colquhoun continuent à poser des questions ?

Pourquoi Bram se montrait-il aussi curieux ? Pourquoi tenait-il à ce point à connaître la raison de tant de dégâts ?

Après tout, il n'avait jamais eu une haute opinion du clan Fergusson et était au courant de leur pauvreté. Pourquoi ne se contentait-il pas de cette explication ?

— Oui, ils continuent, reprit la cuisinière. Pour l'instant, je ne leur dis rien, mais quand ils ne s'étonnent pas de l'état des champs, ils demandent ce qui a causé toutes les traces de brûlure sur les bâtiments.

Les Anglais avaient envahi le village comme un troupeau de sauterelles dévastatrices. Ce qu'ils n'avaient pas dévoré, ils avaient tenté de le détruire. Quand les Colquhoun étaient apparus sur la crête, Lioslath n'avait pas eu beaucoup de temps pour se préparer. Elle avait donc décidé de s'en tenir à un plan très simple : barricader les portes et ne rien dire au laird.

— Des temps plus durs encore attendent notre clan, murmura Aindreas.

— Cela ne veut pas dire que nous devons accepter la charité de Colquhoun et des siens.

Lioslath ne pouvait qu'être d'accord sur ce point.

— Dans ce cas, gardons le silence.

Donaldo acquiesça, non sans jeter un coup d'œil par-dessus son épaule.

— Je serai heureuse de garder le silence, mais je persiste : il ne vous regarde pas comme une simple œuvre de charité. N'oubliez pas, ne le poussez pas à bout : il y aura des conséquences…

— Il faut qu'il parte, intervint Aindreas, et si elle l'humilie pendant les jeux, cela ne fera que rendre le message plus clair.

— Peut-être que oui, mais elle a ouvert les portes.

— Elle y a été obligée ! lâcha Aindreas dans un accès de colère.

Sous le poids du regard de Donaldo, Lioslath maudit en silence le manque de contrôle d'Aindreas. Elle ne put néanmoins pas éviter d'expliquer ce qui s'était passé à Donaldo — comment Bram l'avait surprise dans la cuisine et son évanouissement.

— Seigneur, mon enfant, soupira la cuisinière à la fin de son récit, avant d'ajouter d'un air plus soupçonneux : Est-ce bien tout ce qui s'est passé dans la cuisine ? Il vous dévisage comme s'il savait quelque chose…

— J'ai perdu connaissance, certes, mais je ne lui ai rien dit !

— Il sait pourtant des choses, insista à son tour Aindreas. Ce n'était pas la première fois qu'il était dans ta chambre, n'est-ce pas ?

— Il y était aussi la nuit d'avant, admit Lioslath.

— Il est venu dans votre chambre *deux fois* ?

Donaldo avait laissé échapper ces mots d'une voix plus forte avant de se reprendre rapidement pour chuchoter :

— Si jamais les enfants parlent, on pourrait exiger un mariage. Vous savez que nous ne pourrons rien faire pour vous protéger, dans ce cas ?

Lioslath acquiesça, examinant ses deux meilleurs alliés, si soudainement transformés en accusateurs. Comme si elle avait le moindre contrôle sur ce que faisait Bram, le moindre contrôle sur ce qui s'était passé depuis un an !

Elle n'avait jamais voulu tout cela.

— Rien n'est arrivé, se défendit-elle au bout d'un moment. Chien était avec moi et j'avais un couteau.

— Dans ce cas, tu aurais dû le lui lancer en plein cœur ! répliqua Aindreas.

Evidemment. Elle avait eu la même idée, sur le moment. Qu'est-ce qui avait donc retenu son bras ? Peut-être qu'ils avaient raison de l'accuser, finalement.

— Je pensais que tu le voyais du même œil que moi, reprit Aindreas, que tu le haïssais. J'imaginais ce que tu lui ferais subir s'il avait l'audace de s'introduire dans le fort. Mais tu n'as rien fait. Lioslath, n'oublie pas : c'est à cause de lui que ton père est *mort* !

C'en était trop !

— Tu crois vraiment que j'ai oublié ?

Effrayé face à tant de rage, il recula d'un pas.

Lioslath ne s'était jamais préoccupée de sa réputation, mais épouser le seigneur Colquhoun risquait d'être vu comme une trahison impardonnable par le clan. Finalement, la prétendue générosité de Bram ne leur ferait que du mal — ses actions pourraient même la détruire, *elle*. S'il l'épousait, il chercherait certainement à faire d'elle la maîtresse du fort. Plus jamais elle ne pourrait partir chasser… Plus jamais elle ne savourerait le réconfort de sa forêt.

— Dès cette stupide compétition terminée, les Colquhoun partiront, conclut-elle sèchement.

Puis, sans un regard en arrière, elle tourna les talons et s'éloigna.

Chapitre 8

Bram regarda Lioslath s'éloigner d'Aindreas et de Donaldo d'un air agacé. Après quelques secondes, ses deux compagnons partirent à leur tour, dans la direction opposée. Il suivit Lioslath à distance jusqu'au bout du village. Ce fut alors qu'elle s'immobilisa brusquement au milieu de la fête, des rires. Mais ses yeux, chargés d'une émotion que Bram ne sut reconnaître, examinaient les hommes Fergusson. Et ce n'était ni de la joie, ni de l'impatience.

Il se sentit soudain comme un chasseur qui ne sait plus si l'animal piégé devant lui est une proie ou non. Il ne comprenait pas cette femme qui devrait, pourtant, l'héberger pendant l'hiver.

Le festin avait marqué le premier pas vers ce but ; mais Lioslath résistait.

Comment faire ?

Les regards de Lioslath ne cessaient de revenir aux arbres, assez proches d'eux maintenant, emplis d'une sorte de… désir.

— Vous pensez à fuir tout cela ? lui demanda-t-il en se penchant à son oreille.

Lioslath lâcha un petit cri et fit volte-face.

— Depuis combien de temps êtes-vous là ?

— Assez longtemps, répondit-il évasivement. Vous ne voulez pas être là, n'est-ce pas ?

— Je vous ai déjà dit que cette idée de compétition était ridicule.

— Non, ce n'est pas cela. C'est…

Bram indiqua la foule d'un geste de la main.

— C'est tout le reste.

— Je n'apprécie pas votre présence, si vous voulez tout savoir, répliqua-t-elle sèchement avant de tourner les talons et de s'éloigner de lui, de la fête qui battait son plein.

Bien décidé à comprendre cette femme, il la rattrapa rapidement. De nouveau, il surprit un regard dirigé vers la forêt et vit toute trace de tension s'effacer sous ses sourcils froncés tandis qu'elle pénétrait sous les premiers branchages. La veille aussi, elle était allée vers les arbres.

Etait-ce là qu'elle trouvait la paix ? Peut-être pourrait-il comprendre cette partie d'elle au moins. Une profonde satisfaction, accompagnée d'autres émotions troubles, envahit Bram. Pour lui aussi la forêt était le lieu où il trouvait la paix. Il avait besoin d'arbres, de chasse, de *solitude*. Hélas, depuis qu'il était laird, il ne pouvait plus vraiment s'offrir ce petit plaisir — c'était le prix du pouvoir.

Son père lui avait enseigné des leçons qu'il n'oublierait jamais. Grâce à lui, il avait l'espoir d'être un bon laird pour son clan, et était devenu excellent négociateur. Malheureusement, cet apprentissage lui avait aussi arraché une part de lui. Il lui fallait revenir à la forêt de temps à autre : pour entendre à nouveau sa propre voix.

Lioslath aussi revenait sans cesse à cette forêt, un lieu toujours dangereux… Il se souvint alors de la précision de son lancer de couteau. Etait-ce simplement dû à la chance ?

— C'est ici que vous voulez vraiment être. Sous les arbres, dit-il avec confiance.

De nouveau, elle se tourna vers lui. Sa voix trahit une profonde colère et une irrésistible frustration :

— Je veux qu'on me laisse tranquille ! Ne devriez-vous pas vous préparer pour vos compétitions, au lieu de me suivre ?

Bram réprima un frisson. Trop de rage en elle. Elle ne cherchait pas la paix ici, au milieu des arbres. Sans doute parce qu'il voulait trouver un point commun entre eux, il s'était forgé de fausses idées.

— Pourquoi m'avez-vous suivie ? accusa-t-elle encore sèchement.

Inexplicablement, il sentit son cœur se serrer. Elle n'était pas ce à quoi il s'était attendu. De toute manière, quel genre de femme trouvait son bonheur à arpenter seule des forêts ?

Cette femme n'avait rien en commun avec toutes celles déjà rencontrées. Néanmoins, elle restait une femme et les femmes pouvaient être persuadées — séduites. Jusqu'à présent, ses tentatives n'avaient pas fonctionné avec elle ; pouvait-il espérer l'amadouer ? C'était risqué, étant donné qu'il la désirait ; mais s'il la charmait juste assez pour…

Non, il se mentait. Il ne désirait pas Lioslath pour le bien de son clan mais pour lui-même, parce qu'elle savait éveiller des sensations troublantes en lui.

Ressentait-elle la même chose ? Parfois, il en avait l'impression à la manière dont elle le regardait. Seulement, elle se reprenait toujours très vite et se détournait d'un air hautain.

Partageait-elle ses sentiments mais tentait de les réprimer ? Après toutes les accusations qu'elle lui avait servies, son désir pour lui devait être aussi malvenu que le désir qu'il ressentait pour elle.

Et pourtant, il la désirait tellement ! Le simple fait de la voir lui apportait trop de plaisir. Sous les rayons du soleil, la chevelure de Lioslath se parait de reflets bleutés, et ses yeux rivalisaient avec la pure teinte du ciel, derrière elle. Et ce grain de beauté, au-dessus de sa lèvre était si attirant… si tentant. Pouvait-il se permettre de goûter ses lèvres, de l'embrasser, sans rien faire de plus ? Sans doute pas, car il voulait tellement *plus*.

Comment avait-elle pu rester seule, sans jamais se marier ? Jamais encore il n'avait ressenti un tel désir pour une femme, sans même savoir si elle était libre. Cela avait-il vraiment de l'importance ? Comment savoir ?

Peut-être que, s'il tentait de lui voler un baiser, cela suffirait à mettre fin à cette incertitude qui le torturait.

— Je vous vois beaucoup parler avec Aindreas, finit-il par dire. Est-ce votre fiancé ?

***

Sous le choc, Lioslath fut parcourue par un violent frisson et elle dut croiser les bras pour dissimuler son trouble. Elle ne savait pas comment, mais Bram avait réussi à deviner qu'elle avait besoin de la forêt.

Et sa voix, ses paroles lui donnaient l'impression qu'il *voulait* qu'elle se réfugie sous les arbres.

Non, elle devait se tromper. Elle se trompait toujours sur les intentions des gens ; la preuve, il lui parlait d'Aindreas, à présent. Pensait-il vraiment être concerné par sa relation avec son seul véritable ami ?

— Quelle importance ? répondit-elle donc froidement.

La curiosité brûlante qui illuminait les yeux de Bram s'apaisa un peu.

— Cela importe, au contraire : vous êtes influente au sein de votre clan et pourtant, vous êtes toujours célibataire. Cela a de quoi surprendre. Peut-être que les vôtres ne veulent pas que vous épousiez un Fergusson. Peut-être désirent-ils vous unir à quelqu'un d'un autre clan pour former une alliance plus… profitable.

Se marier ? Cette idée parut profondément ridicule à Lioslath. Elle, la chasseresse qui dormait avec les chevaux, portait ses cheveux courts à la manière d'un homme et partait en forêt vêtue d'un pantalon ! Qui voudrait l'épouser ?

Elle préféra ne pas répondre, tant les insinuations de Bram lui semblaient absurdes.

— Oui, c'est bien cela, reprit-il au bout d'un instant, l'air plus convaincu que jamais. Aindreas désire ce qu'il ne peut pas avoir, car votre clan a d'autres projets pour vous.

Qu'il croie ce qu'il veut, songea Lioslath. Après tout, elle ne savait rien des projets de son clan.

— Sachez que je n'apprécie pas cette conversation.

— Vraiment ? Nous parlons pourtant de désirs…

Essayait-il de nouveau de la séduire ? Mais, cette fois, aucune note de plaisanterie dans sa voix, contrairement au premier soir. Et de plus, un regard perçant et non plus par en dessous, de cette manière troublante, à laquelle elle était déjà habituée.

— Je dois y aller, laird Colquhoun.

Loin de la laisser en paix comme elle le souhaitait, il s'avança d'un pas.

— Pourquoi donc ? Il ne se passe encore rien au fort, à part des rires et des discussions, le concours n'a pas commencé.

— Je dois me préparer au tir.

— Oh ! vous aimez donc le *tir*, répondit-il avec un regard entendu qu'elle ne comprit pas.

Que trouvait-il de si amusant au sujet du tir ? Plaisanter était un signe de frivolité et le fait de toucher des cibles avec une flèche n'avait absolument rien de frivole !

— Ne savez-vous donc rien du désir ? reprit-il.

Oh si, elle savait d'ailleurs parfaitement ce qu'elle désirait.

— Je désire une seule chose : que vous partiez.

— Je ne pensais pas vous voir abandonner si vite.

A ces mots, une flamme s'éveilla en elle — pas une flamme de gêne mais de défi… Elle connaissait bien cette sensation.

— Vous devez vous marier, poursuivit Bram sans attendre sa réponse.

C'était donc ce à quoi il pensait en parlant des « projets » du clan : le mariage.

Donaldo et Aindreas abordaient souvent le sujet depuis la mort de son père. Les Fergusson n'avaient plus de laird, plus de protection. Au printemps, d'autres clans chercheraient certainement à les envahir.

Bien sûr, elle aussi voulait aider son clan ainsi que ses frères et sa sœur ; mais elle voulait le faire à sa manière. Elle voulait continuer à chasser, à s'occuper des récoltes et du bétail. Si elle se mariait, elle serait contrainte à prendre soin de la maison, des entrepôts et des repas ; à s'assurer en permanence que le linge soit propre et sente la bruyère fraîche comme sa mère l'avait fait.

Seulement, elle n'avait rien de sa mère.

Et elle n'avait aucune intention de parler mariage ou lit conjugal avec cet homme. C'était une belle journée, lumineuse. L'air était frais et elle était entourée par les arbres qu'elle aimait tant. Cependant, la seule chose dont elle était vraiment consciente était la présence de Bram, en face d'elle, les mouvements souples de ses mains et le riche timbre de sa voix.

— Peut-être qu'Aindreas n'est pas l'homme que vous attendez, suggéra-t-il. Sans doute est-il distrait par la précision de vos lancers de couteau.

Décidément, son obstination à parler d'Aindreas commençait à l'agacer.

— Avez-vous l'habitude de poser des questions sans attendre les réponses ? demanda-t-elle sèchement.

— Cela peut aider, quand on discute avec quelqu'un qui *refuse* de répondre.

— Qui vous dit que je veux avoir cette conversation ? Votre insistance est insultante.

— Voyons, je ne fais que poser des questions et remarquer votre étonnante habileté au lancer de couteau, ma belle.

Ne sachant pas vraiment comment répondre à cela, elle haussa les épaules.

— Est-ce que cela vous aiderait, si je vous disais ce que je désire, moi ? suggéra Bram après un nouveau silence.

Elle aurait pu se contenter de tourner les talons et de partir. Mais elle resta là, face à lui, et lui répondit sans réfléchir :

— Il me semble que ce que vous désirez est plutôt évident.

Il haussa les sourcils avec un sourire carnassier.

— Evident ? Moi ?

— Oui, vous arrivez sans prévenir, dans vos beaux vêtements, prêt à nous offrir de généreux cadeaux — c'est typique d'un homme dont l'arrogance n'a d'égal que celle d'un roi !

— Vous ne voyez pas si clair en moi, dans ce cas, murmura-t-il d'une voix amusée. Mais c'est peut-être ma faute, au fond.

Il s'approcha plus encore d'elle jusqu'à ce qu'elle soit obligée de lever les yeux sur lui pour soutenir son regard.

— Ne désirez-vous donc rien ?

Ses yeux l'examinaient sans ciller et il dut lire en elle les réponses qu'il cherchait, car il poursuivit :

— Ah, je vois. Vous vous demandez si j'essaie encore de négocier avec vous.

Il cherchait de nouveau à la manipuler ; mais pour obtenir quoi ?

— Vous négociez *toujours*, répondit-elle instinctivement.

Mais elle savait bien que c'était faux. Bram n'était pas aussi tranquille qu'à son habitude. Son regard, sa voix, sa présence paraissaient plus intenses. En cette journée sans nuages, ses cheveux scintillaient au soleil, parés d'aveuglants éclats cuivrés et, cette fois, il ne paraissait pas déplacé dans ce coin d'Ecosse qu'elle aimait tant. Les rayons du soleil se prolongeaient dans sa chevelure jusqu'à ce qu'elle paraisse en faire partie, être née de la lumière. Jusqu'à ce qu'il fasse partie intégrante de sa précieuse Ecosse…

— Peut-être, répondit-il, mais il se passe autre chose entre nous, et cela me surprend tout autant que vous.

— Non, il n'y a rien d'autre.

Encore une fois, elle avait conscience de se mentir. Elle avait le souffle court et sentait sa peau s'enflammer, une impression de lourdeur et de légèreté mêlées s'emparait d'elle. C'était bien du désir, qui brûlait de plus en plus fort en elle, comme un incendie attisé par la voix de Bram, par ses paroles, par son corps si proche d'elle.

— Très bien, rien d'autre, admit-il avant de lui caresser furtivement le dos de la main.

A ce contact inattendu, le cœur de Lioslath bondit.

Il l'avait à peine touchée, mais elle eut l'impression d'avoir été empoignée par cette main passionnée et sentit ensuite ses doigts courir le long de son bras.

— Du moins, il ne *devrait* rien y avoir d'autre, mais c'est le cas, Lioslath. Tout cela est si compliqué, si inattendu. Je veux toujours vous embrasser, beauté. J'ai voulu vous embrasser dès l'instant où je vous ai vue sur cette plate-forme, fière et défiante.

Il atteignit son coude et redescendit tout aussi lentement vers sa main. Cette caresse avait l'air désintéressée, mais

Lioslath ne se laisserait pas duper si facilement. Tout ce que cet homme faisait était calculé, délibéré.

— Et moi j'ai voulu vous tuer d'une flèche dès le premier jour.

Elle fit de son mieux pour réveiller sa colère, se rappeler qu'il la touchait uniquement pour arriver à ses fins — quelles qu'elles soient — mais son corps ne l'écoutait pas, restait là et acceptait ses caresses. Il *désirait* ses caresses.

— Oui, je vous ai vue avec votre arc, répondit-il tranquillement. J'avoue que rien ne m'aurait plus surpris que de vous voir avec une telle arme.

Surpris ? A quoi s'attendait-il, en l'obligeant à ouvrir les portes ? Peut-être allait-elle devoir se montrer plus claire avec lui.

— Si j'avais mon arc, maintenant, je m'en servirais, soyez-en sûr.

Hélas, le fait qu'elle le laissât la toucher faisait perdre toute crédibilité à ses paroles.

— Peut-être bien. Mais les jeux vont bientôt commencer, et j'avoue que j'ai hâte…

— Ne suis-je que cela pour vous ? Un jeu ?

De nouveau, son sourire de prédateur illumina son visage.

— Oui, le meilleur des jeux.

Ce sourire la figea sur place. Le regard gris de Bram parut instantanément différent, comme s'il cherchait à dévoiler quelque chose. Quelque chose qu'il souhaitait lui montrer, mais qu'elle ne comprenait pas ; qu'elle ne *voulait* pas comprendre. Pas avec lui.

— Jusqu'à présent, nous ne faisions que camper sur nos positions et discuter de notre arrangement. Je ne vous mentirai pas : votre lancer de dague m'a surpris. Mais, aujourd'hui est un jour nouveau et nos négociations sont finies. Il ne reste plus que… nous.

Incapable de séparer sa colère des sensations troublantes et contradictoires que cet homme faisait naître en elle, elle restait auprès de Bram au lieu de s'éloigner de lui.

C'était à cause de ces caresses, de sa main qui s'attardait sur sa mâchoire, sur son oreille, dans son cou, avant de remonter. Lentement. C'était une douce torture.

Elle avait l'impression de ne plus respirer, de s'abandonner à une chaude langueur qui l'emplissait, la privant de toute volonté. Elle n'aurait pas dû rester là. Et pourtant, elle ne pouvait pas s'empêcher d'écouter ses désirs.

Pourquoi donc se sentait-elle ainsi ?

Soudain, le pouce de Bram effleura sa lèvre.

— Votre bouche est si appétissante, comme un fruit mûr. Il y a de quoi donner des idées à un homme…

— Des idées, murmura-t-elle à son tour.

Ces deux mots suffirent à enhardir Bram. Il dut y voir une invitation, une chance de tirer avantage de sa faiblesse.

Le bout rude et un peu calleux de ses doigts appuya au coin de ses lèvres jusqu'à ce qu'elle eût envie d'entrouvrir un peu plus la bouche, et de le… goûter.

Une chaleur enivrante émanait de son corps. Sa peau avait un parfum unique, si bouleversant. Le mouvement de ses doigts la liait à lui au moment où elle était la plus vulnérable.

Sa conscience tenta vainement de se révolter. Pas ici, pas maintenant. Pas avec lui.

Cependant, Bram était bien le premier homme à lui faire ressentir de telles choses.

— Oui, des idées, dit-il. Je ne peux m'empêcher de penser à la douceur de ces lèvres, à leur saveur, et à cela.

Son doigt effleura le grain de beauté qu'elle avait, juste au-dessus de la bouche.

— Cela suffit à me donner plus d'idées encore…

Reprenant soudain son souffle, Lioslath sentit ses poumons s'emplir d'air frais. Plus proche d'elle que jamais, Bram poursuivit dans un murmure :

— Je vois ce grain de beauté et ceux que tu as sous l'oreille, mais aucun autre ; et j'ai peur de poser la question, ma belle.

Ses yeux couleur d'orage se posèrent de nouveau sur elle et elle eut l'impression qu'il ressentait vraiment la même chose qu'elle — il l'avait tutoyée, et on ne se montrait pas aussi familier sans une certaine intimité.

— Quelle question ? chuchota-t-elle.

— Si tu en as d'autres.

— Ce ne sont pas vraiment des… attraits, lâcha-t-elle, le cœur battant.

— Oh si, bien au contraire, répondit-il avec un petit sourire. En tout cas, ils ont su me prendre au piège. Alors, tu en as d'autres ?

— Oui.

Les yeux de Bram, intenses, assombris par le désir, s'abaissèrent sur ses lèvres et elle crut surprendre un frisson en lui. Etait-il aussi troublé par ses grains de beauté qu'il voulait bien le dire ? Elle avait presque l'impression qu'il les *aimait*.

— Vous m'avez dit… Dans le fort… Vous avez dit que vous vouliez m'embrasser.

Ses fines mains souples tremblèrent un instant et il sonda son regard quelques secondes avant de répondre :

— Et tu crois qu'il s'agit de la même chose, cette fois-ci ?

Non, elle savait que ce n'était pas la même chose. Bram était différent, cette fois. Comment… Pourquoi ? Elle ne comprenait pas.

Finalement, incapable de prononcer un mot, elle fit non de la tête.

— Voilà des paroles bien audacieuses pour une jeune femme.

Cette fois, il se serra contre elle et glissa une jambe entre ses cuisses.

— Et oui : je veux t'embrasser. Néanmoins, dans ce genre de cas, un homme regarde toujours les yeux de la femme pour savoir si son baiser sera accepté.

— Mes yeux ?

— Oui, tes yeux qui sont plus beaux qu'un pur ciel écossais et plus profonds qu'un ruisseau glacé. Tes yeux en disent très long, Lioslath.

Il continuait à la caresser du bout des doigts, le long de sa clavicule et son autre main, non contente d'effleurer son bras, se referma sur ses doigts. Elle sentit alors son pouce pressé dans le creux de sa paume et ce geste éveilla une nouvelle pluie de frissons en elle.

Puisqu'elle ne pouvait plus voir que lui et sa haute silhouette qui semblait tout dominer.

— Qu'est-ce que vous… Qu'est-ce que tu lis dans mes yeux ? souffla-t-elle.

Les mains de Bram s'immobilisèrent et il baissa la tête pour la regarder à travers le voile de ses cils.

— J'y vois du désir, petite. C'est cela qui me rapproche de toi, qui m'empêche de m'éloigner… Je l'ai déjà vu hier, quand tu m'as montré tes terres : tu me regardais comme si tu n'avais encore jamais vu un homme de toute ta vie ou que tu ne savais pas à quoi nous servons. Pendant tout ce temps, je ne pouvais pas m'empêcher de penser en détail — et douloureusement — à ce qu'un homme est censé faire quand une femme le regarde.

A ces mots, Lioslath sentit ses joues s'enflammer. Elle était gênée, certes, mais il y avait aussi quelque chose d'autre.

Les mains de Bram s'immobilisèrent de nouveau sur sa peau et il lâcha un petit soupir prédateur.

— Je ne tiens plus qu'à un cheveu, ma belle, tu le sais ? Surtout maintenant que ton regard devient si sombre et si fascinant. Tes yeux vont me perdre et je devine que mes paroles t'affectent autant que moi.

Elle aurait dû répondre, dire quelque chose, mais ses lèvres s'étaient soudain asséchées et elle dut les humecter du bout de la langue. Ce geste attira le regard de Bram.

— Ah, murmura-t-il d'une voix sourde, il y a aussi de l'hésitation dans ce désir. Quand une femme hésite, l'homme ne peut pas agir librement. Me voilà donc ici, à sentir tes courtes respirations qui effleurent mon visage et à admirer ton beau sourire dans le soleil… Et tes yeux qui scintillent comme des étoiles. Tu me donnes l'impression de n'être qu'un pauvre vagabond en haillons.

Elle-même se sentait comme une vagabonde en haillons, sous la caresse des douces paroles de Bram qui l'enveloppaient et pénétraient sous sa peau.

— Je ne peux pas aller plus loin, Lioslath, même si je suis là, en train d'explorer ta peau. Oui, je tente de t'adoucir, il le faut, même si tout ce que je désire n'attend qu'une chose : goûter tes lèvres.

Sa voix, qui, jusqu'à présent, échauffait Lioslath, fit couler un seau glacé le long de son dos. Il voulait l'adoucir — comme si elle n'était qu'un cheval, une bête à dresser ? Il voulait la *briser* pour son bon plaisir ?

Oh non, jamais elle ne le laisserait la dompter. Personne ne pouvait la dompter, et certainement pas lui !

Un nouvel élan de colère l'envahit et elle s'arracha à ses caresses manipulatrices, faisant de son mieux pour libérer sa main.

— Dieu merci, tu redeviens toi-même, murmura Bram, souriant, sans pour autant la lâcher.

Au contraire, il essaya de l'attirer à lui, mais…

Gillean !

Gillean se tenait là, derrière Bram. Le souffle court, Lioslath repoussa Bram brutalement. Surpris, il fit volte-face en tirant sa dague de sa ceinture mais se figea en apercevant le garçon qui le dévisageait sans bouger. Lioslath aussi fut incapable de faire un geste.

Heureusement, Bram réagit plus vite qu'elle.

Il s'agenouilla devant le petit et tendit rapidement la poignée de la dague à Gillean. Ce simple geste suffit à transformer une menace en un jeu.

Sans laisser à Lioslath le temps de calmer les battements affolés de son cœur, Bram profita du regard intrigué de Gillean sur son arme.

— Viens là, mon garçon. C'est une belle lame… Tu voudrais la voir ?

N'hésitant pas un instant, Gillean se précipita auprès de Bram qui commença à lui décrire son arme. Il parla, sans le moindre effort, de la lame, de sa forme, du métal et du fil aiguisé.

Comme si Lioslath et lui n'avaient pas été sur le point de s'embrasser. Oh ! ce baiser…

Finalement, elle parvint à reprendre peu à peu son souffle. Gillean paraissait émerveillé. Cela suffirait-il à lui faire oublier la scène embarrassante qu'il avait surprise ? Une distraction, et ce serait tout ?

— Vous l'embrassiez, claironna soudain Gillean. J'ai tout vu !

A ces mots, Lioslath se figea.

Bram aussi hésita un instant avant de répondre :

— On s'embrassait *presque*.

— Est-ce que vous allez vous marier ?

Oh ! Seigneur… Lioslath aurait voulu s'enfuir, se cacher au plus profond des bois. Gillean avait parfaitement compris ce qu'il avait vu et la tentative de Bram pour le distraire ne fonctionnait pas. Il fallait à tout prix que Lioslath trouve un moyen de mettre fin à tout cela ; hélas, un couteau bien lancé ne lui servirait à rien, cette fois.

— Gillean, je te préviens, si jamais tu…

— Non, coupa Bram, autant pour elle que pour l'enfant. Quand tu seras assez grand pour prendre cette dague dans ta main, tu sauras qu'on n'embrasse pas que sa future femme. On embrasse aussi des femmes pour trouver la bonne.

A quoi pensait Bram ? Il ne faisait qu'empirer les choses ! Seulement, il n'avait pas l'air de s'en rendre compte : au contraire, il s'agenouilla tranquillement devant Gillean et commença à s'expliquer, avec une facilité qu'elle était loin d'avoir.

Elle se souvint alors de la réputation de diplomate de cet homme. Peut-être n'était-il pas particulièrement à l'aise avec Gillean, mais simplement à l'aise avec les gens en général.

— Vous étiez dans sa chambre. Vous l'avez embrassée, insista le garçon en laissant ses doigts courir sur la garde de la dague. Est-ce que vous allez vous marier, maintenant ?

— Le mariage…

Bram parut réfléchir un instant. Non, il n'y pensait pas sincèrement, c'était impossible ! Il devait juste chercher à gagner du temps.

— Tu sais, reprit-il finalement, tout comme dans le cas

d'une arme, un homme doit choisir avec soin l'épouse qui restera toute sa vie avec lui. On choisit rarement la première arme qu'on tient dans ses mains, tout comme on n'épouse pas la première femme qu'on embrasse *presque*.

— Pourquoi ?

Espérant vainement que Gillean accepte sans discuter ce que Bram lui disait, Lioslath jeta un coup d'œil inquiet autour d'elle. Ils allaient finir par être découverts et, si Gillean continuait à parler de baiser à voix haute, s'ils étaient entendus, le mariage deviendrait inévitable. Le clan Fergusson exigerait sans doute une cérémonie rapide.

— Tu vois à quel point ce couteau est fin, Gillean ? A quel point il s'adapte à ma main, à présent, et pas encore à la tienne ? Pour le moment, une dague avec une plus petite garde te conviendrait mieux et, plus tard, un autre s'adaptera à ta main. C'est pour cela que tu ne dois pas choisir la première fille ou le premier couteau.

— Alors, vous attendez que Lioslath… s'adapte à vous ?

Une soudaine panique s'empara d'elle, mais Bram eut un petit rire en se tournant vers elle. Son regard paraissait troublé — mais aussi brûlant, comme lorsqu'il la caressait, comme lorsqu'il l'observait tout à l'heure. De nouveau, il posa les yeux sur ses lèvres et, quand il les leva, il parut… amusé. Ne prenait-il donc rien au sérieux ?

— Oui, quelque chose comme cela, mon garçon, finit-il par répondre sans la quitter des yeux.

— Elle est plus petite que vous. Est-ce qu'elle doit encore grandir ?

Cette fois, il se tourna vers Gillean.

— Non, les femmes n'ont pas besoin de grandir pour s'adapter.

— Alors, comment on sait quand les épouser ?

— Dans le cas d'un couteau, on le soupèse avec les deux mains. Avec une femme, on passe du temps à ses côtés.

— Beaucoup de temps ?

— Cela dépend.

— Cela dépend si on est dans sa chambre, et qu'on la touche, et qu'on l'embrasse ?

Lioslath ne put réprimer un hoquet étranglé. Etait-ce comme cela que Gillean les voyait ? Cette fois, elle ressentait plus que de la panique. Ce gamin, qui ne savait rien de la vie, lui donnait l'impression d'être une traînée capable d'éveiller les instincts les plus bas des hommes !

Il fallait à tout prix que Bram arrange la situation : ils ne pouvaient pas laisser son petit frère repartir avec de telles idées en tête.

— Oui, c'est un peu cela.

Bram se releva et tapota l'épaule de Gillean, non pas comme on le fait avec un enfant mais avec un égal.

— Non ! s'écria-t-elle. Il ne doit pas…

De nouveau, Bram l'interrompit abruptement :

— Maintenant, Gillean, écoute-moi. Contrairement à toi et moi, ta sœur n'aime pas beaucoup parler d'armes et de mariage. Son tempérament un peu trop sensible ne supportera pas d'entendre tout le monde discuter de cela, tu comprends ?

Son frère la regarda un instant et ravala sa salive d'un air inquiet.

— Elle se mettrait en colère ?

Il ne comprenait peut-être pas ce que Bram voulait dire par « tempérament trop sensible », mais il ne l'avait pas déjà vue en colère auparavant…

— C'est possible, concéda Bram.

— Je ne dirai rien, promis ! s'écria alors Gillean.

— Parfait. Tu es un bon garçon, répondit Bram avec une nouvelle petite tape sur l'épaule. Maintenant, retourne fabriquer plus d'hommes de paille.

Gillean s'éloigna en courant de quelques pas puis s'immobilisa.

— Je sais ce que je veux, maintenant ! En échange de mon silence !

— Un couteau rien que pour toi ? devina le laird. Parfait : si tu continues à ne rien dire, je te promets que tu l'auras.

Gillean lui lança un grand sourire et acquiesça joyeusement avant de s'élancer vers le village.

Quand il eut disparu entre les arbres, Bram se tourna à nouveau vers Lioslath.

— Vous l'avez laissé partir, accusa-t-elle, oubliant instantanément leur tutoiement familier. Il va tout répéter, maintenant.

— Et abandonner tout espoir d'avoir une dague alors que même son grand frère n'en a pas ? demanda-t-il avec un regard peu convaincu. Tu n'as pas dû côtoyer beaucoup d'enfants, dans ta vie…

— Qu'est-ce que vous voulez d… ?

— Ils ne t'ont pas beaucoup côtoyée non plus, l'interrompit-il encore une fois. Quand ils nous ont surpris dans ta chambre, ils n'ont pas cherché ta protection et celui-ci a l'air d'avoir peur de toi.

— Quelle importance ? Il va parler et les choses seront pires que jamais !

— Pourquoi ? Parce que tu devrais m'épouser pour préserver ta réputation ? Je pensais que tu ne te souciais pas de ce genre de choses.

Comment pouvait-il le savoir ?

— Je n'ai aucun souci à me faire : j'ai déjà ouvert les portes pour préserver ma réputation.

— Ah bon ? Et pourquoi tu ne sais rien de tes frères ou de ta sœur ? Pourquoi tu les évites quand tu les croises dans le village ? Pourquoi tu ignores que les pots-de-vin fonctionnent presque toujours avec les gamins de cinq ans ?

Tant de questions auxquelles elle ne pouvait pas répondre…

— Je les connais suffisamment.

— Vraiment ? Et pourquoi n'es-tu pas encore mariée ?

— Cela ne vous regarde pas !

— Bien sûr que si, maintenant que je sais que tu ne t'inquiètes pas pour ta réputation. En tout cas, cela ne doit pas être le cas, étant donné que tu t'habilles comme tu le veux, que tu te promènes seule dans les bois, sans escorte, à n'importe quelle heure du jour et de la nuit. Je n'ai pas oublié ce tunnel, tu sais.

Comprenant certainement les causes de son hésitation, il haussa les épaules d'un air innocent.

— Ne t'inquiète pas. Je n'ai aucune intention de t'épouser.

Lioslath fut instantanément soulagée par cet aveu.

— Parce que nous ne nous adaptons pas l'un à l'autre ?

Il eut un petit sourire.

— Au contraire, je pense que nous le pourrions, Lioslath, et je pense aussi que tu le sais.

Elle s'écarta d'un pas et comprit immédiatement son erreur : le regard de Bram scintilla triomphalement. Il prenait son départ pour un aveu.

Peu importait. Elle avait besoin de s'éloigner de lui, quoi qu'il lui en coûte.

— Je vais vous dire ce que je sais, Bram du clan Colquhoun : si jamais vous essayez de m'embrasser à nouveau, ma dague ne manquera pas sa cible.

Et, pour être certaine qu'il comprenne de quelle cible elle parlait, elle baissa les yeux à sa ceinture avant de tourner les talons.

Chapitre 9

Depuis des heures, depuis qu'elle avait parlé à Bram, depuis la fuite de Gillean, Lioslath, agitée, faisait les cent pas. Pas assez cependant pour calmer les battements de son cœur ou sa colère contre Colquhoun.

Il lui faudrait le concours d'archerie pour retrouver un peu de sérénité. Heureusement, il allait bientôt commencer. En attendant, elle se retrouvait contrainte à rester seule, face à trop de sentiments étrangers.

La foule qui entourait les combats au corps à corps lâcha une soudaine clameur. Bram était au centre, luttant à la fois contre ses propres hommes et ceux de Lioslath. Pour le moment, son adversaire était Colin, l'un des villageois. Colin, au moins aussi imposant que Busby…

Toute la journée, elle avait regardé les Colquhoun et les Fergusson coopérer. Entre les préparatifs et les concours, la tension entre les deux clans avait paru s'apaiser. Finalement, l'idée de Bram semblait marcher.

Elle ne pouvait pas oublier le baiser qu'elle avait failli échanger avec Bram. Inutile de se mentir. Elle avait *voulu* ce baiser, l'avait attendu. Tout cela à cause de Bram, de sa voix et de ses paroles qui lui avaient retourné les esprits.

Seule l'arrivée de Gillean les avait empêchés d'aller plus loin — et l'enfant n'avait parlé à personne. De toute évidence, la célèbre diplomatie de Bram était tout aussi efficace sur les garçons de cinq ans que sur les adultes.

Voilà : elle était contrainte d'admettre tout cela… Mais rien de plus…

Bientôt, le concours de tir commencerait ; elle entrerait en scène et lui montrerait que les Fergusson n'avaient pas besoin de son aide. Etait-elle trop fière ? Peut-être, et si sa belle-mère avait encore été en vie, elle l'aurait punie. Sans doute même l'aurait-elle enfermée dans l'entrepôt vide, sous sa chambre. Seulement, Lioslath était libre, à présent, et sa fierté n'était pas sa seule motivation.

Quand elle aurait prouvé sa valeur, les Colquhoun partiraient. Il le fallait. Pendant combien de temps un garçon de cinq ans était-il capable de tenir sa langue ?

Le clan de Lioslath ne s'était peut-être jamais soucié de sa réputation jusqu'à présent, mais tout avait changé. Donaldo lui avait dit que l'honneur du clan passerait avant n'importe quoi d'autre. Si jamais la vérité éclatait au grand jour, elle pourrait être obligée, contre son gré, d'épouser Bram.

Pourtant… ce baiser. Ce *presque* baiser. Qu'aurait-elle ressenti, s'il l'avait réellement embrassée ? Quels frissons l'auraient agitée en effleurant ces lèvres toujours prêtes à sourire, à se moquer ? Même au milieu des cris de la foule, elle l'entendait rire.

Il y eut une nouvelle clameur. Colin se tenait debout au milieu du terrain, hochant la tête. Bram avait la même expression que lorsqu'il entraînait ses hommes, devant les remparts. Déterminée et encourageante. En fait, on aurait presque pu croire qu'il cherchait à entraîner Colin, qu'il était le seigneur de ce fort.

Lioslath lui en voulut de montrer une telle assurance, mais… Colin commençait déjà à faire preuve d'une habileté au combat qu'elle ne lui avait jamais connue. Une habileté qui aurait été bien utile, face aux Anglais.

Lioslath ne parvenait pas à s'arracher à ce spectacle. Les vêtements élégants de Bram avaient disparu et il ne portait plus qu'un pantalon qui ne dissimulait rien de la puissance et de la musculature de son corps.

Elle l'avait déjà vu ainsi depuis la plate-forme, mais à présent elle était capable de savourer chaque nuance des muscles…

Ce n'étaient pas les talents de Bram qui l'hypnotisaient tant, mais quelque chose de plus sombre, de plus sauvage — comme un *besoin* profond et incontrôlable. Elle ne comprenait pas ce besoin, ne voulait pas de ce besoin. Et pourtant, elle était incapable d'y résister.

Les pieds écartés et bien plantés dans la terre, Bram se tenait prêt à attaquer, les genoux pliés et les bras tendus. Des filets de sueur mêlée à de la poussière coulaient sur sa peau, dessinant d'étranges motifs sur les muscles saillants de son dos jusqu'à se perdre dans le bout d'étoffe noué qui lui servait de ceinture. Il avait roulé les jambes de son pantalon, ce qui permettait à Lioslath d'admirer la puissance de ses cuisses dont les muscles se distendaient à chaque pas.

Il paraissait à la fois entravé et sauvage. Une tension mortelle résidait dans la grâce de son corps, dans le moindre de ses mouvements. En cet instant, il lui rappelait tellement la forêt indomptée, dangereuse, antique, que Lioslath percevait chaque fois qu'elle y pénétrait.

Cet homme était un guerrier, habitué au combat, à l'entraînement, à la… douleur. C'était un laird qui ne connaissait pas la défaite.

Il était évident qu'il avait plus de talent que son opposant, mais il se contentait de l'encourager et de lui apprendre ce qu'il pouvait. Ainsi, même au cœur du combat, il ne pouvait se défaire de son humour et de son goût pour le divertissement. En un éclair, ils se jetèrent l'un sur l'autre. Colin ne comptait que sur sa force brute, et Bram, sur son talent. Il fit un vif mouvement de pied et Colin s'effondra à terre. Dans un éclat de rire, le vainqueur tendit la main à son opposant pour l'aider à se relever avant de lui montrer son mouvement. Colin l'écouta, les sourcils froncés, sans la moindre trace d'humour ou de joie. Se souvenait-il des entraînements de Busby ?

Ce fut bientôt au tour de Colin. Quand Bram heurta brutalement le sol, la foule lâcha un cri de stupéfaction. Lioslath en eut le souffle coupé. Lorsque l'un des hommes de son père avait le malheur de le mettre à terre, Busby entrait dans une rage folle et ne manquait pas de punir le coupable. Qu'allait faire Bram ? Etranger à ce fort, il allait devoir sauver la face : il ne pouvait pas se permettre de montrer la moindre faiblesse…

Mais Colin avait appris plus qu'un simple mouvement de pied durant ce combat. Il tendit la main à Bram qui la prit. Lui donnant une tape amicale dans le dos, laird Colquhoun le laissa repartir pour inviter un autre homme à pénétrer dans le cercle.

Lioslath détourna le regard — mais pas assez vite. L'espace d'un instant, le regard de Bram se posa sur elle et ce rapide coup d'œil lui fit l'effet d'un coup en plein visage.

Troublée, elle s'éloigna de l'arène improvisée. Dans la forêt, elle avait voulu l'embrasser, avait attendu sans bouger, alors qu'elle aurait dû le repousser. Un baiser ne regarderait qu'eux, avait-il dit. Et elle avait eu l'impression qu'il était sincère.

Oui, vraiment, il était plus que temps que le concours d'archerie commence.

Lioslath manigançait quelque chose.

Bram secoua ses bras pour les délasser. Il était épuisé mais heureux. Les combats s'étaient bien déroulés et, entre chaque assaut, il avait gardé un œil sur Lioslath. Elle se tenait à l'écart mais ne cessait d'examiner furtivement les archers Colquhoun. Finalement, tandis que la foule se dispersait autour de l'arène, Finlay s'approcha et Bram dut s'efforcer de quitter Lioslath des yeux.

— Pas d'autres incidents ?

Depuis le festin du matin, il y avait eu quelques disputes sans importance. C'était peut-être agaçant, mais Bram savait bien qu'on ne pouvait les éviter. Il s'y était attendu.

— Quelques-uns, mais cette femme, Donaldo, est intervenue.

Depuis son arrivée au fort, Donaldo lui avait à peine adressé quelques paroles amères, puis avait fait de son mieux pour ignorer sa présence et celle de ses hommes. Aujourd'hui, elle s'était finalement décidée à interagir avec son clan mais continuait à l'examiner d'un regard calculateur. Sans doute manigançait-elle quelque chose, tout comme sa maîtresse…

Quoi qu'il en soit, Bram aurait largement le temps de découvrir de quoi il s'agissait le lendemain. Pour le moment, bien que la journée se passât bien, il n'avait pas envie de trop se préoccuper de tout cela.

— Qu'en dis-tu ?

— Mon seigneur ?

— Que dis-tu de tout cela, de ce que nous avons accompli jusqu'à présent ?

Finlay croisa les bras, l'air soupçonneux.

— Tu ne m'as jamais posé ce genre de questions, jusqu'à présent…

— Eh bien je la pose maintenant, répondit Bram.

— Et à qui la poses-tu ? A ton second ou à ton ami ?

— Penses-tu que j'aie des choses à te *cacher* ?

Finlay eut un petit sourire.

— Toujours.

— Je le demande à mon ami, dans ce cas.

— Je pense que tu es devenu fou. Cela fait bien trop longtemps que nous sommes là…

— Oui, admit Bram.

Lui n'était pas encore resté assez longtemps, mais Finlay avait raison. Il avait tout fait pour maintenir un fragile équilibre au sein du clan. Pour la sécurité de leurs hommes, ses frères et lui ne pouvaient se permettre de les mettre dans la confidence, de leur parler de leur projet ou de dévoiler l'existence du Joyau .

— Néanmoins…, reprit Finlay d'un air hésitant qui attira l'attention de Bram.

— Néanmoins ?

Son ami haussa les épaules.

— Ce délai imprévu nous a peut-être été utile.

Bram ne put réprimer un éclat de rire.

— Tu as toujours eu un étonnant sens de l'observation, tu sais.

— Oui, répondit Finlay sans rire pour autant. J'ai bien

compris que ce siège t'avait convenablement éloigné de tes terres quand le roi Edward a exigé que les nobles écossais se rallient à lui, cet été.

Décidément, il devenait même un peu *trop* observateur.

— Tu penses que j'ai volontairement évité la missive de notre roi ?

— Pas évité, mais tu t'es arrangé pour ne pas avoir à la lire immédiatement : cela t'a fait gagner du temps.

Bram sentit son cœur battre plus fort. Il devait à tout prix découvrir ce que Finlay savait. Il avait confiance en lui, bien sûr, mais pas question de le mettre en danger — et, en ce qui concernait le Joyau des Rois, connaissance rimait avec danger. Les frères de Bram s'étaient déjà mis dans une position délicate avant qu'il puisse les protéger ; et il ferait tout son possible pour ne pas entraîner Finlay avec lui sur ce chemin glissant.

— Est-ce que tu te demandes pourquoi j'ai fait cela ?

— Pas vraiment, répondit son ami. Mon laird a le droit de garder tous les secrets qu'il désire.

— Tu me connais bien… Je ne t'aurais pas avoué mon secret, de toute manière, même si tu m'avais menacé.

Puis, afin de s'assurer que Finlay comprenne, il ajouta un nouvel avertissement à peine voilé :

— Je ne pourrais même pas l'avouer si *tu* étais menacé.

Finlay acquiesça gravement, comme si cela avait suffi à répondre à toutes ses questions.

— Nous nous doutions bien que c'était pour nous protéger…

Evidemment, les hommes s'étaient inquiétés sur la loyauté de leur laird, mais avaient clairement décidé de lui faire confiance. Tant qu'il avait attendu les messages de Balliol, Bram n'avait pas osé recevoir les convocations d'Edward…

— J'ai d'ailleurs été surpris qu'aucune missive n'arrive chez nous.

— Les messagers du roi anglais ont dû avoir des problèmes sur la route.

— Et puis, tu es venu ici, ajouta Finlay.

— Oui. J'avais besoin de trouver un endroit inattendu

où rester sans pour autant attirer les soupçons. Je ne pouvais quand même pas faire disparaître *tous* les messagers.

Il avait soudoyé le premier, intercepté en route, et lui avait dit de revenir au printemps. Cependant, quand il avait appris qu'un autre homme avait été envoyé chez lui, Bram avait su que le premier messager avait manqué à sa parole. Le second fut donc victime d'une mort accidentelle.

— Avoue-le : tu as des projets pour cet endroit, reprit Finlay.

— J'ai seulement l'intention d'améliorer nos relations avec les Fergusson avant de rentrer à la maison. Je n'éviterai pas le roi anglais pour toujours.

Il ne se tiendrait à l'écart que le temps de savoir quoi faire pour assurer la survie de son clan et la sécurité de ses frères.

— Tu t'inquiètes au sujet de Caird et de Malcolm, c'est cela ?

Bon sang, Finlay allait vraiment devoir apprendre à fermer les yeux !

— Qu'est-ce que tu sais ? Dis-moi tout, répondit-il, inquiet.

— Je sais que Malcolm est parti comme s'il avait le diable à ses trousses, avec deux chevaux et un mois de vivres dans son sac. J'imagine qu'il vaut mieux que j'ignore ce qu'il est allé faire, n'est-ce pas ?

Bram acquiesça brièvement. Si Finlay n'en savait pas plus, il parviendrait peut-être à ne pas se faire décapiter dans l'année à venir…

En face de lui, son ami haussa les épaules.

— De son côté, Caird semble aller plutôt bien.

Peut-être, mais Caird était un homme changé, à présent.

— Il est heureux.

— Cela ne cesse de m'étonner ; qui aurait cru qu'il trouverait l'amour avec une Buchanan ?

— Finlay, arrête de nous observer. Tu ne devrais pas remarquer ce genre de choses, le prévint Bram.

— Ce n'est pas mes observations qui m'ont appris qu'elle appartenait au clan Buchanan : j'ai simplement écouté les déclarations véhémentes de Malcolm.

Une tragédie d'enfance avait aiguisé la haine de Malcolm

envers les Buchanan et, au fil des ans, cette haine s'était répandue dans tout le clan Colquhoun. Mais Caird avait voulu épouser Mairead, et personne n'avait pu l'en dissuader.

— Et toi, demanda-t-il, que penses-tu de ce mariage ?

— Je suis content pour lui.

Oui, Caird avait finalement trouvé le bonheur. Tout comme leur sœur, Gaira. Qui était Bram, en tant que laird et frère, pour remettre en question la manière dont ils avaient trouvé le bonheur — et la personne avec qui ils l'avaient trouvé ?

Instinctivement, comme il l'avait fait tout au long de la journée, il chercha Lioslath des yeux et la repéra rapidement. Elle n'avait pas bougé et restait là où elle pouvait observer les archers avec avidité.

Elle ne semblait plus troublée par la foule, ou prise au piège, à présent. Au contraire, elle paraissait tout à fait satisfaite.

— Est-ce que tu as vérifié les cibles d'archerie et l'équipement ? demanda Bram à Finlay qui acquiesça.

— Oui. Callum et moi les avons inspectées, avec deux hommes Fergusson. Tout est prêt et nous nous sommes assurés qu'il n'y ait pas d'inégalité entre les clans.

— Parfait. Retourne tout vérifier, si tu le peux, ordonna Bram.

Il n'attendit pas le départ de Finlay pour se tourner à nouveau vers Lioslath. Le concours d'archerie était le dernier de la compétition. Avait-elle l'intention de le saboter ou de l'annuler d'une manière ou d'une autre ?

Les hommes de Lioslath avaient fait de grands progrès aujourd'hui. Ces Fergusson frappaient de toutes leurs forces et ses membres en sentaient encore chaque coup. Bram avait l'habitude de combattre ses propres hommes, qui se maîtrisaient et s'appuyaient plus sur leur talent que leur puissance physique.

Quoi qu'il en soit, il était récompensé pour ses efforts : en échange de son enseignement aux Fergusson il avait commencé à gagner leur confiance. Si son plan devait fonctionner, il aurait besoin de la coopération de tous et *rien* ne gâcherait son plan. Chaque blessure, chaque coup brutal avait été un pas de plus en direction de son but.

Le regard de Lioslath posé sur lui était sa seconde récompense. Plus d'une fois, il avait pris un coup parce qu'il n'était pas assez concentré sur son adversaire. Il faut dire que ses beaux yeux bleus s'assombrissaient quand elle le voyait se battre — de la même manière que lorsqu'ils avaient failli s'embrasser.

Ce presque baiser. Ce désir incontrôlable et malvenu. Cette femme indéchiffrable. A présent, il était prêt à se damner pour cela. Les hésitations de Lioslath et ses questions innocentes lui avaient clairement fait comprendre qu'elle était encore vierge — une vierge qu'il ne pouvait pas séduire. Qui ne devrait pas l'attirer de cette manière. Hélas, son corps n'avait rien à faire de ses projets et de ses devoirs.

Dans la forêt, il n'y avait eu plus qu'elle, la douceur et le parfum de sa peau, ses frémissements. Toutes ses pensées se résumaient à l'instant qu'il vivait.

Et puis Gillean était arrivé.

Il s'était agenouillé devant le gamin pour dissimuler la réponse de son corps à la présence de Lioslath. Même en cet instant, alors qu'il la guettait de loin, il devait s'efforcer de contrôler à nouveau cette réponse provoquée par le simple souvenir de ce qui s'était passé.

Lioslath observait toujours les archers tester les cordes de leurs arcs et assouplir leurs poignets. Tout comme eux, elle faisait doucement tourner ses propres poignets et piétinait pour réveiller son corps. Etait-elle en train d'imiter les hommes de Bram ? Non, elle les copiait…

Elle préparait définitivement quelque chose mais, en raison du trouble dans lequel Bram était plongé, il n'osait pas l'approcher.

Le moment était arrivé. Lioslath prit quelques profondes inspirations. Les Colquhoun avaient terminé leur volée. Les cinq cibles avaient été atteintes. Son clan avait tiré en premier, puis les emplacements avaient été marqués et les flèches retirées. Le clan Colquhoun avait ensuite joué et leurs flèches étaient toujours plantées dans le foin tressé serré et accroché aux arbres. Elle ne voulait pas qu'on les retire.

Avant que qui que ce soit ne puisse bouger, ou lui bloquer la route, Lioslath s'avança face à la première cible. Elle ignora les hoquets de surprise et la voix de Bram qui s'éleva.

Dans un instant, ils sauraient tous que leurs cris offusqués ne l'arrêteraient pas. Sa flèche était déjà encochée ; on n'osa pas la faire reculer de force. Rapide et concentrée, elle était seule avec son arme ; seule pour prouver sa valeur. Relâchant son souffle, elle tira sa première flèche. La cible fut touchée en plein centre.

Les protestations s'apaisèrent tandis qu'elle rejoignait la seconde position. Expirer. Tirer. Un pas de plus, un autre tir. Et encore un. Il ne lui restait plus qu'une cible à toucher.

Les regards de la foule la distrayaient plus que les protestations. Un regard en particulier. Celui de Bram. Elle se tourna un instant vers lui.

Il était plus grand que ses cinq archers et se tenait au milieu d'eux. Le petit groupe était resté à bonne distance pour ne courir aucun risque, mais assez près pour que Lioslath puisse déchiffrer leurs expressions. Dans leurs yeux, elle vit de l'incrédulité, de la jalousie, une sorte de colère impuissante à voir une femme les battre à leur propre jeu…

Tout comme ses hommes, Bram paraissait surpris. Dans ses yeux, elle ne lut qu'une sorte de sombre avertissement. Les lèvres pincées et les joues rougies, il la fixait comme s'il devait lutter de toutes ses forces pour ne pas intervenir.

Visiblement, il n'appréciait pas de ne pas pouvoir l'arrêter. Ce serait montrer aux deux clans son arrogance et son désir de domination — et cela détruirait tous ses projets d'amitié entre leurs hommes.

Comme si elle voulait de son amitié ! Ou de ses baisers !

Elle y avait longuement pensé, avait réfléchi à ce qu'elle allait faire. S'imposer au concours de tir était la seule chose qui avait pu la distraire du souvenir des lèvres de Bram, de son presque baiser.

Elle redressa la tête. Il s'était bien amusé à ses dépens ; à présent c'était à elle, de se distraire. La foule était devenue silencieuse.

Se retournant vers la cible, elle chassa le visage de Bram de ses pensées.

C'était la dernière cible, et ce serait la plus compliquée à atteindre. L'archer Colquhoun l'avait atteinte au centre, mais un peu sur la droite. Elle allait devoir effleurer la flèche en place sans briser la sienne, sans quoi elle échouerait à prouver sa valeur.

Inspire. Expire. Tire.

Elle n'eut pas besoin de rejoindre la cible pour savoir que son but était atteint : les cris victorieux de ses hommes lui en apprirent suffisamment. Et le regard assassin de Bram, son corps plus tendu que jamais, comme prêt à se jeter sur elle, le lui aurait aussi fait comprendre.

Elle sut immédiatement ce qu'il ressentait : une rage incontrôlable et viscérale. Une rage qui était exclusivement concentrée sur elle, et elle n'avait plus de flèches dans son carquois…

Chapitre 10

— Vous êtes fâché contre elle ? claironna la voix de Gillean dans le silence stupéfait qui suivit le dernier tir de Lioslath. Vous la regardez comme si vous étiez fâché…

Fâché ? Non, ce n'était pas un mot assez fort pour décrire l'ouragan qui grondait sous la peau de Bram. *Hors de lui* aurait été plus juste — et encore, ce n'était pas suffisant.

Pendant toute la journée, il s'était évertué à faire naître une certaine camaraderie tandis que les deux clans avaient préparé la compétition. La séance d'entraînement qu'il avait donnée aux Fergusson, dans l'arène leur avait enseigné de nouveaux talents, mais avait aussi aplani leurs différences avec ses propres hommes.

Oui, son plan avait fonctionné. Il n'avait failli ni à sa famille, ni à son clan. Tous ses efforts avaient été couronnés de succès.

Jusqu'à ce que Lioslath intervienne. Le fait qu'elle ait réussi mieux que ses cinq meilleurs archers — avec une aisance qui ne permettait pas de croire à un simple hasard — était l'équivalent du premier sang versé sur un champ de bataille.

En effet, il était hors de lui et aurait voulu la frapper pour lui faire ravaler son arrogance idiote.

— Je pense qu'il est fâché contre elle, lança encore Gillean à haute voix à Fyfa qui accourait pour le faire taire.

Quelques instants plus tôt, Bram avait été sur le point de faire la paix, de mettre fin à toute animosité, d'être accepté au fort pendant l'hiver, avec quelques-uns de ses hommes, ce qui lui aurait permis de commettre la trahison qu'il préparait sans être pris sur le fait.

Et, en cinq tirs, elle avait tout détruit.

Luttant pour se contrôler, faire preuve de patience, il jeta un coup d'œil désemparé autour de lui. La foule observait un silence de mort, couronné par le sourire victorieux de Lioslath.

Lentement, Donaldo s'approcha d'elle. Quant à son autre fidèle ami, Aindreas, il lança un regard triomphant à Bram. Se détournant de ce petit groupe de conspirateurs, celui-ci examina ses propres hommes. La plupart étaient stupéfiés par le talent de Lioslath, mais semblaient aussi percevoir le calcul sournois qui avait motivé ce geste.

Elle n'avait jamais eu l'intention d'apaiser leurs relations. Au contraire, elle avait même tout fait pour que Bram échoue.

Il avait peut-être pensé qu'elle le désirait, quand ils avaient failli s'embrasser, et, à présent, il avait honte de sa faiblesse. Ses longues années de diplomatie ne l'avaient pas préparé à cela. Il avait oublié son unique règle : chercher la vulnérabilité de l'autre et ne jamais sous-estimer son opposant.

Et il avait clairement sous-estimé Lioslath, du clan Fergusson…

Elle regarda l'incrédulité de Bram se muer en fureur. En un instant, elle comprit pourquoi il était à la fois craint et respecté dans tout le pays.

Seulement, elle ne fuirait pas son regard : elle ne le craignait pas et le respectait encore moins. Tout ce qu'elle voulait, c'était qu'il parte.

— Il est vraiment en colère contre elle, s'écria de nouveau Gillean — la seule voix qui se faisait entendre dans la cour du fort.

Lioslath n'écouta pas les murmures paniqués de Donaldo. Elle ne pouvait quitter Bram des yeux. Bram, qui s'avançait à présent vers elle d'un pas décidé.

— Est-ce qu'elle vous convient maintenant ? cria Gillean avant que Fyfa ne puisse le faire taire.

— Je vous avais prévenue, reprit Donaldo, un peu plus fort. Je vous avais dit de ne pas le pousser dans ses retranchements.

— Tais-toi ! Tu savais très bien ce que j'allais faire.

— Peut-être, mais gagner tous les points et ridiculiser ses meilleurs archers ? A quoi pensiez-vous donc ? Il vous a offert un festin que vous avez refusé. Vous vous êtes disputés en plein milieu du village avant qu'il revienne organiser cette compétition. Il pourrait reprendre tous les vivres qu'il nous a donnés, ou même les détruire sous nos yeux. Il pourrait nous faire subir plus d'horreurs encore que les Anglais ! Vous ne lui avez laissé aucun choix…

— J'ai sauvegardé notre honneur, répliqua sèchement Lioslath.

— Oh oui, notre honneur suffira à nous tenir chaud, cet hiver ! Ne voyez-vous donc pas qu'il essaie de réparer le tort qui nous a été causé ?

— Et dans quel but ?

— Laird Colquhoun ne cesse de vous regarder, Lioslath. Il nous a offert de nombreux cadeaux : non seulement de quoi manger, mais aussi ses talents qu'il a partagés avec nos hommes. Vous avez bien vu ce qu'il a fait pour Colin.

— Je pense qu'elle vous convient, maintenant ! gloussa encore bruyamment Gillean en évitant de peu sa sœur.

— De quoi est-ce qu'il parle ? demanda Donaldo, à présent intriguée par le manège des enfants.

Lioslath se figea, terrifiée. Gillean était trop excité pour se contrôler et il en savait trop…

Il fallait à tout prix qu'elle le fasse taire avant qu'il ne soit trop tard ! Hélas, Bram s'approchait toujours d'elle. Ses hommes, comme répondant à un ordre muet, commençaient à s'éloigner des Fergusson. Bientôt, une bagarre éclaterait.

Comment empêcher la catastrophe ?

Si jamais elle se précipitait sur Gillean pour l'empêcher de parler, elle aurait l'air coupable. Mais si elle ne faisait pas immédiatement taire son frère…

Finalement, elle se détourna de Bram et s'élança en direction de son frère.

— Tais-toi, Gillean ! Tu m'entends ?

— Mais il est fâché contre toi ! claironna le gamin de plus belle en courant autour de Donaldo. Cela veut dire que tu dois lui convenir, maintenant !

Fyfa fonça sur lui — ce qu'elle ne faisait qu'en cas d'extrême urgence.

— Elle t'a dit de te taire !

Malheureusement, ses menaces ne provoquèrent chez lui qu'une hystérie incontrôlable.

Seigneur, où était Eoin ? D'habitude, il était le seul à pouvoir calmer son frère.

Hélas, Donaldo attrapa soudain le bras du garçon, le souleva de terre et le regarda droit dans les yeux. Lioslath connaissait trop bien ce regard : aucun enfant ne pouvait y résister.

— Qu'est-ce que tu veux dire, mon petit ? demanda-t-elle.

— Elle est toujours fâchée contre nous et, maintenant, il est fâché contre elle. Cela veut dire qu'on fait partie de la famille de Bram. C'est pour cela qu'il l'embrasse et qu'il était dans sa chambre ! Nous allons devenir une famille !

La voix excitée du gamin résonna au milieu de la foule silencieuse. Voilà, il avait tout dit. Tout. Devant les deux clans. Et devant Bram.

Donaldo reposa doucement Gillean par terre.

— Est-ce que c'est vrai ?

Lioslath sentit tous les regards se fixer sur elle, mais elle n'osa pas quitter Donaldo des yeux. Elle n'avait pas besoin de jeter le moindre coup d'œil à Bram pour sentir le poids de sa colère — et quelque chose d'autre qui lui fit craindre cet homme pour la toute première fois. Son immobilité absolue était une menace. On aurait cru voir un prédateur sur le point de fondre sur sa proie, tendu et calculateur.

Oui, elle était sa proie…

Donaldo aussi avait un regard calculateur. Soudain affreusement consciente de ce qui se passait, Lioslath comprit que Donaldo considérerait un mariage entre elle et le Colquhoun comme un avantage. Elle prétendrait même que Lioslath avait une réputation à sauver. Il fallait mettre fin à tout cela, et vite !

— Ce n'est pas ce que vous croyez, balbutia-t-elle à haute voix.

Elle entendit un cri de protestation de la part d'Aindreas avant que le grondement sourd de son sang n'étouffe tout son.

Qu'avait-elle fait ?

— Est-ce que c'est vrai ? répéta Donaldo en se tournant, cette fois, vers Bram.

Un nouveau silence s'éleva, plus lourd encore que le précédent ; un silence que Bram aurait pu briser par une myriade d'explications diplomatiques. Mais, au lieu de cela, il fit un grand sourire, comme si la situation l'enchantait. Avant que Lioslath puisse s'échapper, il lui attrapa la main et l'attira à lui.

Douloureusement consciente de ce sourire de façade qui n'atteignait pas ses yeux, et de sa poigne si ferme qu'elle ne pouvait s'en dégager, Lioslath dut se résigner à rester près de lui.

Sans attendre, Bram fit face aux deux clans, et s'écria :

— Lioslath a gagné le concours d'archerie !

Sa voix résonna au-dessus de la foule stupéfaite comme s'il était le seigneur de ces terres et faisait une annonce formelle à ses hommes. Quelques applaudissements polis s'élevèrent, rares et rapidement éteints. Les spectateurs savaient qu'il n'en avait pas fini : Laird Colquhoun tenait la main de Lioslath du clan Fergusson, cela en disait long.

Bram la dévisagea, comme s'il la mettait au défi d'oser baisser les yeux. Une émotion sombre, lourde, à peine dissimulée avait envahi ses yeux gris et glacés ; mais, avant qu'elle puisse comprendre ce qu'il avait en tête, il s'adressa à la foule.

— Il semblerait, commença-t-il, que cette lady doive recevoir un prix pour son don remarquable au tir.

Un nouveau bourdonnement emplit les oreilles de Lioslath lorsqu'elle remarqua que la voix de Bram était différente. Elle se faisait cajoleuse, à présent, charmeuse et étonnamment humoristique, en dépit de la froideur de son regard.

— Il s'agit de bien plus qu'une simple compétition, reprit-il de plus belle, mais d'une réelle célébration !

Il fit une pause délibérée et le grondement s'éteignit

brusquement aux oreilles de Lioslath pour faire place à une avalanche de sons troublants et presque incompréhensibles.

Non, pas une avalanche. Un seul son lui parvenait : la voix de Bram qui achevait son petit discours sans la moindre hésitation.

— En triomphant de nos meilleurs archers, Lioslath a en effet gagné un prix. Et moi aussi. Par sa flèche si bien tirée, elle a signifié son accord à ma demande. Nous sommes fiancés !

Un tonnerre d'acclamations s'éleva brusquement, auquel s'ajouta le rire de Bram. Lioslath comprit que ce n'était qu'un rire de façade, entièrement dénué d'humour. Au contraire, ce rire lui paraissait presque menaçant…

— *Vous* êtes mon prix ? murmura-t-elle tandis que la conscience de ce qui venait de se passer la figeait.

Sans doute avait-il réussi à entendre sa question abasourdie en dépit de son rire forcé et glacial, car il répondit :

— Oui.

Ce simple mot fit disparaître toutes les festivités, toutes les émotions contradictoires de Lioslath dans une tombe froide et anonyme.

Chapitre 11

La rage ne cessa de hanter Bram jusqu'à ce qu'il soit épuisé de devoir lutter contre. Sous le coup d'une émotion incontrôlable, il lança une série d'ordres à ses hommes après avoir accepté leurs félicitations.

Heureusement, Finlay et Callum remarquant son état ne posèrent aucune question.

Néanmoins, après la fin des tâches du soir effectuées par ses hommes, il se sentit étrangement exposé. Tout ce qu'il essayait de faire pour lui-même et son clan n'était qu'une vaste et cruelle farce.

Lioslath était parvenue à son but. Armée de sa dague et de ses flèches, elle l'avait atteint, rouvrant de vieilles blessures jusqu'à mettre à nu ce qu'il tentait de cacher. Sa pirouette paniquée était digne du jeune fanfaron qu'il avait été autrefois ; un jeune fanfaron qui cherchait à tout prix à prouver sa valeur et avait connu le pire des échecs.

Depuis cet hiver fatal, il avait dû faire face à de terribles ennemis, avait surmonté des épreuves inattendues et avait connu — savouré — de nombreux succès. Sa famille n'avait plus jamais souffert. N'avait plus jamais eu faim. Le souvenir de cet hiver si amer jetait son ombre sur tous ses jeux, tous ses rires et le poussait, chaque matin, à se lever avec l'envie de conquérir le monde — car, depuis cette année-là, il n'avait en effet connu que conquêtes…

Mais à présent il n'avait plus aucune raison de rire. Sa

famille et son clan couraient un grave danger. Tout ce qu'il aurait eu à faire, c'était *attendre*.

Si seulement il avait pu partir et attendre ailleurs des nouvelles du Joyau et de John Balliol. Il n'aurait pas dû écouter Gaira le supplier d'aider les pauvres orphelins Fergusson. Il n'aurait pas dû se laisser si facilement émouvoir par ce récit.

La même émotion poignante qui l'avait poussé à protéger sa famille, des années plus tôt, le poussait aujourd'hui à faire amende honorable. Il était tombé dans son propre piège : ce clan ne voulait pas de ses excuses ou de son aide.

Au cœur des négociations les plus rudes, avec des clans plus puissants, des émissaires venus de l'étranger et des membres de la royauté. il avait toujours su tirer bénéfice de la situation pour son clan et avait préservé sa fierté.

Mais, ici, avec Lioslath, il refusait d'abandonner sa fortune. Elle ne le laissait même pas s'excuser, alors pourquoi l'aider ?

Par quelques mots bien choisis, motivés par la colère, il venait de s'assurer un certain contrôle sur elle. Il avait enfin un argument pour marchander avec Lioslath — tout comme il l'avait fait avec son père. Il allait lui proposer un mariage.

Un mariage *temporaire* qui lui permettrait de nouer une alliance profitable : pour lui l'accueil bienveillant et protecteur de ce clan ; pour elle, son argent et son pouvoir. Bram lui donnerait tout, sans discuter. Il continuerait même à l'aider après son départ. Après tout, il avait fait une promesse à son clan et à ses frères et, quoi qu'il lui en coûte, il devait tenir parole.

Cette nouvelle idée lui en donnait enfin l'opportunité. Tant que Lioslath et lui ne consommaient pas leur union, il pourrait toujours…

— Vous ne l'avez jamais demandée en mariage.

Bram sursauta, brusquement tiré de ses pensées, et découvrit Donaldo, qui se tenait calmement devant lui. Elle était si imposante qu'il n'aurait pu lui échapper. D'ailleurs, il n'avait pas plus l'intention de la fuir que de fuir ce clan : il s'en tiendrait à son plan et, s'il devait se heurter à leur obstination, il le ferait.

— C'est décidé.

En dépit de sa voix assurée, il sentit des dizaines de questions bourdonner à ses oreilles. S'il voulait que sa nouvelle stratégie fonctionne, il allait avoir besoin de plus d'informations sur Lioslath.

Cette femme était troublante, surprenante, et il l'avait sous-estimée. Quand elle le reverrait, elle tenterait certainement de lui résister et, cette fois, il n'échouerait pas face à elle.

— Comment a-t-elle réussi à atteindre toutes ces cibles ? demanda-t-il.

Elle ne pouvait pas avoir développé un tel talent sans des années d'entraînement.

— Je connais cette enfant depuis qu'elle est née, répondit Donaldo, et j'ai été témoin de toutes ses joies et de toutes ses peines. Vous pensez vraiment que je vais vous répondre ?

Non, évidemment, et il avait agi de façon stupide en posant cette question si abruptement. De nouveau, il oubliait son entraînement : écouter d'abord. Dès qu'il s'agissait de Lioslath, ses émotions affectaient beaucoup trop ses pensées…

— Mais je veux bien négocier avec vous, ajouta la cuisinière.

Surpris, et un peu méfiant, Bram la dévisagea. Qu'avait-elle en tête ? Il était dans une position désespérée et, si Donaldo voulait marchander, il ne pouvait pas se permettre de refuser.

— Pourquoi négocier ?

— Vous voulez des réponses et j'ai une faveur à vous demander avant le mariage.

S'il y avait bien mariage…

— Quelle faveur ? demanda Bram.

Donaldo eut un petit sourire.

— Je ne vous dirai rien tant que vous n'aurez pas accepté de me l'accorder.

Bon sang ! Il avait toujours pensé être très bon négociateur, mais ce clan Fergusson avait le don de le déstabiliser.

— D'accord, j'accepte, dit-il à contrecœur.

C'était peut-être idiot, certes, mais il n'avait pas le choix. Il avait annoncé ses fiançailles à son clan et à celui de Lioslath et, par son silence, elle avait donné l'impression de consentir ;

mais il avait besoin de s'assurer de son accord avant de faire quoi que ce soit. Et pour obtenir cet accord, il fallait qu'il en apprenne le plus possible sur elle.

— Elle a du talent, commença finalement Donaldo, parce qu'elle a chassé pour ce clan dès son plus jeune âge.

Une femme ? Chassant pour le clan ? Il n'avait jamais entendu parler d'une telle chose !

Jamais il ne l'aurait permis à ses sœurs. Pourtant, cela ne l'étonnait qu'à moitié : Lioslath l'avait menacé de ses armes depuis leur première rencontre…

— Busby l'a autorisée à chasser ? demanda-t-il.

— Autorisée ? Oh oui, il l'autorisait, répondit Donaldo, mais pas de la manière à laquelle vous avez l'air de penser, Colquhoun. Il ne considérait pas cette activité comme un passe-temps pour elle ; il l'y a obligée.

Obligée... Cette révélation si soudaine frappa Bram comme la foudre.

Busby. Il avait confié sa sœur à Busby sans rien savoir de cet homme. Les loups hantaient la forêt, près du village, et Busby, *un père*, avait obligé sa propre fille à affronter un tel danger ! Cherchait-il à la faire tuer ?

— Pourquoi a-t-il fait cela ?

Donaldo ne répondit pas immédiatement.

— Votre curiosité dépasse les clauses de notre accord, mon seigneur.

Elle avait tort. Ce n'était pas la curiosité qui le motivait. Bram cherchait des réponses pour affiner ses talents de diplomate, renforcer son pouvoir, et c'était bien ce qu'il avait l'intention de faire.

— J'ai besoin de savoir pourquoi Lioslath s'est entraînée de cette manière, reprit-il fermement.

— Vous m'avez demandé *comment*, et je vous ai répondu. Si je vous disais pourquoi, je risquerais de lui causer du tort…

— Est-ce en refusant de me donner des réponses honnêtes que vous comptez vous venger de moi ? J'avoue que je ne suis pas surpris : je m'attendais à cette ruse.

— Vraiment ? Si jamais vous m'en voulez pour cela, souvenez-vous que mon clan n'est pas à blâmer.

En effet, la seule personne qu'il blâmait, c'était lui-même et cela n'avait aucune importance s'il n'obtenait pas de réponse franche de sa part.

Il savait très bien quels étaient ses devoirs et ses responsabilités. Malgré ses maigres informations, Donaldo lui avait au moins dévoilé quelques faits qui lui permettraient d'affronter Lioslath mieux armé.

— Bien. Et quelle était la faveur que vous vouliez me demander ? lança-t-il abruptement, sans la moindre diplomatie, cette fois.

— Avant d'épouser Lioslath, demandez-lui pourquoi elle a coupé ses cheveux.

Dans la pénombre, Lioslath arpentait inlassablement les écuries. C'était le seul endroit où elle pouvait trouver un peu de solitude. Il était tard, et la fête commençait à se calmer.

Elle savait parfaitement que Bram finirait par la trouver, mais elle n'avait nulle part où aller…

Elle se retrouvait piégée dans un jeu dont elle ne connaissait pas les règles, impuissante, incapable d'éviter ce mariage fatal. On allait la jeter au milieu des flammes, comme un agneau sacrificiel — et son clan célébrait cette nouvelle sans se soucier d'elle. Tout le fort chantait, riait, se réjouissait de fiançailles auxquelles elle n'avait pas consenti. Voulait-elle seulement épouser Bram ?

Cet homme n'avait attiré que le malheur sur ce clan et pourtant… elle désirait toujours secrètement ce baiser qui leur avait échappé.

Que savait-elle des gens, au fond ? Absolument rien. Elle ne se connaissait même pas elle-même !

Faible. Vulnérable. Elle ne s'était pas sentie aussi fragile depuis le départ de son père pour les terres Colquhoun, quand elle lui avait rendu son sourire tandis qu'il la regardait, du haut de son cheval. Les yeux humides, elle avait alors ressenti un étrange bonheur. Eoin l'avait trouvée bizarre et Fyfa lui avait rendu son sourire, enchantée à l'idée de rencontrer une nouvelle maman — une maman qui aimerait, autant qu'elle, les vêtements et les rubans…

Depuis la mort de sa mère, depuis que sa belle-mère, Irman, l'avait obligée à dormir avec les chevaux, elle avait toujours cherché à cacher sa faiblesse et sa vulnérabilité.

Irman aimait répéter à tout le monde que Lioslath préférait la compagnie des chevaux à celle de sa propre famille. Son père avait écouté les mensonges de sa nouvelle femme et avait fini par abandonner Lioslath, tout en la gardant au fort, près de lui. Cela avait été un rappel constant et cruel de sa condition : celle d'une enfant non désirée.

Acceptée par la famille de Niall, elle s'était découvert un nouveau foyer au milieu des arbres, l'amour de la chasse remplaçant l'amour des siens. Si elle avait été incapable de connaître la joie dans cette nouvelle vie, elle avait au moins su trouver un certain bien-être.

Jusqu'à la mort de son père.

Son rôle au sein du clan n'avait pas immédiatement changé. Au début, seuls Aindreas et Donaldo avaient sollicité ses avis. Répétant qu'elle n'avait aucune place dans ce clan, Lioslath avait essayé de leur résister. Après tout, qu'avait fait le clan pour elle quand son père la traitait avec une telle cruauté ?

Elle poussa un profond soupir et fit une nouvelle fois volte-face. Ses allers et retours commençaient à rendre les chevaux nerveux et elle dut s'arrêter, bien qu'elle n'en eût aucune envie.

Elle ne voulait pas devenir responsable de son clan et pourtant, pendant ces derniers mois, elle avait dû remplir un rôle pour lequel rien ne l'avait préparée.

Ce n'était pas la faute de ses hommes : après la mort de leur laird, vers qui auraient-ils pu se tourner pour rendre un chef au clan, à part elle ? Cruel et amer, son père avait écouté sa folie plutôt que la raison en partant à la poursuite de la fille Colquhoun. Quand il avait été tué, le clan Fergusson avait été aussi perdu que Lioslath.

Elle avait donc essayé de devenir ce que le clan attendait d'elle. En gagnant le concours d'archerie, elle avait pensé se montrer enfin à la hauteur de ses nouvelles responsabilités, sauver son honneur et avoir enfin le pouvoir de chasser les Colquhoun de ses terres. Hélas, tout ce qu'elle avait réussi était de se lier plus étroitement à eux — et entraîner son clan avec elle.

Elle avait *voulu* aller trop loin, suffisamment loin pour faire partir les intrus et les envoyer lécher leurs plaies ailleurs.

Les Anglais avaient levé le camp quelques semaines à peine avant que Bram n'apparaisse au sommet de la colline. Son clan se remettait encore de la catastrophe et de ses pertes quand il était arrivé pour leur arracher le peu qu'il leur restait.

A ce moment, elle avait cru baisser les bras. Elle n'avait plus eu aucun contrôle sur les événements.

Et c'était bien ce qui la faisait le plus souffrir. Elle en voulait à Bram de lui avoir impitoyablement arraché sa liberté, mais elle en voulait encore plus à son clan qui, par son silence, avait laissé faire.

Bram avait orchestré la mort de son père, était arrivé trop tard pour les protéger des Anglais et, malgré tout cela, les Fergusson, au grand complet, se réjouissaient de cette nouvelle union entre eux.

Pouvait-elle réellement épouser Bram, laird Colquhoun ? La décision lui revenait à présent ; son clan avait déjà pris la sienne.

— Je pensais que tu serais partie par le tunnel, lança soudain la voix de Bram dans l'obscurité.

Une voix qui, encore une fois, l'affecta plus qu'elle ne l'aurait voulu. Manquant de trébucher, elle fit volte-face. Il la prenait à nouveau par surprise, sans lui laisser le temps de se préparer à lui résister.

Le tunnel… Pendant son enfance, elle s'en était souvent servie pour s'échapper. Mais il était tard et, sans la protection de Chien, la forêt devenait trop dangereuse. Elle n'avait pas non plus pu se résoudre à faire face à son clan plus longtemps.

Elle avait donc choisi de se réfugier dans les écuries.

— Je pensais vous voir plus tôt, lança-t-elle, rassurée d'entendre sa voix si ferme, en dépit de son agitation.

Il eut un petit rire — non dénué d'une pointe de colère — et pénétra dans l'écurie.

— Tu m'attendais ?

Soudain, elle revint quelques jours en arrière, lors de cette première nuit fatale où il l'avait retrouvée dans sa chambre. De nouveau, il paraissait si tranquille. A son aise. Bien que le bâtiment soit plongé dans l'obscurité, il navigua sans hésiter sur le sol inégal et entre les pierres et les stalles de bois. Que cet homme était énervant !

— Oui, je vous attendais, Bram du clan Colquhoun, répondit-elle (comme la première fois). J'attendais que vous veniez vous excuser et me dire que l'annonce de ces fiançailles n'était qu'un de vos petits jeux. Un tour de plus que vous m'avez joué…

Il eut un sourire. En le devinant à peine, ce sourire suffit à la faire frémir. C'était néanmoins mieux que se sentir vulnérable et exposée au simple son de sa voix.

— C'est intéressant, remarqua-t-il. Moi aussi, je suis venu entendre tes excuses. Il faut aussi que tu saches que, quand je désire quelque chose, je ne recule devant aucun « tour » pour l'obtenir.

Sa voix avait une nuance amère en dépit de sa légèreté. Lioslath était bouleversée, vulnérable, à sa merci ; et lui s'en *amusait* !

— Je ne vous comprendrai jamais, répliqua-t-elle. Il y a quelques heures à peine, vous étiez furieux. Vous me regardiez comme si c'était *moi* qui vous avais piégé avec cette histoire de mariage, alors que j'ai seulement voulu…

— Fanfaronner ? En effet, tu cachais des talents redoutables, beauté. A moins que tu n'aies pas tant cherché à me les dissimuler : je t'ai déjà vue avec des armes à la main, il me semble. Tu veux bien m'en parler ?

— Non.

Il haussa les épaules.

— Quel dommage… J'aurais aimé une petite discussion amicale.

— Amicale ! s'étrangla-t-elle, abasourdie.

— Oui. Nous avons toujours un accord à négocier, non ?

— Il n'y aura aucun accord entre nous.

— Pas même pour le bien de ton clan ?

Son clan… Ce mariage si profitable l'avantagerait énormément. Ainsi, pour le bien de la communauté, on la jetait sans scrupule en pâture à cet homme.

Mais Bram était venu *négocier*. Cela voulait-il dire qu'il n'était pas si sûr de lui ?

— A quoi jouez-vous ? demanda-t-elle.

— Tu as tiré sur les cibles de nos archers, en sachant très bien que nous avions besoin de ce concours pour apaiser les relations entre nos clans. En faisant cela, tu n'as fait qu'empirer la situation.

— J'ai accepté que vous organisiez votre concours et le concours a eu lieu. Jamais nous ne nous sommes mis d'accord sur le gagnant.

— Oui, et j'ai compris mon erreur trop tard, je l'admets, répondit Bram. Je pense qu'en termes de « petits jeux » tu te montres largement aussi douée que moi, Lioslath.

Elle entendit la tension sous-jacente dans sa voix grave et pourtant toujours calme — un calme qui avait le don de l'exaspérer.

— Vous avez annoncé nos fiançailles devant tout le monde ! protesta-t-elle. Le peu de pouvoir que j'avais encore, vous me l'avez arraché sans vergogne !

— Vraiment ? C'est cela que tu cherches ? Le contrôle ?

Il jeta un rapide coup d'œil par-dessus son épaule par la fenêtre qui ouvrait sur la cour avant de se retourner vers elle.

— Tu sais, reprit-il à voix basse, je ne peux pas t'obliger à faire cela.

Cette fois, elle le comprenait encore moins que d'habitude. Cet homme contrôlait toutes les situations, quoi qu'il advienne, et il n'allait certainement pas la laisser prendre ses décisions seules. Ce n'était clairement pas dans sa nature.

— Est-ce la *négociation* que vous comptez mener à bien avec moi ?

— Pourquoi ne pourrions-nous pas créer une alliance, comme ton père l'a fait avec ma sœur ?

Elle l'entendit s'approcher d'un pas.

— Après tout cela, vous pensez vraiment que je vais accepter de… marchander avec vous ? balbutia-t-elle, le souffle court.

— Je pense seulement que ce mariage nous serait bénéfique, petite. Après tout, c'est ce que ton père a pensé, en ce qui le concernait.

Où voulait-il en venir ? Ses motivations étaient particulièrement obscures…

— Si vous pensiez vraiment cette union bénéfique, pourquoi n'en avez-vous pas parlé dès votre arrivée, ou dans votre missive ? Pourquoi attendre maintenant ?

Il s'immobilisa, en silence. De toute évidence, la question de Lioslath le prenait de court.

— Est-ce vraiment une question de bon moment ? demanda-t-il.

Oui, en effet. Cependant, que pouvait-elle y faire ? Il était trop tard pour revenir sur ce qui avait été dit. Le « pourquoi » n'avait plus aucune importance, désormais, et il serait inutile de s'y attarder. Ce qui importait, c'était l'instant présent, mais elle avait encore besoin de clarifier certains points.

— Vous voulez m'épouser pour les mêmes raisons que celles qui ont poussé mon père à épouser Gaira ?

— *Exactement*, répondit-il d'une voix triomphante.

— Pour… des moutons ?

— Tu sais très bien que ce n'est pas une question de simples moutons. Tu devrais accepter pour satisfaire les besoins de ton clan, de tes frères et de ta sœur. Tu vois au moins de qui je veux parler, rassure-moi ?

Même pour plaisanter, elle était incapable de parler de ses frères et de sa sœur — elle en savait vraiment trop peu à leur sujet.

— Pourquoi restes-tu seule ? poursuivit-il. Pourquoi

n'étais-tu pas entourée par ta famille et tes hommes quand j'ai fait l'annonce ?

Dès que les deux clans avaient commencé à les acclamer, elle s'était arrachée à la poigne de fer de Bram et s'était enfuie en courant. Personne ne l'avait suivie. De toute manière, elle ne s'était pas attendue à ce qu'on le fasse.

— Ils étaient tous là, répondit-elle néanmoins, et moi aussi.

Bram fit non de la tête d'un air sceptique.

— Ils étaient peut-être là, mais ils n'étaient pas avec toi. Comment se fait-il que tu en saches si peu sur ton propre clan et sur tes frères et ta sœur ?

Sa voix persuasive ne cherchait plus à plaisanter mais s'était adoucie, comme s'il se demandait vraiment ce qu'elle pensait. Comme s'il la prenait en pitié.

Or, elle ne voulait *pas* de sa pitié ou de son attention !

— Vous n'arrêtez pas de parler, lança-t-elle. Vous parlez plus que tous les hommes que j'ai connus, et pourtant vos mots sont vides de sens.

Les lèvres de Bram se pincèrent dans la pénombre et son regard prit une expression triste. Essayait-il de dissimuler sa colère et sa nature cruellement moqueuse ?

Quand Lioslath était en colère, elle était en colère et ne faisait rien pour le cacher.

Le comportement changeant de Bram, ses plaisanteries permanentes la déconcertaient…

— Navré, j'ai été formé par des années de négociations commerciales, dit-il d'un air contrit. C'est un petit jeu qui m'a appris à parler sans rien dévoiler. La plupart des gens ne remarquent même pas ce stratagème.

Des jeux. Encore des jeux. Elle avait horreur de cela : c'était inutile et traître.

Soudain, elle se rendit compte qu'ils étaient encore ensemble dans un lieu sombre. Seuls. De plus, cette fois, elle n'avait ni Chien, ni sa dague pour se protéger.

Elle ne savait rien de cet homme et, plus elle le côtoyait, moins elle le comprenait. Se marier avec lui équivaudrait à se coucher dans sa tombe et attendre de mourir !

Comment avait-il pu faire une telle annonce *en riant* ?

— Je ne joue à aucun jeu, contrairement à vous, dit-elle. Et je ne vous épouserai jamais.

— Il t'est donc si facile de me repousser ?

Bram poussa un petit soupir désappointé.

— C'est pourtant une alliance avantageuse entre nous. Ton père était de mon avis et je peux te promettre de t'offrir plus de richesses et de sécurité que ce que je lui ai proposé à l'époque.

Il paraissait si sûr de lui.

— C'est bien cela : vous négociez *bel et bien* avec moi ! Je ne comprends pas… Vous avez déjà annoncé notre union à tout le monde et certains de nos hommes sont encore en train de la célébrer.

— Tu es donc venue seule ici en pensant que tout était fini ? Et si je te disais que j'ai peut-être annoncé notre mariage, mais que je voulais en discuter en privé avec toi ? Une discussion pendant laquelle tu aurais l'avantage…

Ainsi, il lui laissait la liberté d'accepter ou de refuser sa proposition ?

— Prends ta décision, petite, poursuivit Bram. J'aimerais reconduire, entre nous, l'accord négocié avec ton père ; sauf que, cette fois, il ne s'agira pas que de moutons. Je te propose le soutien de tout le clan Colquhoun.

Pouvait-elle faire cela ? Pouvait-elle faire ce que son père avait voulu faire lui-même pour le clan ?

Il avait été si fier de ramener une femme Colquhoun au fort et de pouvoir enfin subvenir aux besoins des siens à nouveau… A présent, le clan s'attendait à ce qu'elle épouse un Colquhoun à son tour.

— Lioslath ?

Elle ne voulait pas prendre sa décision en écoutant uniquement les besoins du clan ! Si Bram lui laissait l'avantage dans leurs négociations, elle pourrait peut-être exiger plus. Les profits offerts au clan ne suffisaient pas, qu'en serait-il de ses frères et de sa sœur ?

— Je vous ai vu avec mes frères, aujourd'hui, commença-t-elle.

— Oui, Eoin a causé une belle pagaille en s'écroulant dans les légumes cuisinés…

— Je pense que Gillean a fait exprès de le faire tomber de ses échasses.

— Evidemment, répondit Bram, et je dois dire que Fyfa l'a bien grondé pour cela.

— Je vous ai vu avec eux et, bien que vous nous ayez offert cette nourriture, vous n'étiez pas fâché. Vous… vous les avez aidés.

— Donc, tu te soucies bel et bien d'eux, finalement.

Toujours. A chaque instant.

— Ton regard s'adoucit quand tu penses à eux. Accepterais-tu de m'épouser, pour leur bien ? Je te promets de les nourrir et de les protéger.

Qu'elle le veuille ou non, ses frères et sa sœur étaient sa seule famille, à présent.

Bram avait eu l'air tellement à l'aise avec eux. Il avait ri avec Gillean, avait aidé Eoin à se débarrasser de ses échasses, l'avait grondé d'un air faussement sévère et l'avait renvoyé à ses jeux. En quelques instants à peine, cet homme avait su voir toutes les singeries des garçons et comprendre le profond désir de discipline de Fyfa.

Lioslath pouvait-elle se marier uniquement pour les enfants ? Elle avait l'impression d'être sur le point de se sacrifier, encore une fois — pire encore, de se sacrifier volontairement !

Non, elle ne pouvait pas faire un tel choix uniquement par souci pour son clan et sa famille. Il lui fallait plus que cela. Elle… *méritait* plus que cela. Elle avait passé sa vie à satisfaire les désirs des autres sans jamais penser à elle.

— Tu deviens bien silencieuse, petite. Dois-je parler encore pour te convaincre ?

Sans attendre sa réponse, il s'exécuta. Elle n'avait même pas eu le temps de réfléchir et son bavardage incessant commençait à la rendre aussi nerveuse et mal à l'aise que les chevaux…

— Si nous nous marions, tu auras toute la richesse et

toute la protection que mon clan, mon épée et… mon corps pourront t'offrir.

Oh ! cette voix, ces mains. Cette *maestria* dans la manipulation. Sur le point d'être sacrifiée, jetée sur le bûcher, elle sentit une autre flamme, plus trouble, lécher sa peau. Tout cela était la faute de Bram ; Bram et ses manières trompeuses. Jamais personne n'avait su la déconcerter autant que lui. Mais… était-il sincère ? Pouvait-elle vraiment se fier à lui ?

— Est-ce pour cela que vous avez cherché à m'embrasser dès le premier jour ? Ce mariage, c'était cela que vous aviez en tête depuis le départ !

De nouveau, il lâcha un petit éclat de rire dans l'obscurité.

— Tu ne devrais jamais chercher à négocier, Lioslath. Jamais. Tu me dévoiles bien trop de choses.

— Il fait noir ; vous ne pouvez rien voir de là où vous êtes.

— Peut-être, mais je te sens reculer peu à peu, et sais-tu ce que j'ai envie de faire, quand tu t'écartes de moi comme cela ? J'ai envie de m'approcher encore plus. Surtout quand tu fais ces petits bruits et quand tu te mets à parler de baisers.

Il s'interrompit un instant avant de poursuivre :

— Mais non, ce n'est pas pour cela que j'ai voulu t'embrasser.

— Comment vous croire ? Vous riez toujours, même à ce moment-là, dans la forêt.

— Je n'ai ri que de moi-même.

— Encore une fois, comment pourrais-je vous faire confiance ?

— C'est donc cela qui t'inquiète au sujet de ce mariage entre nous ? La crainte que nous ne nous convenions pas ?

Il baissa les yeux et chassa quelques brins de paille du bout du pied.

— Est-ce que cela t'aiderait, si je t'avouais que ce baiser me hante autant que toi ? J'ai aussi pensé aux… difficultés auxquelles nous devrions faire face, dans le cas d'un mariage similaire à celui de ton père, mais je suis prêt à me plier aux mêmes conditions, si tu le souhaites.

Lioslath attendit un instant qu'il s'explique plus clairement, mais il n'en fit rien. Néanmoins, une part d'elle avait l'impression de le comprendre.

En dépit de cette longue discussion, il la surprenait. Le surprenait-elle aussi ? Provoquait-elle chez lui le même trouble que sa voix mâle et ce désir qui perçait quand il parlait de baiser faisaient naître en elle ? Quelque chose, dans son ton, ses hésitations, suggérait qu'il avait toujours envie de l'embrasser — tout comme elle.

En dépit de sa haine pour lui. En dépit de son désir de ne *pas* dépendre de lui. En dépit de tout, elle attendait toujours ce baiser. Elle avait toujours envie de ce baiser.

Bien sûr, il avait tout prévu et le clan Fergusson paierait cette duperie au prix fort. Si elle le laissait contrôler la situation, ce serait elle qui en subirait les conséquences. Néanmoins, cette demande en mariage avait de quoi la tenter.

Il… la tentait. Avait-elle la moindre chance de prendre ce qu'il lui offrait sans payer ? Pourrait-elle sacrifier quelque chose pour son clan et en retirer tout de même quelque privilège pour elle-même ?

Comment savoir ?

Bram s'approcha encore en silence. Plus près. Voulait-il l'embrasser maintenant ? Comment était-elle censée deviner ses intentions quand il parlait comme un commerçant ?

— « Conditions », « difficultés »… Je ne comprends rien à ce que vous dites !

Bram le savait pertinemment. Une colère aveugle l'avait poussé à annoncer ces fiançailles, certes, mais le raisonnement lui avait fait comprendre qu'il pourrait tourner la situation à son avantage.

Tout cela n'avait qu'un seul but : faire un pas de plus vers l'accomplissement du plan.

S'il épousait Lioslath, il pourrait passer l'hiver au fort. Il lui suffirait de négocier en secret avec elle pour s'assurer que cette union reste temporaire et qu'il puisse partir au printemps, comme prévu.

Lioslath avait certainement compris, quand il avait parlé des mêmes conditions que celles acceptées par son père : ce serait un mariage temporaire, pour donner *l'impression* d'une puissante alliance. Tant qu'ils ne consommeraient pas leur union, Bram resterait libre de partir.

Il y avait une autre raison qui l'obligeait à ne se marier qu'en apparence : Gaira. Gaira et Robert, son époux, qui l'avait reconduite en sécurité à Colquhoun. Robert était un homme bon, un homme d'honneur, mais c'était aussi le chevalier anglais qui avait tué le père de Lioslath.

Et Lioslath devait à tout prix continuer à l'ignorer.

Bram ne devait pas nouer de relations à long terme avec les Fergusson. Conscient qu'il s'aventurait en terrain dangereux, il fit de son mieux pour calmer sa nervosité. Sa venue ici, ces négociations à n'en plus finir, ses sentiments pour Lioslath. Quelle folie ! Quelle monstrueuse folie !

Il avait besoin d'arriver à un accord avec elle et il ne parvenait toujours pas à trouver le moindre sens à tout cela. Etait-ce à cause d'elle ? Cela faisait longtemps qu'il avait appris à ne pas laisser ses émotions le guider. Mais, à présent, face à cette fille, il était incapable de les ignorer et cela l'empêchait de réfléchir sereinement.

Il était fâché d'être si facilement percé à jour. Il s'inquiétait pour sa famille. Il se laissait aller à des désirs qui n'avaient pas lieu d'être.

Ils n'étaient liés qu'à ce baiser que Lioslath et lui avaient failli échanger.

Il ne la voyait peut-être pas dans la pénombre de l'écurie, mais cela ne changeait rien. Il lui suffisait d'entendre son souffle un peu saccadé pour sentir son corps s'éveiller. Et, même à cette distance, il pouvait percevoir son parfum — le parfum des arbres qui entouraient sa maison. Quand il l'avait portée jusqu'à sa chambre, il avait déjà senti cette odeur fraîche de pin et d'air nocturne, cette odeur aussi irrésistible que sa beauté…

C'était le seul parfum capable de bouleverser Bram à ce point-là et, jusqu'à leur rencontre, il ne l'avait pas su.

Quand il s'avança vers elle, ce fut en se laissant guider par son odeur furtive et les petites respirations courtes qui trahissaient sa frustration, sa colère envers lui.

Il savourait cette présence palpable et cependant invisible. Mais cela ne suffisait pas. Il avait besoin de la voir. Il avait besoin de retrouver l'éclat translucide de sa peau qui s'était teintée de rose quand il avait failli l'embrasser, besoin d'observer ces lèvres si veloutées s'entrouvrir dans une soudaine inspiration — comme elles devaient s'entrouvrir à présent, dans sa confusion.

Il continua d'avancer. Elle devait savoir aussi bien que lui qu'elle n'avait nulle part où fuir et que, tôt ou tard…

Non, il ne fallait pas ! Le désir qu'il éprouvait pour elle ne pourrait que rendre son séjour plus difficile. Il devait à tout prix cesser de la charmer, de plaisanter ou de chercher à être seul avec elle.

C'étaient des sentiments dangereux. Néanmoins, cela ne suffit pas à l'immobiliser et il continua, lentement, irrémédiablement, à s'approcher dans le noir. La seule chose qui l'arrêta fut le bruit de Lioslath se cognant maladroitement au mur, derrière elle.

Elle était coincée, ne pouvait plus fuir. Et lui non plus.

Il n'avait plus le choix. Elle n'avait pas accepté sa proposition d'un mariage temporaire, en dépit de toutes les raisons sensées qu'il lui avait données.

Soudain, la demande de Donaldo lui revint en mémoire. C'était la seule chose qu'il n'avait pas encore tentée.

— Lioslath, pourquoi as-tu coupé tes cheveux ? demanda-t-il à mi-voix.

Chapitre 12

Sous le choc, Lioslath crut défaillir. Pour ne pas s'écrouler, elle se rattrapa aux planches de bois brutes, dans son dos, sans se soucier des échardes qui éraflaient ses doigts. La douleur raviva sa colère et lui redonna des forces pour se préparer à une discussion qu'elle n'avait aucune envie d'avoir avec cet homme.

— Qui vous a parlé de cela ?

Ses cheveux… Elle se moquait du manque d'élégance ou de l'état lamentable de ses vêtements, de dormir dans l'écurie et de sentir le foin les bons jours, ou le cheval les mauvais jours, de ce que la pratique intensive de la chasse avait fait à ses mains et à ses doigts. Tout cela n'avait aucune valeur à ses yeux. Mais ses cheveux…

— Je ne comprends pas, répondit Bram dans un souffle.

La perte de ses cheveux l'avait brisée et elle devait en faire le deuil seule. Cet homme ne méritait pas de connaître la vérité.

— Quelqu'un vous en a forcément parlé. Qui ?

— Dis-moi pourquoi cela te met tellement en colère.

— Je ne suis pas en colère, répliqua-t-elle froidement. Ce ne sont que des cheveux. Arrêtez de faire semblant de vous… inquiéter pour moi.

Elle se plaqua instinctivement contre la cloison. C'était une réaction lâche, honteuse, mais elle aurait tout fait pour fuir cette conversation.

— Non, ce ne sont pas *que* des cheveux, pas pour toi, murmura-t-il. Que s'est-il passé ?

Elle en avait trop dit. Sans le vouloir, elle était en train de se dévoiler entièrement. Personne, au fort, n'osait parler de ses cheveux parce que tout le monde savait pourquoi elle les avait coupés. Les siens avaient traversé le même cauchemar qu'elle — un cauchemar qu'elle ne voulait pas revivre en le racontant au tout-puissant laird Colquhoun.

— Tu as été obligée de les couper, dit-il au bout d'un moment.

Seigneur, il n'allait donc pas s'arrêter ? Avait-il l'intention de continuer à la pousser dans ses retranchements jusqu'à ce qu'elle cède ?

Eh bien, elle allait lui montrer qu'on ne la manipulait pas si facilement !

— Obligée ? Non. Je les ai coupés moi-même. Avant, ils étaient longs jusque-là, ajouta-t-elle en indiquant le bas de son dos même si, dans le noir, il ne pouvait certainement pas la voir. Ils étaient longs, épais, raides, indomptables. J'ai tranché dedans encore et encore, car je n'avais que mon couteau de chasse à portée de main ; un couteau qui m'avait servi à écorcher un mouton.

Laine et sang s'étaient mêlés à ses cheveux — son sang, étant donné que la lame émoussée l'écorchait à chaque passage. Ses cheveux noirs étaient tombés autour d'elle comme un brouillard macabre et elle n'avait pas pu s'arrêter. Tout comme elle ne pouvait chasser ce souvenir à présent. Elle pouvait presque sentir la lame à nouveau, sentir les fines coupures qui avaient zébré sa nuque. Elle pouvait presque sentir son corps frémir, brûlant et terrifié, tandis qu'elle arrachait les mèches obstinées qui s'étalaient encore sur ses épaules.

— Pourquoi n'avais-tu que ton couteau de chasse ? demanda Bram d'une voix plus distante. Pourquoi couper tes cheveux de cette manière ?

— Pourquoi ?

Chaque mot, chaque fragment de souvenir la punissait encore plus et ses doigts, entaillés par les échardes, ne suffisaient plus à l'apaiser. La douleur, ravalée pendant si longtemps, se libérait, incontrôlable, devant cet homme ; et cela lui faisait bien plus mal que quelques coupures aux doigts.

— Pourquoi me posez-vous toutes ces questions ? s'étrangla-t-elle, la gorge nouée. Pourquoi cherchez-vous à me torturer davantage ? Pour entendre ma souffrance ? C'est cela que vous voulez ?

Bram lâcha un soupir, comme si elle venait de le frapper en plein ventre.

— Oui, je l'entends, ta souffrance. Je l'entends maintenant, répondit-il d'une voix ferme, maîtrisée — sans l'ombre d'un doute.

Compassion… Pitié… Non ! Elle n'en voulait pas, surtout venant de lui.

Relâchant la cloison de bois, elle glissa lentement au sol. Mais Bram était là. Ses bras la rattrapèrent, l'attirèrent contre son torse, ses cuisses si solides. Il la serra contre lui et elle s'agrippa à ses épaules, ignorant la douleur perçante qui enflammait ses paumes.

Qu'avait-elle fait ? Rien. Rien, sauf dévoiler une faiblesse à son ennemi. Encore une fois.

C'était la faute de Bram. C'était cette voix dans le noir ; cette présence vibrante qui la décontenançait. Elle devait se reprendre vite, très vite.

— Laissez-moi tranquille. Partez…

Mais il ne relâcha pas son étreinte. Au lieu de cela, il lui glissa à l'oreille :

— Les Anglais… Les Anglais sont déjà venus ici, n'est-ce pas ? C'est pour cela que les cultures sont détruites, que les bâtiments ont été brûlés et les champs rasés. C'est pour cela que ton clan n'a plus de vivres.

Evidemment, il avait deviné.

— Vous êtes surpris que la pauvreté du clan Fergusson ne soit pas le résultat de nos propres erreurs, de notre incapacité à nous occuper de nos terres ? A moins que vous soyez simplement étonné de voir à quel point le destin est cruel avec nous. Après tout, nous n'en sommes que plus vulnérables ; vos manigances n'en seront que plus aisées.

Dans l'obscurité, elle le sentit secouer brusquement la tête.

— J'avais donc raison, dit-il. Ils sont venus… mais vous n'étiez pas prévenus. Vous avez été pris de court et, dans ta hâte, tu as coupé tes cheveux. Pourquoi ?

Bien qu'il ne méritât pas de savoir, tout comme il n'avait pas mérité qu'elle lui ouvre les portes du fort, elle lui raconta tout.

— Oui, ils sont arrivés cet été, avoua-t-elle. J'ai coupé mes cheveux ici, dans cette écurie, et je les ai cachés sous le foin pour les jeter plus tard. Mes vêtements étaient déjà recouverts de sang et de laine, mais j'y ai ajouté du fumier au cas où… ils voudraient me prendre autre chose. Puis je suis sortie à leur rencontre, l'image même du fils que mon père aurait aimé avoir.

Ses cheveux, aussi noirs que ceux de son père, mais longs et épais comme ceux de sa mère… Elle les avait toujours gardés longs et détachés, en mémoire de la seule femme qui l'ait aimée. Depuis des années, le fort n'abritait plus le moindre portrait de sa mère, la moindre tapisserie, le moindre travail d'aiguille. Toutes les belles choses qu'elle avait ajoutées aux bâtiments avaient été arrachées par sa belle-mère. Mais Lioslath avait toujours gardé ses cheveux.

Hélas, quand les Anglais étaient arrivés, quand elle avait entendu les cris de ses gens, elle avait su quoi faire. Elle était devenue un jeune homme, car son âge, son rang et son sexe ne l'auraient pas aidée à protéger sa famille…

Elle avait coupé ses cheveux, refoulant ses larmes. Elle n'avait pas pu se permettre de pleurer, de peur que les larmes laissent des traînées claires sur ses joues sales. Pour mieux se déguiser encore, elle avait étalé de la boue sur ses joues et avait frotté du crottin de cheval sur ses vêtements jusqu'à ce que l'odeur lui pique les narines. Elle n'aurait pas pu protéger le clan, si les Anglais avaient compris qu'ils avaient affaire à une femme.

Bram la serra plus encore contre lui et elle le laissa faire. Elle n'avait plus la force de le repousser.

— Ils sont arrivés, dit-il, comblant le silence. Tu n'avais aucune défense, aucun pouvoir. C'est pour cela que tu m'en veux d'être arrivé trop tard, de n'avoir pas été là quand tu en avais besoin.

Il sentait ses inspirations saccadées, comme si elle cherchait à ne pas pleurer. Il sentait ses doigts se crisper dans les plis de sa tunique. Cet aveu, ou le simple souvenir de ce qui lui était arrivé, était douloureux, pour elle…

— Je n'avais pas besoin de vous dire tout cela, puisque nous avons survécu sans vous. Je… Nous n'avons pas eu besoin de vous. Laissez-moi tranquille, maintenant.

Résistant à ses faibles tentatives pour se libérer, il la serra plus fort. Les Anglais. Les Anglais avaient rasé les champs des Fergusson. Ils avaient brûlé les maisons et tous les stocks de vivres préparés pour l'hiver.

Lioslath et sa famille avaient peut-être survécu mais elle avait dû voir son foyer, tout ce qu'elle possédait être détruits par les envahisseurs. Et Bram, lui, n'avait pas été là pour la défendre.

A présent que la guerre était finie, les Anglais se déversaient en Ecosse, ne laissant que ruines sur leur passage et dévastant le pays. Les shérifs exigeaient des taxes de plus en plus lourdes et les villages n'étaient rebâtis que lorsque les seigneurs écossais locaux faisaient vœu d'allégeance à Edward.

Lioslath avait dit que le destin était cruel envers les Fergusson et il commençait à la croire.

Evidemment, les Anglais reviendraient ! Ils avaient facilement volé tous les vivres en n'essuyant aucune perte pendant leur expédition. Ils attendraient peut-être, mais ils reviendraient et, s'ils décidaient de le faire avant l'automne suivant, les Fergusson n'auraient pas le moindre sac de farine à leur donner. Dans ce cas, les envahisseurs se vengeraient sur les habitants du fort. Et Lioslath serait…

Seigneur, il avait été stupide d'obéir à Donaldo ! A présent, il savait pourquoi la cuisinière lui avait demandé cette faveur.

Si leur alliance se révélait en effet temporaire, Bram ne serait plus là au retour des Anglais. Il serait sur ses propres terres, ou caché quelque part sans pouvoir rester longtemps au même endroit. Ce qu'il s'apprêtait à commettre serait sans doute vu comme la trahison de trop. Il avait déjà choisi de protéger Robert, ancien favori du roi anglais, réfugié sur les terres des Colquhoun. Il avait confié le Joyau des Rois à son frère. Et, à présent, il ignorait volontairement les ordres d'un souverain.

Les Fergusson avaient peut-être besoin de la fortune et de la protection des Colquhoun, mais il n'était pas le mieux placé pour les leur accorder. Hélas, qui d'autre pourrait le faire ? Personne. Ses actions avaient déjà rendu Lioslath et les siens plus vulnérables — et il ne pouvait se le pardonner.

Si Donaldo avait cherché à lui faire payer le mal qu'il avait fait à Lioslath, elle avait réussi. Entre son désir pour Lioslath et ce nouvel élan protecteur envers le clan, il aurait de plus en plus de mal à partir. Il le faudrait, pourtant… Plus jamais il ne faillirait, plus jamais il n'abandonnerait les siens.

Hélas, comment aurait-il pu abandonner Lioslath qui tremblait entre ses bras ? Chaque infime mouvement de sa part, chaque petit soupir lui perçait le cœur. Dans sa vulnérabilité, elle était capable de le blesser bien plus gravement qu'avec sa dague ou ses flèches.

Il avait des devoirs envers sa famille, mais avait également une promesse à tenir vis-à-vis de Lioslath et des siens. Cependant, avec un roi qui réclamait sa tête, il risquait de ne pas pouvoir accomplir tout cela.

Seulement, il lui faudrait trouver un compromis. Un compromis ? Serrer Lioslath contre lui, et savoir qu'il ne pouvait pas faire plus pour elle lui brisait le cœur.

Il n'aurait la liberté de lui offrir ses maigres ressources et d'empêcher que les événements ne tournent mal que si elle acceptait un mariage temporaire. Il *devait* exiger qu'elle lui répondît le plus vite possible. La culpabilité pouvait bien le dévorer, son devoir ne lui laissait pas d'autre choix.

— Lioslath, ma belle, j'ai besoin que tu me répondes…

Acceptes-tu un mariage comme celui que ton père avait conclu ? Je ne te demande pas plus ; je te promets qu'il n'y aura rien de plus, que je n'exigerai rien d'autre de toi.

Lentement, elle se redressa, s'écarta de lui, et il la laissa faire.

— Pas maintenant, murmura-t-elle.

— Tu m'as déjà parlé de ce qui t'avait poussée à sacrifier tes cheveux. Tu sais que je peux t'aider.

— Demain, souffla-t-elle encore d'une voix à peine audible. Je vous répondrai demain.

Bram détendit un instant ses épaules fatiguées, tandis que ses hommes, postés sur le toit, récupéraient le dernier ballot de chaume qu'il tenait à bout de bras.

Les deux clans avaient travaillé côte à côte toute la journée, abattant les quelques réparations mal faites pour les améliorer. Un travail à la fois rude et gratifiant qui avait tenu Bram occupé.

Le soleil allait bientôt se coucher et il n'avait toujours pas reçu la réponse de Lioslath.

Quand il aperçut Finlay qui quittait l'enceinte du fort, il s'excusa et le rattrapa hors du village. Ils avaient beaucoup à discuter mais ne pouvaient parler tant qu'ils n'étaient pas seuls.

— Alors, comment se porte le fort ? demanda-t-il lorsqu'ils se furent suffisamment éloignés.

Finlay marchait à ses côtés, le regard sur ses chaussures.

— La plate-forme s'est écroulée sans prévenir et Callum aura un bleu dans le dos pendant au moins un mois. Il n'a pas réussi à s'écarter assez vite.

Bram acquiesça. La plate-forme aurait pu tomber à n'importe quel moment, quand Lioslath était dessus, occupée à lui jeter des ordures. Dire qu'il avait pensé que les Fergusson étaient mauvais charpentiers… En fait, ils avaient travaillé au mieux et réparé ce qu'ils pouvaient dans leur désespoir, de peur que la pluie détruise encore plus les bâtiments.

— La plate-forme que nous reconstruisons sera prête dans deux jours, ajouta Finlay.

— Tant qu'elle est solide.

Son ami jeta finalement un petit coup d'œil alentour.

— Il y a tant à faire, ici.

— Oui, je sais. Mais nous allons le faire…

Il ne s'agissait pas que de réparations : les Fergusson manquaient de talent, d'armes et de défenses. Et Lioslath faisait preuve d'une… fragilité qu'elle ne comprenait pas. En cet instant encore, il la sentait trembler dans ses bras.

Finlay poussa un profond soupir.

— J'ai besoin de réponses, dit-il à mi-voix.

— Les réponses de qui ? De ton ami ou de ton laird ? demanda Bram sans hésiter.

Il s'était attendu à cette conversation, tout en la redoutant.

— Peut-être des deux.

— Je ne peux pas répondre à toutes tes questions, tu sais.

— Oui, je comprends, acquiesça Finlay, mais à ce sujet… Enfin, tu comprends que tes fiançailles ont été une surprise. Est-ce que les semaines que nous avons passées sous ces murs n'ont été qu'une manière pour toi de lui faire la cour ? J'ai besoin de le savoir.

C'était une insulte à peine voilée…

— Finlay, tu me connais mieux que cela !

— J'espérais que tu répondes ça. Seulement, nous sommes ici depuis longtemps et les hommes s'agitent.

— Donc, ils espèrent que tu parviennes à découvrir mes intentions ?

Depuis qu'il était devenu laird, Bram s'était habitué à ce genre de complots pour lui soutirer des informations.

— Ne t'en fais pas. Dans quelques semaines, les réparations seront finies et tu pourras raccompagner les hommes à la maison.

— Et ceux qui le voudront pourront rester ?

Bram fut ému par l'amitié aveugle et désintéressée de son compagnon.

— Je ne voulais pas perdre ta confiance, Finlay.

— Tu ne l'as pas perdue ; mais il semblerait que nous ayons perdu notre laird, avec ces fiançailles inattendues.

Finlay paraissait sérieux, tendu — et Bram ne savait comment l'apaiser. Il regrettait de ne pas pouvoir informer son ami de ses projets, de ne pas pouvoir lui avouer que ce mariage ne serait que temporaire. Hélas, savoir tout cela rimerait avec danger pour Finlay — et ne ferait rien non plus pour préserver la réputation de Lioslath. A la fin de leurs fiançailles éphémères, il faudrait que ce soit elle qui le repousse — ce serait bien le moins qu'il puisse faire pour elle.

Enfin, à condition qu'elle accepte, bien entendu.

— J'avoue que je t'ai consciemment caché certaines choses, Finlay…

— Et je n'aime pas cela, intervint son compagnon.

— Mais je continuerai à le faire, en tant qu'ami. Tu sais que nous nous sommes retirés à Dunbar. Eh bien, sache que je ne l'ai fait que sur ordre d'une personne d'importance. Je ne suis pas un traître ; seulement, d'autres événements sont arrivés depuis que…

— Je ne veux rien savoir de tout cela. De toute manière, tu ne pourrais jamais trahir notre pays.

Bram poussa un profond soupir soulagé. Le soleil, déjà, se couchait. La journée était presque terminée.

— Merci, dit-il à Finlay en apercevant enfin la silhouette de Lioslath au milieu d'un champ.

Elle était là, à genoux, en train de ramasser le peu de foin qui traînait dans la terre en compagnie de ses frères, de sa sœur, et de quelques hommes de son clan.

Toute la journée, Bram avait attendu sa réponse ; et, toute la journée, elle l'avait ignoré.

Finlay embrassa d'un geste le village, le fort, tous les travaux encore à faire.

— Est-ce vraiment cela que tu désires ?

Oui, ce clan avait besoin de lui — tout comme le clan Colquhoun. C'était à lui de trouver un moyen de prendre soin de tout le monde. Hélas, la sécurité de son propre clan entrait en conflit avec les tremblements désespérés de Lioslath. L'équilibre serait certainement difficile à atteindre… et à maintenir.

Comme si elle avait senti qu'il était temps, Lioslath se redressa et croisa son regard. Elle le fixa quelques instants, méfiante mais déterminée, et échangea quelques mots à voix basse avec Donaldo.

Elle parut à Bram encore plus belle que d'habitude en cet instant, si du moins c'était possible… Les dernières lueurs du jour se noyaient dans la nuit croissante et illuminaient ses cheveux d'ébène tout en couvrant d'une ombre délicate l'éclat de ses yeux. Avait-il déjà vu une femme aussi resplendissante, une femme aussi courageuse et prête à tout pour protéger son clan ?

Simples désirs. Plan compliqué. Et trop de vies en jeu pour qu'il puisse se permettre d'échouer. Etait-ce vraiment cela qu'il voulait ? avait demandé Finlay. Désirait-il sincèrement prendre soin d'une femme qui le méprisait ? Que ressentirait-il, si elle devenait finalement son épouse ? Une épouse qu'il ne pourrait pas toucher et qu'il rêvait pourtant de protéger depuis qu'il avait appris l'étendue de ses épreuves passées ?

Une seule réponse lui vint en tête : ce serait l'enfer.

— Oui, c'est ce que je veux, de tout mon cœur, mentit-il.

Finlay pencha la tête, d'un air satisfait.

— Cela fait plaisir de te retrouver.

— Qu'est-ce que tu veux dire ?

— Je connais ce regard, et tu ne l'avais plus depuis que tu as pris la main de cette femme pour annoncer vos fiançailles…

Bram avait en effet eu du mal à conserver un peu de contrôle sur lui-même, la veille. Mais il l'avait fait pour sauver la face et protéger Lioslath. Seulement, si elle décidait de ne pas accepter le reste de son plan, tout s'écroulerait en un souffle.

L'espace d'un instant, il faillit éclater de rire : même sa stratégie était temporaire…

L'hiver serait vite achevé et il ne pourrait pas rester plus longtemps ici. Malgré tout, il sentit son cœur s'emballer tandis que Finlay regardait aussi Lioslath s'approcher d'un pas décidé.

Ses yeux sombres et déterminés ne firent qu'enflammer plus encore son désir. Que ressentirait-il, s'il pouvait enfin l'embrasser convenablement ? S'il voyait ses yeux bleus s'assombrir juste avant que leurs corps ne se pressent l'un contre l'autre ?

Chassant ces pensées, il se redressa un peu. Quoi qu'elle lui réponde, il ne connaîtrait rien de tout cela avec elle. Si elle refusait de l'épouser, il n'aurait d'autre choix que de partir. Et si elle acceptait…

Il frémit. Ils avaient décidé que leur mariage serait temporaire, comme celui de Busby et de Gaira ; une union qu'ils ne pourraient pas consommer. Il avait lui-même posé ces conditions et Lioslath les avait acceptées. Donc, s'ils se mariaient bel et bien, Bram ne pourrait découvrir le corps de Lioslath, ou la saveur de ses lèvres.

— Elle est très belle, Bram, et ses terres sont fertiles, remarqua Finlay. Ce clan n'a plus de chef et n'attend qu'une chose : qu'un autre vienne le conquérir.

Oui, Bram pourrait aider son propre clan en asservissant les Fergusson, évidemment.

— Quoi qu'il en soit, tu as annoncé vos fiançailles devant tout le monde et tu la regardes encore d'un air avide, poursuivit Finlay. Est-ce que tu attends encore sa réponse ?

Bram ne répondit pas tout de suite et son ami lâcha un petit gloussement : il savait qu'il venait de mettre le doigt sur la faille de son plan bancal.

— Finn, tu es vraiment trop observateur.

Tout dépendait de la réponse de Lioslath. Accepterait-elle, ou non, un mariage rapide et décisif ? Tout en lui montrant une part de sa vulnérabilité, elle continuait à le défier. Il avait bien conscience que le contrôle qu'il semblait avoir sur la situation n'était qu'une apparence…

— Elle s'approche peut-être de nous, mais elle n'a pas l'air prête à accepter.

Bram attendait — pour savoir s'il pourrait continuer à attendre ici, jusqu'à la fin de l'hiver. Cruelle ironie, songea-t-il amèrement.

— Tu sais, tu es bien trop patient avec ce clan, reprit Finlay.

Bram avait de plus en plus l'impression de s'observer de

l'extérieur, comme s'il n'était pas vraiment là, à côté de son ami et face à Lioslath qui s'approchait d'eux, petit à petit. La patience n'était pas l'une de ses qualités premières. Il voulait protéger cette femme mais, en restant ici, même temporairement, il risquait de la blesser plus encore. Aux yeux de ses compatriotes et des Anglais, il n'était qu'un traître. Dans ces circonstances, épouser Lioslath risquerait de la mettre en danger.

— Ces gens méritent notre attention et notre protection, dit-il simplement.

Encore quelques pas, et Lioslath serait devant lui. Son cœur s'emballa de plus belle et il s'aperçut soudain qu'il retenait son souffle. Lorsqu'il expira, longuement, un calme soudain l'envahit et il put enfin sourire. Sa longue expérience lui avait appris que, dans toute négociation délicate, les apparences avaient une importance capitale.

Voilà, Lioslath était là, campée devant lui. Du coin de l'œil, Bram vit Finlay la saluer courtoisement et s'éloigner.

Plusieurs secondes passèrent. Silence.

Finalement, Lioslath prit une profonde inspiration :

— Je suis venue vous donner ma réponse, Colquhoun.

Chapitre 13

Le soir était venu. Il était tard. Le fort, la cour étaient bruyants, en dépit du rude labeur de la matinée et des préparatifs qui avaient occupé les clans tout l'après-midi.

Tout était arrivé si vite. Trop vite. Et pourtant, cela avait été inévitable. Lioslath ne tenta même pas de réprimer ses tremblements. Elle avait épousé Bram, du clan… Fergusson, maintenant.

Décision simple et néanmoins si difficile à prendre. Elle avait dû accepter la demande en mariage de Bram.

La gorge nouée, elle avait donc consenti à s'unir à lui. Heureusement, il avait eu le bon goût de ne pas faire de commentaire et de se contenter de répondre par un petit signe de tête. Pour la première fois, il n'avait pas prononcé le moindre mot.

Qu'est-ce que cela voulait dire ? Elle avait aussi perçu une légère crispation dans son poing, comme s'il avait cherché à se rattraper à quelque chose. Sans chercher à comprendre, elle était partie sans ajouter un mot et tout avait été conclu.

Cela lui avait permis de profiter d'un moment de tranquillité. Du moins, jusqu'à ce qu'elle rejoigne Donaldo et Aindreas, qui attendaient fermement des réponses à leurs questions.

Oui, elle l'avait fait. Elle avait noué une alliance qui protégerait son clan sur des générations. Elle avait accompli bien plus que son père, qui s'était contenté de moutons — et elle l'avait fait sans poignarder Bram. Elle avait réussi à conclure un mariage selon *ses* conditions. Un mariage pour elle.

Lentement, d'un pas aussi assuré que possible, elle suivit donc Bram dans sa… dans leur chambre. La solennité qui avait régné durant la cérémonie les suivit jusque dans l'escalier. Bram était même encore plus taciturne que lorsqu'ils avaient échangé leurs vœux ; comme si, après avoir uni leurs mains et prononcé leur serment devant leurs deux clans réunis, il ne supportait plus de la toucher.

Sa main posée dans celle de Bram avait été le seul contact physique qu'ils avaient échangé pendant le repas hâtivement préparé et mangé. Néanmoins, une partie d'elle-même savait qu'elle venait de se sacrifier. Un sacrifice vers lequel elle avait lentement, mais fermement, marché depuis le mois d'avril.

Après la mort de son père, elle avait été obligée d'apprendre à interagir avec son clan. Obligée de changer de mode de vie. Alors qu'elle avait dormi dans les écuries pendant des années, elle avait dû se résoudre à occuper une chambre dans le fort. Alors qu'elle avait toujours chassé dans la forêt, elle avait dû commencer à décider du menu des repas. Alors qu'elle avait passé son temps à observer de loin ses frères et sa sœur jouer et rire avec leur père, elle avait dû s'habituer à les voir la suivre partout. Elle avait aussi découvert qu'ils voulaient qu'elle les prenne dans ses bras et, terrifiée à l'idée de les faire tomber, elle s'enfuyait toujours quand ils s'approchaient d'elle.

Puis, les Anglais étaient arrivés et elle avait su qu'elle ne pouvait plus se tenir à l'écart des siens. Son clan avait besoin d'elle et elle devait le représenter face aux envahisseurs. Ce n'était pas qu'elle *voulût* le faire ; mais il n'y avait tout simplement personne d'autre.

A présent, elle épousait Bram et se sacrifiait de nouveau. Seulement, cette fois, c'était autre chose qu'un simple sacrifice pour le bien du clan. Ses sentiments n'avaient aucun lien avec cet homme qu'elle suivait en silence jusqu'à la chambre. Mais son désir, son envie insoutenable de l'embrasser était encore et toujours là.

Tandis qu'ils échangeaient leurs vœux, elle avait senti la

chaleur des mains de Bram sur elle, avait vu son torse gonfler à chaque inspiration sous son pourpoint élégant, et avait frémi à chaque mot prononcé par sa voix profonde.

Il faisait sombre, dans le hall ; et la lueur hésitante des bougies se reflétait dans la chevelure de flamme de son époux. Pour une fois, elle était heureuse de voir cet éclat fauve — qui lui permettait d'oublier les yeux brûlants de Bram posés sur elle, sans ciller. Ces yeux la réchauffaient plus encore que les bougies qui les entouraient ou le bûcher du sacrifice dans lequel elle se sentait fondre.

Elle l'avait fait : épouser laird Colquhoun, se promettre à lui, corps et âme. Et elle avait fait cela pour elle, pour la part de son être qui avait tant besoin de trouver sa place, qui ne voulait plus souffrir de la mort de sa mère et du deuil qui avait enveloppé le fort de ses voiles noirs depuis si longtemps.

Elle avait beau tenter de se raisonner, elle ne pouvait s'empêcher de songer que ce mariage allait sans doute lui permettre de ne plus être mise à l'écart. Bram jouait avec ses frères et sa sœur et, apparemment, ils l'appréciaient. Peut-être saurait-il aussi facilement réconforter son clan, l'aider à retrouver une certaine unité. Au final, qu'elle le veuille ou non, ces gens étaient tout ce qu'elle avait au monde et ce mariage lui permettrait de faire pleinement partie de leur vie.

Lorsqu'ils atteignirent l'étroit couloir, Bram lui fit signe de passer devant lui. Ce n'était qu'un petit geste de la main, mais cela suffit à attirer son attention sur l'homme à qui elle venait de s'offrir.

Tout son corps était conscient de la présence de son époux, de la caresse furtive de sa main au bas de son dos ou de sa main effleurant par moments son bras. Sa chaleur parvenait jusqu'à elle, l'envahissait de sa douce odeur de savon et… d'homme.

Cette conscience aiguë ne fit que s'accentuer quand il prit la parole et laissa sa voix résonner dans le couloir vide. Il ne prononça que quelques mots courtois, mais était si proche d'elle que son souffle avait tout d'une caresse intime.

Seule avec lui dans ce couloir, elle sentait de brefs frissons la parcourir et comprenait que, si elle avait accepté ce mariage, c'était aussi pour ces sensations qu'elle n'éprouvait qu'en sa présence.

Sans cela, comment aurait-elle pu s'y résigner ? Si ce mariage devait être son dernier sacrifice, alors elle voulait en retirer quelque chose pour elle. Trouver enfin sa place, protéger sa famille et son clan, et goûter enfin le baiser que Bram lui avait plusieurs fois promis.

Ils atteignirent enfin la chambre et Lioslath y pénétra. Dans son dos, Bram referma le loquet dans un cliquetis qui parut résonner étrangement fort.

Il n'y avait pas de cheminée, dans la pièce, et l'air y restait froid. Heureusement, on avait occulté la fenêtre à l'aide d'un morceau de cuir et les trous du toit avaient été rebouchés, ce qui coupait les courants d'air habituels. On avait étendu des fourrures par terre et au pied du lit, rendu plus confortable par des draps propres et un nouveau matelas bien garni. Près des deux chaises rembourrées, une petite table avait été dressée, chargée d'un plateau — bière, verres, petits pains et beurre mis à leur disposition.

Ainsi, quelques changements s'installaient déjà dans la vie de Lioslath — petits, certes, mais visibles.

A présent, le plus important de ces changements serait… se lier à cet homme. Déjà, elle sentait une vague chaleur s'éveiller sous sa peau.

La pièce était bien éclairée, comme Bram l'avait exigé, et il pouvait voir son malaise, ses regards timides. La réserve émue de Lioslath était mignonne, en dépit de l'accord qu'ils avaient passé : elle paraissait nerveuse comme si leur mariage était réel.

En un sens, même cette union temporaire, avec ses limites et ses frontières à ne pas franchir, avait sans doute quelque chose de réel. En tout cas, hors de cette chambre, ils allaient devoir donner à tout le monde l'impression que c'était le cas.

Mais ici, derrière la porte verrouillée, ils savaient tous les deux ce qui était en jeu. Contrairement à tous les hommes fraîchement mariés, il ne s'attendait pas à partager avec elle de lit conjugal.

Néanmoins, maintenant qu'ils étaient seuls, il avait du mal à se souvenir de l'accord passé avec elle.

Elle s'était habillée comme pour célébrer un vrai mariage, évidemment ; plus belle et envoûtante que jamais. Où avaient-ils trouvé sa robe vert sapin, dans les ruines du fort ? Il n'en savait rien, mais le vêtement s'adaptait délicatement à ses membres, soulignant chacune de ses courbes pour l'hypnotiser chaque fois qu'il la regardait marcher. La teinte sombre de l'étoffe mettait en valeur la pâleur de son teint et la noirceur de ses cheveux. Dans cette tenue, ses yeux scintillaient plus encore que d'habitude, comme un ciel lumineux et dégagé.

La lueur des bougies trembla et Lioslath parut l'incarnation même d'une profonde nuit étoilée ; d'une nuit qui disparaît sous le premier clair soleil d'une fin d'hiver. Elle l'envoûtait par sa grâce et sa beauté. Elle l'avait envoûté depuis l'instant où elle avait posé ses mains sur les siennes lors de la cérémonie. Elle l'avait touché, et il avait tremblé. Tremblé ! Au bout d'un instant, il avait senti les mains de Lioslath frémir tout autant que les siennes.

Après cela, il avait été incapable de la toucher de nouveau. Il ne pouvait même pas la regarder sans espérer, bêtement, que ce mariage soit un vrai mariage.

Non. Ce n'était que le fruit d'une négociation. Rien de plus. Evidemment, il savourait sa victoire — comme chaque fois qu'il concluait une discussion animée, quand ses opposants rendaient chaque avancée plus difficile et menaçaient de briser son pouvoir d'un mot. Mais quelque chose avait entaché cette satisfaction : il ne comprenait pas pourquoi elle avait dit oui.

— Je ne pensais pas que tu accepterais de m'épouser…

Lioslath lui jeta un petit regard furtif, trop rapide pour qu'il ait le temps de le déchiffrer.

— Tu ne m'as pas vraiment laissé le choix, répliqua-t-elle en abandonnant enfin son vouvoiement de politesse.

Bram alla se servir un verre.

— Tu avais le choix, dit-il.

— Ah bon ? Avec le concours d'archerie ? Je n'ai tiré que pour te montrer que nous n'avions pas besoin de toi ; ce n'était en aucun cas une invitation à annoncer des fiançailles entre nous !

A l'instant où il avait fait son annonce, il avait espéré que le choc et la colère suffiraient à faire taire Lioslath. Et cela avait marché.

Il n'oublierait jamais le regard qu'elle avait eu, à ce moment. Un regard abasourdi, mais aussi empli d'autre chose, d'une sorte de douleur poignante. Elle avait rapidement examiné la foule puis s'était enfuie d'un pas moins déterminé qu'à son habitude.

— Tu avais le choix *après*. La discussion que nous avons eue était privée ; tu étais libre de dire ce que tu voulais.

Ayant rempli son verre, il but une petite gorgée de bière, heureux de découvrir qu'il s'agissait de la boisson forte qu'il avait apportée : il aurait bien besoin de cela, ce soir. Même si Lioslath lui tournait le dos, en cet instant, ses nombreux charmes restaient bien en vue.

Et ils étaient seuls. Cette nuit serait la première d'une très longue série, en attendant qu'il puisse rompre leur union. Remplissant le second verre pour elle, il s'approcha prudemment, mais elle ne se retourna pas.

Devait-il la toucher ? Ou simplement lui parler ? Sa volonté était mise à rude épreuve — et ce n'était sans doute que le début. Prenant la coupe dans une main, il lui effleura le bras du bout des doigts. Elle ne sursauta pas, mais il la sentit frissonner quand elle se décida enfin à faire volte-face.

— Perdue dans tes pensées, n'est-ce pas ? murmura-t-il avant de lui donner le verre.

Elle le prit et il fit exprès de s'attarder un peu, pour que leurs doigts se frôlent. Caresse furtive qu'il ne voulait pas voir finir. Et pourtant, elle s'écarta de nouveau.

Ce fut un petit pas en arrière, à peine un mouvement de recul, qui ne suffit pas à dissiper le trouble qui s'était emparé d'eux. Son gobelet à la main, elle ne le quitta pas des yeux un seul instant.

Elle le mettait au défi d'entreprendre quoi que ce soit et il sut. Il sut qu'elle ressentait la même chose que lui ; que, tout comme lui, elle était en proie à un désir qu'ils ne pourraient jamais assouvir grâce à leur mariage temporaire.

Le souvenir de leur presque baiser éveillait un tourbillon d'impatience et de fièvre en Bram. Pourquoi donc prenait-il le risque de la toucher, alors qu'il n'était pas certain de pouvoir contenir ses élans ? Parce qu'il savait qu'elle le désirait tout autant — et cela ne ferait que rendre cette nuit plus tourmentée.

Hélas, malgré ses craintes, il était sûr que, s'il en avait l'occasion, il la toucherait à nouveau.

Au bout de quelques instants de silence, elle baissa les yeux.

— Tu as beaucoup travaillé aujourd'hui. Tes mains… tu es blessé, dit-elle, retrouvant visiblement un peu de calme.

Comment y parvenait-elle ? Lui en était incapable.

Ses travaux au village et dans les champs avaient été rudes mais décisifs. L'oisiveté de ces dernières semaines lui avait largement laissé le temps de prévoir chaque étape de son plan. Depuis quand le désir était-il devenu une chose si compliquée ?

Jamais encore il n'avait vu de femme travailler aussi dur que Lioslath. Accroupie, à genoux dans les champs, elle avait glané tout ce qu'elle pouvait avec les enfants, cherchant la moindre graine encore comestible dans la terre brûlée. Elle avait gratté, ramassé jusqu'à ce que Bram voie son visage couvert de sueur et de poussière, tout comme le sien. Le minois farouche, le pas déterminé. La seule chose qu'il n'avait pas vue était son regard — car il n'avait pas une seule fois osé attendre qu'elle lève les yeux sur lui.

Machinalement, il plia les doigts et sentit ses coupures lui piquer la peau.

— Cela en valait la peine, répondit-il. Tout ce que je t'ai dit était sincère : j'ai bien l'intention de tenir ma part de notre marché.

— De notre mariage, dit-elle d'un air presque interrogateur.

Bram acquiesça et la regarda boire une nouvelle gorgée. Elle paraissait nerveuse.

Lui, en revanche, se sentait soudain étonnamment calme, en dépit du désir qui continuait à le tourmenter. Il commençait enfin à reprendre le contrôle.

Ce mariage temporaire lui permettrait de rester hors de portée des messagers du roi anglais et de réparer en même temps quelques-uns des torts qu'il avait causés à ce clan.

Tant qu'il ne consommait pas ce mariage… Tant que Lioslath restait vierge, il pourrait rentrer chez lui à l'arrivée du printemps.

En attendant, son clan serait protégé par Caird, et Malcolm accomplirait sa mission, s'occuperait du Joyau .

La seule épreuve qu'il aurait à affronter serait donc le temps passé avec cette femme, ici, dans ce fort. Elle l'attirait. Il se rappelait les semaines qu'il avait passées à la regarder, au sommet de la plate-forme, le reflet de la lune sur son visage lorsqu'ils s'étaient retrouvés dans sa chambre pour la première fois. Chacun de ses mouvements. Ses accès de colère.

Et puis, il y avait eu ce presque baiser. Cet instant où le corps de Lioslath s'était fondu contre le sien et où elle l'avait regardé de ses grands yeux qui comprenaient peu à peu ce qui se passait. Ou plutôt, ce qui *ne pouvait pas* se passer entre eux. Ce qu'il n'osait pas faire, de peur de perdre pied.

Il avait toujours apprécié la compagnie des femmes et s'était habitué à leur présence. En général, il savait parfaitement bien se contrôler, savourer son plaisir et leur en offrir. Mais Lioslath n'était pas comme les autres. Quelques jours lui avaient suffi à comprendre qu'elle était différente.

C'était à cause de ses désirs pour elle et de la colère qu'elle savait faire naître en lui à force de le repousser. Des émotions extrêmes qu'il n'avait encore jamais ressenties.

Les mois précédents, il avait affronté des forces dangereuses qu'il ne comprenait pas pleinement : des complots politiques, dans lesquels il n'était qu'un pion dans le jeu des puissants, et le deuil, après la mort si soudaine d'Irvette. En dépit de tout cela, il avait réussi à conserver un certain équilibre. Il n'avait pas perdu son sens de l'équité, de la diplomatie et était même parvenu à sourire dans les instants les plus sombres.

Malheureusement, avec Lioslath, aucun équilibre n'était possible. Avec elle, il voulait plus. Il voulait tout. Il voulait l'embrasser et la prendre dans ses bras. Si seulement il était capable de contrôler ses désirs. Hélas, rien n'était moins sûr.

L'aiderait-elle, s'il ne pouvait réprimer ses pulsions en permanence ? Car, quoi qu'il fasse, il aurait certainement des moments de faiblesse.

Surtout quand elle la regardait comme cela, les sourcils un peu froncés, comme si elle était troublée par certaines de ses paroles. Ce regard lui donnait à la fois envie de rire, de l'embrasser, de se mettre à genoux devant elle et… Il chassa rapidement ces pensées dangereuses et préféra se resservir un verre de bière.

Si seulement il avait osé l'embrasser avant leur accord, avant ce mariage… Il serait peut-être moins hanté par ce désir, à présent !

Trop consciente du regard perçant de Bram posé sur elle et encore bouleversée par le contact de sa main sur ses doigts, Lioslath serra son gobelet de plus belle. Il l'avait à peine effleurée et, pourtant, elle avait senti chaque détail de ses longs doigts endurcis par le travail, un peu calleux, musclés par des années d'entraînement. Les émotions qui l'envahissaient, l'étouffaient en permanence, n'avaient rien de simple ; rien de commun avec tout ce qu'elle avait connu jusqu'à présent.

Elle avait regardé longuement Bram interagir avec leurs clans. Elle avait vu son corps peiner à la tâche, ce qu'il savait faire de ses mains. Capable, déterminé, il suivait son but sans jamais s'en éloigner.

Bientôt, elle sentirait ces mains sur son corps…

Après tout, n'était-ce pas leur nuit de noces ?

Une nouvelle peur s'empara d'elle. *C'était* leur nuit de noces et elle ne savait absolument pas comment aborder la suite. D'ailleurs, elle ne comprenait pas non plus ce que Bram cherchait à faire : il restait loin d'elle, ne la touchait pas et buvait sans s'arrêter.

Elle avait entendu parler de la richesse et de la puissance de son clan, mais lui ? Qui était-il réellement ?

— J'aimerais beaucoup en savoir plus au sujet de ta famille, dit-elle, un peu timide.

— Vraiment ? Je ne m'attendais pas à ce genre de curiosité de ta part.

— Nous sommes mariés, non ?

— Oui, mais je pensais que tu savais déjà tout, reprit-il. Ton père ne t'a rien dit ?

Son père ? Se confier à elle ? Elle n'arrivait même pas à imaginer une telle chose.

— J'en sais un peu au sujet de Gaira, mais pour le reste…

Bram but une nouvelle gorgée de bière.

— Et que veux-tu savoir ?

Aucune idée. Tout ce qu'elle espérait, c'était le faire parler. Il avait l'habitude qu'on lui pose des questions précises sans doute, et d'y répondre. Mais elle, ne questionnait jamais personne.

Après avoir bu, Bram l'examina quelques instants, comme s'il la jaugeait. Pensait-il qu'elle cherchait à entamer de nouvelles négociations ? A marchander ? Elle haussa les épaules, ne sachant quoi dire.

— Commençons par le début, dans ce cas, finit par dire Bram. Ma mère est morte en donnant naissance à ma plus jeune sœur, Irvette. Mon père l'a suivie quelques années plus tard. Il était toujours plein d'entrain, pour tout. Un jour, il s'est montré trop insouciant avec un cheval.

Un léger sourire flotta sur ses lèvres.

— Mon jeune frère, Malcolm, lui ressemble beaucoup — il lui ressemble même physiquement, sauf qu'il a les cheveux plus foncés. Quant aux autres et à moi, nous avons les traits de notre mère…

Lioslath sentit son cœur se serrer, tandis que Bram prenait quelques secondes pour se souvenir de sa mère. Elle le regarda en silence. Cet homme, si plein de vie, si rieur, si tranquille face à tout et tout le monde… Cet homme avait pourtant connu sa part de douleur et de pertes. Comment parvenait-il à rire si aisément ?

Elle porta son gobelet à ses lèvres, mais il était vide. Bram lui fit signe de le lui apporter pour le remplir, mais elle ne put réprimer une courte hésitation.

Et elle eut raison. Cette fois, il ne se contenta pas d'effleurer ses doigts. Il les serra en versant la bière. Il ne se concentrait peut-être que sur le verre, mais elle ne put que se laisser emporter par la chaleur de sa main sur la sienne.

Quand il la relâcha enfin, elle osa à peine protester et préféra reprendre leur conversation, pour dissimuler sa gêne.

— Et le reste de ta famille ?

Bram recula d'un pas, caressant d'un air absent son propre verre.

— Eh bien, il reste Caird, qui est un peu plus jeune que Gaira et moi.

Gaira, sa sœur. Lioslath ne voulait pas parler de Gaira…

— Tu as aussi parlé de ton autre sœur, Irvette.

Il eut un petit frisson.

— Tu ne sais vraiment rien, alors ? Je pensais que ma lettre t'en aurait appris plus.

— Ta lettre m'annonçait la mort de mon père et ton arrivée, rien de plus.

Elle ne voulait pas parler du retour de Gaira à Colquhoun ou des intentions que Bram avait pu avoir quand il avait proposé de venir. Pas ce soir. Seulement, à son expression, elle devina qu'il ne désirait pas mentionner Irvette. Les sourcils froncés, il avait un regard sombre, douloureux.

Ce fut alors qu'elle comprit.

— Tu l'as perdue, elle aussi. Est-ce qu'elle est morte en même temps que ta mère ?

— Irvette est… partie. Ton père ne l'a pas mentionné ? Peut-être qu'il n'en a pas eu le temps.

Il soupira et sa souffrance s'effaça un peu.

— Irvette a été tuée pendant le massacre de Doonhill.

Sa voix si profonde se teinta de tristesse et de regrets.

— Elle est morte avec son époux. Leur fille Margaret, qu'on surnomme Maisie, a survécu avec quelques autres enfants.

Il baissa les yeux sur son verre de bière.

— Cela paraît… étrange… de te raconter cette histoire.

— Pourquoi ? demanda-t-elle, surprise.

— Parce que ta famille y a joué un grand rôle.

De nouveau, il se trompait sur son compte : elle ne faisait pas plus partie d'une famille que de son clan. Rusé comme il l'était, comment avait-il pu ne pas le remarquer ? Rien d'autre ne semblait échapper à son regard, pourtant.

— Tu peux tout me raconter, répondit-elle, si tu le souhaites.

Il leva les yeux sur elle et elle eut un instant l'impression qu'il allait lui prendre la main. Mais non, il laissa son bras pendre, sans but.

Et, étonnamment, elle regretta qu'il ne s'approche pas plus d'elle. De peur de se trahir, elle alla s'asseoir sur l'une des chaises, près de la table et il l'imita.

Prenant une profonde inspiration, il commença son récit à voix basse :

— Quand Gaira s'est… séparée de ton père, elle a chevauché jusqu'à Doonhill pour rejoindre Irvette, mais il était trop tard. Quand elle est arrivée, les Anglais avaient déjà tout détruit et tué tout le monde. Gaira a trouvé Maisie dans la vallée, et trois autres enfants cachés dans la forêt, au-dessus du village. Elle est rentrée sur les terres Colquhoun avec eux.

— Elle a voyagé si loin avec quatre enfants ?

— Oui…

Lioslath ne le savait pas. Pendant tout ce temps, elle avait imaginé Gaira comme quelqu'un de faible. Sinon, pourquoi aurait-elle fui son époux et le dur labeur qui l'attendait au fort Fergusson ? Le voyage qu'elle avait accompli de Doonhill à Colquhoun avait dû être dangereux. Si elle avait réellement fait cela, Gaira ne pouvait être faible ou fragile…

Parler d'elle et de son voyage semblait douloureux pour Bram et son regard était toujours aussi désemparé.

— C'est Irvette ? Elle te manque toujours, murmura-t-elle.

— Oui, toujours autant. Malcolm et moi parlons parfois d'elle ; mais c'est Gaira qui en souffre le plus. Elle élève Maisie — et cette enfant est le portrait de sa mère. C'est à la fois un bonheur et une torture de la voir grandir.

— Et Caird ?

— Il refuse de parler d'Irvette. En fait, il parle très peu, et encore moins quand il s'agit d'Irvette. Nous avons tous essayé, mais il n'a jamais été aussi bavard ou ouvert que nous autres. Malcolm l'a même, un jour, accusé de ne pas se soucier de sa famille. Caird l'a alors frappé si vite et si fort que nous avons tous été pris par surprise. Ils se sont disputés et, avant que je puisse faire quoi que ce soit, Malcolm avait quitté le fort.

Bram frémit et lâcha un petit soupir étranglé avant de boire une nouvelle longue gorgée.

— Il a même quitté nos terres pendant… quelque temps.

Lioslath essaya de se souvenir du peu qu'elle avait vu de Malcolm. Il avait de nombreuses cicatrices — plutôt récentes. Avait-il eu des problèmes pendant sa fuite ?

— Personne n'a plus jamais accusé Caird de ne pas se soucier de nous, poursuivit Bram. Son coup aurait pu être mortel ; et pourtant, il ne perd jamais son sang-froid. Néanmoins… je pense que cela pourrait bientôt changer.

Lioslath avala une courte gorgée et songea au jour où elle avait vu les Colquhoun parler avec Bram sous les remparts. Caird avait les cheveux roux, lui aussi, mais cela ne se voyait que sous le soleil.

— C'est lui qui est venu, accompagné d'une femme aux cheveux bouclés ?

— Oui, il s'agit de Mairead. Je pense que mon frère a trouvé son âme sœur avec elle.

Bram prit la cruche, et la reposa immédiatement ainsi que sa tasse. Finalement, il jeta un rapide coup d'œil à la petite chambre et au lit. La lumière se tamisait peu à peu : les bougies commençaient à se noyer. On n'entendait plus le moindre bruit dans le fort ou la cour.

— Ils paraissaient proches… Est-ce qu'ils sont mariés ?

— Tu nous as beaucoup observés, ces dernières semaines, remarqua Bram.

— Je n'avais pas grand-chose d'autre à faire.

Il leva les yeux sur elle.

— Oui, bien sûr. Enfin, maintenant, nous avons réussi à trouver un accord entre nous.

— Tu veux parler de ce mariage ? Oui.

Il regarda de nouveau autour de lui. Pour une fois, il n'avait pas l'air de savoir quoi faire ou quoi dire.

— Il est tard, lâcha-t-il au bout d'un moment, n'osant clairement pas la regarder en face. Tu es fatiguée ?

Elle aurait dû. Elle avait fini sa bière, mais cela n'avait pas suffi à chasser sa nervosité depuis qu'il lui avait touché la main. Ce simple geste et le son de sa voix la troublaient toujours autant.

— Non.

Il prit de nouveau la cruche — toujours vide, bien sûr — et parut agacé de voir une seconde fois qu'il n'y avait plus rien à boire.

— Nous devrions continuer à parler, dans ce cas.

— Pourquoi ?

— Parce que la nuit va être longue. Parce que je ne pensais pas que ce serait aussi difficile d'être avec toi.

— Je ne comprends pas…

— Rien que ton expression, quand tu fronces les sourcils. C'est une véritable épreuve pour un homme frustré, Lioslath, tu sais.

De quoi voulait-il parler ?

— Frustré ? De quoi ?

Bram détourna le regard alors que les lèvres de Lioslath restaient légèrement entrouvertes. Quelques simples mots ne pouvaient pas être aussi tentants — et cela n'avait rien à voir avec sa frustration. Non, ce qui le troublait tant, c'était la bouche de Lioslath, veloutée, rosée, et sa longue robe vert sombre.

— Dis-moi tout. Parle-moi de toi, je veux tout savoir. Comment est ta famille ?

Lioslath s'affala au fond de son siège. Son regard abasourdi étouffa son désir dans l'œuf. Quel idiot il avait été de lui poser des questions sur sa famille ! A présent, elle allait penser à son père — et ce n'était pas le moment de parler de cela.

— Tes frères et ta sœur, qu'est-ce que tu peux me dire sur eux ? demanda-t-il encore en se rasseyant.

Le regard de Lioslath se fit moins triste, mais elle ne parut pas se détendre pour autant. Elle but nerveusement une nouvelle gorgée de bière avant de répondre.

— Tu les as vus.

Oui, et il l'avait vue avec eux — aujourd'hui, par exemple, quand elle avait travaillé aux champs avec les enfants. Il avait bien vu ses sourcils se froncer d'un air perplexe ou surpris chaque fois que les petits essayaient de jouer avec elle. Des détails, bien sûr, mais qui montraient à quel point elle était gênée. Elle ne savait pas quoi faire avec eux, c'était évident.

Elle avait d'ailleurs la même réaction lorsque quelqu'un de son clan s'approchait d'elle ou quand elle examinait le fort grouillant d'hommes et de femmes. Comme si elle découvrait toutes ces personnes… Comme si elle ne savait pas d'où ces gens venaient…

Bram ne s'était jamais considéré comme quelqu'un de curieux, mais quand il s'agissait d'elle, il n'était plus lui-même.

— Qu'est-ce qu'ils aiment ? reprit-il, insistant.

— Ce qu'ils *aiment* ?

Elle secoua la tête d'un air désarmé et posa son gobelet sur la table. Elle était clairement perplexe. Etait-ce parce qu'elle ne savait quoi répondre ? Ou bien parce qu'elle ne s'attendait pas à ce qu'il lui pose tant de questions ?

Patience, se répéta-t-il. Même si ce mariage n'était que temporaire, ils auraient au moins besoin de se comprendre et de se tolérer.

Il se pencha donc et s'appuya sur l'accoudoir.

— Qu'est-ce que tu fais avec ces enfants ? Tu as bien vécu ici toute ta vie, non ? plaisanta-t-il.

Elle détourna le regard.

— Oui, murmura-t-elle.

Seigneur, il l'avait encore blessée et la moitié de la nuit n'était même pas encore passée. Il se souvint alors de Busby. L'ancien laird Fergusson avait été un homme fort, fier… vengeur. Parler de la famille de Lioslath ne les aiderait sans doute pas, ce soir.

Il ne parvenait pas à comprendre pourquoi ce sujet la bouleversait tant. Il fallait qu'il trouve un meilleur moyen de se distraire. Un autre sujet de conversation, peut-être.

— Et toi, qu'est-ce que tu aimes ? dit-il donc.

Lioslath jeta un rapide coup d'œil à la chambre. Elle aurait voulu se lever, faire les cent pas, bouger pour échapper à ces questions, à ce piège qui se refermait lentement sur elle, à cette impression d'être persécutée — ce qui était stupide : elle lui avait posé les mêmes questions et il lui avait répondu sans se faire prier. Il était tout à fait normal qu'il veuille en savoir plus sur elle à son tour. Hélas, elle ne savait absolument pas quoi dire pour satisfaire sa curiosité au sujet de sa famille.

— Ce que j'aime ? balbutia-t-elle, un peu perdue.

Elle aimait avoir suffisamment de nourriture, avoir un toit au-dessus de sa tête et un lit sec où dormir… Mais ce n'était sans doute pas à cela que Bram pensait. Il devait songer à des jeux et elle ne jouait jamais.

Si, il y avait bien une chose…

— J'aime la chasse, dit-elle.

— Quand les hommes rapportent de la nourriture à préparer au fort ?

Elle n'apprécia pas son sourire condescendant et qu'il la croie incapable de chasser.

— Non, ce n'est pas ce que je voulais dire.

Bram se redressa, un peu crispé.

— Tu veux dire que tu *aimes* chasser ? Pourtant…

Il avait l'air parfaitement incrédule. La prenait-il pour une menteuse ?

— As-tu déjà oublié que j'ai battu tous tes archers ?

Les lèvres de Bram se crispèrent un instant.

— Voilà, tu es fâché de nouveau, soupira-t-elle.

— Non, pas du tout. Je n'ai aucun doute sur ton talent. Je pensais juste que… que tu aurais pu être contrainte à chasser.

— Qui est-ce qui t'a dit une chose pareille ?

Il secoua la tête, comme s'il répondait tout seul à une question qu'il n'avait pas posée.

— Pardonne-moi, lâcha-t-il. Dis-moi plutôt ce qui te plaît, dans la chasse ?

La liberté. Son talent d'archère qui lui rendait un peu de sa fierté, alors que tout le reste lui donnait l'impression de n'avoir aucune valeur… Seulement, elle ne pouvait pas se permettre d'avouer une chose pareille à l'homme qu'elle venait d'épouser.

— C'est… J'aime l'air du matin… Le silence. Sauf que la forêt n'est jamais vraiment silencieuse. Au détour d'un arbre, on peut toujours éprouver une sorte de…

Elle eut un geste impuissant de la main. Comment décrire cette émotion qui la traversait toujours lorsqu'elle explorait le bois, son arc à la main ?

— D'excitation, suggéra-t-il.

— Tu te moques de moi !

— Non. J'aime aussi beaucoup la chasse, tu ne le savais pas ? Je connais ce sentiment, petite ; cette impression d'avoir le sang qui bout et gèle en même temps. Ça s'appelle l'anticipation.

L'anticipation ? C'était bon pour l'attente de l'heure des repas ou du lever du soleil. L'anticipation pouvait-elle aussi être une émotion ?

— Qu'est-ce que tu aimes d'autre, dans la chasse ? Est-ce que tu as toujours apprécié cela ?

— Non, j'ai commencé à chasser par hasard, mais j'ai rapidement… J'ai l'impression d'avoir été faite pour cela.

Préférant ne pas s'engager sur la piste dangereuse des sentiments, elle raconta comment elle avait appris à se servir d'un arc, elle lui dressa la liste de ses armes préférées et lui raconta certaines anecdotes, certains moments où la vie sauvage avait su la surprendre.

Tandis qu'elle parlait, Bram demeura silencieux. Ses yeux, tantôt plus sombres, tantôt plus clairs, l'examinaient, emplis d'une sorte de plaisir. Elle portait encore sa robe verte, et pourtant, sous le poids de ce regard, elle finit par se sentir nue, vulnérable, incapable de résister à la moindre caresse s'il décidait de s'approcher d'elle.

— Je ne suis pas sûre d'aimer cette conversation, conclut-elle au bout d'un moment.

Bram eut l'air surpris qu'elle s'arrête si abruptement.

— Si nous ne parlons pas, nous n'aurons plus grand-chose à faire, dit-il avec un petit sourire. Il ne nous restera plus que… l'anticipation.

L'éclat qui brilla un instant dans le regard de Bram lui rappela trop l'instant où il avait failli l'embrasser. Cependant, cette fois, elle sut instinctivement qu'il plaisantait.

— En toute honnêteté, je pense plutôt qu'il ne me restera plus qu'à te jeter un seau d'ordures à la figure, répondit-elle.

Bram éclata de rire.

— Je ne savais pas que tu avais le sens de l'humour !

Décidément, jamais elle ne comprendrait ce qu'il trouvait si amusant chez elle.

— Je suis sérieuse.

Cela suffit à le faire taire. Un mélange de colère et de confusion traversa son regard.

— C'est bien ce que je craignais — surtout quand tu es aussi apprêtée.

La pauvre Donaldo avait passé des heures à la rendre jolie, ce matin et, évidemment, elle avait certainement gâché tous ces efforts.

— Apprêtée ? Vraiment ?

— J'espérais que la bière et la fatigue de la journée suffiraient à... Oui, tu es apprêtée, et quand tu fronces les sourcils comme cela, j'ai envie de...

Il s'interrompit et soupira. Il donnait presque l'impression d'être soumis à une torture insoutenable.

— Ecoute-moi, Lioslath. Nous devons négocier.

Chapitre 14

— Négocier ?

Peut-être était-ce dû à la lumière déclinante, mais elle crut un instant qu'il avait du mal à sourire — contrairement à son habitude.

— Oui, concernant notre accord, précisa-t-il.

— Je t'ai épousé, que nous reste-t-il à négocier ?

— Je crains de devoir modifier les termes de notre petit arrangement.

De quoi parlait-il ?

— Nous sommes seuls, ma belle. Nous avons discuté. Nous ne sommes pas fatigués. Nous avons bu tout ce que nous avions à boire et je n'ai pas envie de manger ces petits pains.

— Est-ce parce que je ne suis pas très douée pour les discussions ? Il est vrai que j'aime chasser et que…

Bram se pencha en avant, les mains posées sur ses genoux. C'était une position détendue, apaisée, mais le petit mouvement répétitif de ses pieds trahissait son agitation. Elle aussi commençait à se sentir nerveuse.

— Je le sais. J'ai écouté, dit-il. J'ai vu ton talent et le plaisir que tu as à en parler. Si seulement tu savais ce que cela veut dire pour moi — découvrir qu'une femme peut ressentir la même chose que moi.

Il s'immobilisa et éclata de rire. Elle eut d'ailleurs l'impression qu'il riait plus de lui que d'elle.

— C'est bien ça, le problème. Rien à voir avec notre discussion, petite. Tu comprends… J'ai envie de t'embrasser.

— M'embrasser ?

— Oui, ce désir, ce besoin n'a simplement pas disparu parce que nous nous sommes mariés. Ce sont tes cheveux, tes yeux, ce petit froncement des sourcils quand tu te sens perdue. Comme maintenant, en fait.

— Et cela te donne envie de m'embrasser ?

Il se redressa et prit une inspiration qui parut un peu incertaine.

— Oui, en effet.

— Nous sommes mariés, après tout…

— Etant donné les termes de notre accord, je n'ai aucun droit de te demander quoi que ce soit de plus. Mais j'ai été idiot de penser que ce serait possible. Donc, je dois modifier notre arrangement.

— Modifier… les termes… de notre arrangement ? balbutia-t-elle, de plus en plus troublée.

— Tout à fait. Mais je ne ferai rien sans ton autorisation.

— Entre autres, m'embrasser ?

Il pinça les lèvres et acquiesça, comme s'il était incapable de lui répondre.

— Franchement, je ne pensais pas que mon avis avait la moindre importance…

Bram secoua la tête fermement.

— Si, cela a de l'importance. Notre accord l'exige ; sans cela, nous nous trahirions. Même si je ne le pensais pas jusqu'à il y a peu, je dirais que la volonté de l'épouse devrait être écoutée, dans un vrai mariage.

— Au sujet de baisers ?

Bram se leva brusquement et arpenta quelques instants la chambre avant de lui faire face à nouveau.

— Oui, au sujet de baisers… entre autres choses. Je te désire, Lioslath. Je désire tes cheveux, plus sombres que la nuit ; et tes yeux plus bleus que le ciel. Je désire tes grains de beauté, le teint de ta peau et tes sourcils froncés. Je désire tout cela, et tellement plus encore. Je te désire trop. Tu as combattu les Anglais et tu *aimes* chasser…

Il lâcha un nouveau petit rire d'autodérision qui se transforma peu à peu en une bonne humeur sincère.

— Je n'arrive pas à croire que je te dis tout cela. Voyons, tu ne veux pas m'embrasser ?

Depuis le concours de tir, elle n'avait fait que penser à ce presque baiser. Elle n'avait pu le chasser de son esprit, emportée par un tourbillon de sentiments troubles. Quand il l'avait portée dans ses bras, hors de la cuisine, il était chaud, puissant. Elle voulait s'enfouir dans sa chaleur.

Elle voulait l'embrasser, oui. Mais pouvait-elle le lui avouer ? Y avait-il seulement une manière socialement acceptable d'aborder le sujet ?

Apparemment, Bram était de cet avis.

— Ton silence rend la négociation difficile, tu sais, dit-il après un moment. Je t'ai décrit tout ce qui me plaît chez toi. Y a-t-il quelque chose en moi qui t'attire ?

Il se plaça face à elle, les mains sur ses hanches, attendant son verdict. Les jambes légèrement écartées, le sourire fier, ses yeux s'illuminaient comme à son habitude d'un rire muet. Oui, il attendait patiemment qu'elle l'inspecte.

Décidément, elle ne savait vraiment rien des nuits de noces. *Rien*.

C'était étrange… Ses paroles paraissaient trop directes. Trop abruptes.

Lioslath parvint finalement à reprendre un peu le contrôle, moins confuse. Elle n'avait peut-être pas l'habitude de parler, encore moins de discuter d'envies ou de désirs. Seulement, s'ils devaient marchander, ils n'avaient pas d'autre choix que se montrer directs et francs. Et cela, elle savait le faire.

Elle prit donc un instant pour réfléchir. Qu'aimait-elle, chez lui ?

Sa chevelure était d'un roux tellement vibrant. Jamais elle n'avait vu son équivalent dans sa vie. La première fois qu'elle l'avait vu, elle avait même trouvé cette couleur choquante ; mais elle s'y était habituée et elle ne pouvait l'imaginer autrement. Quant à ses yeux, ils lui rappelaient les violents orages d'automne.

Son torse large rejoignait délicatement ses hanches plus étroites. Rien dans sa silhouette n'était de trop. Il était formidable, puissant — tout comme la personnalité de Bram. Et ses jambes avaient l'air… robustes.

— Je sens le poids de ton regard, petite, dit-il d'une voix grave, presque comme un avertissement.

— Tu m'as demandé si je trouvais quoi que ce soit d'attirant chez toi.

— Et rien ne te vient à l'esprit ?

— Non.

Il pencha légèrement la tête sur le côté et grimaça un instant avant de se relâcher et de s'écarter d'un pas.

— J'imagine que je l'ai mérité…

— Ne bouge pas.

Il s'immobilisa alors, visiblement surpris par Lioslath, et lui jeta un rapide coup d'œil.

Elle se leva, face à lui.

— Je réfléchis encore.

Bram se retourna donc et resta immobile. Cette fois, son regard ne trahissait plus le moindre humour. Non, il paraissait… enflammé.

— Cette négociation devient délicate.

— Tu es juste debout devant moi, répliqua-t-elle. Qu'est-ce que cela a de difficile ?

— Ce sont tes yeux, Lioslath. Je sens tes yeux qui m'explorent de la tête aux pieds.

— C'est impossible de sentir le regard de quelqu'un.

— Je sens bien le tien, moi. Je le sentirais, même si un océan entier nous séparait.

Abasourdie, elle lâcha un rire nerveux.

— Tu plaisantes ?

— Non, je me laisse aller à la romance. Je te séduis…

— Mais… nous sommes mariés.

— En effet, mais il semblerait que tu n'aimes rien chez moi, donc je suis obligé d'employer les mots.

— Pourquoi ?

— Parce que je suis incapable de tenir ma part du marché, avoua-t-il en joignant les mains et en se dandinant un peu. J'ai fait une erreur et je suis obligé de le reconnaître. Le fait que tu sois là, avec moi, que je sache ce que je sais maintenant, me l'a fait comprendre. Si tu continues à me regarder comme cela sans accepter un nouveau marché, je risque de…

Il leva les bras au ciel. Même dans sa frustration, ses mains longues et fines avaient une certaine majesté que Lioslath remarqua avant qu'il les pose de nouveau sur ses hanches.

— Aucun homme ne serait capable de…

De nouveau, il s'interrompit et sa voix s'étrangla. Du moins, ce fut l'impression qu'eut Lioslath en voyant ses yeux se faire encore plus brûlants et plus perçants.

— Tes yeux, ma belle… Ils ne me quittent pas, reprit-il dans un souffle, son timbre grave se faisant plus rauque. Est-ce que tu réfléchis encore à ce qui te plaît chez moi ?

— Oui.

Ses mains. Ses doigts posés sur ses hanches. Ils commençaient à s'agiter et leurs mouvements avaient une certaine puissance et une grâce inattendue.

— Et maintenant, tu poses ces yeux-là où aucune vierge ne devrait les poser, à moins que…

Pensait-il, croyait-il *vraiment* qu'elle était en train de regarder son…

— Tes mains, lâcha-t-elle. J'aime bien tes mains.

— Lioslath ?

Son ton se fit interrogateur et il s'approcha lentement jusqu'à ce qu'elle puisse le toucher — jusqu'à pouvoir *la* toucher.

— C'est ta réponse ? Mes mains ? Tu ajoutes mes *mains* à notre… mariage ?

Lioslath sentait la chaleur qui émanait de son corps, ainsi que sa taille et son incommensurable force. Trop puissant. Trop près. Toutes ces sensations devenaient presque douloureuses, plus encore que lorsqu'elle était restée immobile face à lui en attendant son baiser.

— Oui, dit-elle fermement.

Evidemment qu'elle ajoutait ses mains à leurs négociations de mariage — tout comme le reste de leurs corps ! Allaient-ils devoir discuter chacun de leurs membres ? Elle lui avait déjà offert son corps en l'épousant. Avait-il seulement fait de même ? En tout cas, elle ne s'en souvenait pas…

— Tu… Tu es dure en affaires, Lioslath, tu sais. Et je t'ai sous-estimée. Encore.

Elle venait d'accepter de modifier leur accord. Elle avait accepté qu'il se passe quelque chose de physique entre eux. Ses mains…, qui avaient envie de découvrir la douceur de la peau de Lioslath, sa chaleur et le tendre arrondi de ses courbes féminines. Ses mains. Même sans la toucher, elles s'échauffaient, impatientes.

Oh oui, elle l'avait surpris. Cette femme était compliquée — tout comme son désir pour elle. De nouveau, il se répéta que leur mariage ne serait que temporaire. Seulement, temporaire devait-il signifier « infernal » ?

Bram avait le droit de la toucher, de partager un peu de plaisir avec elle.

— Cela va peut-être devenir encore plus difficile qu'avant, mais je suis un homme désespéré. Tu m'as rendu désespéré avec tes…

— Froncements de sourcils ?

Cette étrange conversation commençait aussi à troubler Lioslath.

— Oui, tout à fait, répondit-il. Mais, quoi qu'il en soit, je suis prêt à me plier à tes conditions.

Il lui prit les mains, l'entraîna doucement jusqu'au lit et l'assit à côté de lui.

Elle ne put quitter leurs mains des yeux. Ses doigts se fermaient sur les siens d'une manière presque naturelle — et qui pourtant ne l'était pas. Pas plus que la manière dont il la caressait doucement.

A force de chasse, elle avait les mains abîmées ; mais il les tenait comme si elles étaient petites, fragiles et délicates. Elle eut même l'impression de sentir son pouce explorer sa paume.

— Et qu'est-ce que tu aimes, dans mes mains ? demanda-t-il à mi-voix au bout de quelques instants.

Les coupures et les griffures qu'il s'était faites pendant la journée, en travaillant, commençaient déjà à cicatriser. Des entailles dues au maniement de l'épée et des boucliers, aux longs entraînements auxquels il s'était soumis depuis des années, au chaume qu'il avait porté sur les toits et aux bancs qu'il avait traînés dans la cour.

— Tes mains sont… capables, finit-elle par dire.

Les doigts de Bram la caressèrent à nouveau, longuement. Ses pouces se pressèrent à l'intérieur de ses poignets.

Il la relâcha finalement mais elle ne le laissa pas faire et, quand elle commença à lui caresser le bout des doigts à son tour, elle entendit son souffle se suspendre un instant dans le silence.

Elle était incapable de prononcer le moindre mot et, apparemment, lui aussi. Au bout de quelques secondes, d'autres sons emplirent la chambre. Le chuchotement rythmique de la respiration de Bram qui s'accélérait, rejoignant la sienne.

Alors qu'il tenait ses mains, avec douceur, elle ne retrouvait plus rien de l'homme moqueur qui l'avait suivie dans la forêt. Cette fois, elle n'était plus sûre qu'il veuille l'embrasser. Il ne bougeait pas, se contentait de lui tenir les mains et de la regarder…

Avant même de prendre conscience de ce qu'elle faisait, Lioslath se pencha et déposa un baiser sur le dos d'une main de Bram, puis l'autre.

Elle sentait sa tension, à présent. Si proche d'elle, il était si vivant… Quand elle embrassa ses mains, il frémit et un frisson similaire la parcourut. Il retourna les mains, paumes vers le ciel, et attendit en silence. Menaçant. Prédateur. Sauvage. Il était comme sa forêt, indomptable.

Elle ne connaissait peut-être rien des nuits de noces, mais

elle savait pertinemment ce qu'elle ressentait. Elle en voulait plus. Elle voulait Bram.

Il était à la fois attirant et dangereux, avec ses rudes mains de guerrier. Elle embrassa chacune de ses paumes, lentement. N'écoutant que son désir, elle prit son temps pour en savourer la chaleur, le parfum de cuir, de bière. De Bram.

Son cœur s'emballait et elle se redressa, voyant ces grandes mains d'homme se refermer, comme s'il cherchait instinctivement à y enfermer ses baisers avant de les poser de nouveau sur ses genoux.

— Allonge-toi.

Deux mots, un peu brusques, qui parurent lui échapper sans le moindre contrôle.

— Bram, murmura-t-elle. Est-ce que… ? Est-ce que tu vas t'allonger avec moi ?

Elle en avait envie. Maintenant. Elle voulait embrasser d'autres parties de son corps. Elle voulait sentir ses lèvres sur sa peau. Pourquoi ne l'avait-il pas encore embrassée, en dépit de ses promesses répétées ?

Il se détourna rapidement et lâcha un soupir. Quand il retrouva son calme, il se pencha et enleva ses bottes.

— Tu as ajouté mes mains aux termes de notre mariage, Lioslath. Ne t'inquiète pas, cela ne me dérange pas ; seulement, ne me demande rien de plus. Je ne veux pas revenir sur ma parole.

Dénouant ensuite les lacets de Lioslath, il lui enleva ses chaussures et les déposa au pied du lit. Quand il se releva, son regard se posa sur le matelas.

— Allonge-toi, s'il te plaît.

Pourquoi lui obéissait-elle ? A cause de sa voix, de son immobilité quand elle avait embrassé ses mains ? Il bougeait tellement, en permanence, qu'elle ne pensait pas qu'il fût capable de tant de calme.

— Oui, voilà, dit-il. Pose ta tête ici, sur l'oreiller. Comme cela.

Elle avait ajouté les mains de Bram à leur marché et il ne s'autoriserait pas à employer autre chose que ses doigts, ses paumes avec elle… Seulement, sa voix aussi avait un pouvoir ensorceleur et il ne semblait pas en avoir conscience. Pourtant, un mot de lui suffisait à rendre Lioslath docile comme un agneau.

— Je te promets de tenir parole. Seuls mes doigts te toucheront, comme tu le souhaites, dit-il. Mais je veux que ce soit toi qui les diriges.

Quand il glissa ensuite sa main sous celle de Lioslath, elle ne put réprimer un sursaut et le laissa caresser sa paume.

Un petit soupir échappa à Bram — profond, primal. Ses doigts se refermèrent sur ceux de Lioslath. Quand il bougea doucement son pouce, elle l'imita.

— Prends ma main, Lioslath, souffla-t-il.

Elle baissa de nouveau les yeux, hypnotisée par ses mouvements. Il lui laissait le contrôle, certes, mais la soutenait aussi.

— Bram…

Comment faire, ensuite ? Que faire ?

— Je ne peux rien faire de plus, tu sais, reprit-il. Pas ce soir. Tu es trop belle. Je ne peux pas ignorer ce grain de beauté au-dessus de ta lèvre, ni ceux que je devine derrière ton oreille. J'ai envie de te demander plus, mais je ne peux pas te donner plus ce soir de peur de ne pas respecter notre arrangement. Hélas… ce besoin. Je sens ce besoin en toi. Je le vois au fond de tes yeux. Sache que je le partage. Alors, prends mes mains et guide-les toi-même — moi, je ne ferai rien de plus.

Décidément, elle ne comprendrait jamais son amour des accords, des règles, des négociations. L'urgence et la tension qu'elle entendait derrière chacune de ses paroles étaient évidentes. Et elle avait envie qu'il continue à parler.

— Dis-moi quoi faire, dans ce cas.

— Oh ! ma belle, tu ne peux pas…

S'interrompant, il prit une profonde inspiration et s'allongea auprès d'elle. Elle sentit ses larges épaules s'enfoncer dans le matelas, sentit ses jambes effleurer les siennes. Ils se touchaient à peine, mais c'était suffisant. C'était même trop. Ils se tenaient la main et c'était trop.

— Dis-moi où sont tes autres grains de beauté.

— Sur tout mon corps.

— Et sur tes jambes ?

— Peut-être.

Il frissonna de plus belle.

— Allonge-toi sur le côté. Comme cela.

Elle obtempéra et le sentit se presser contre elle, dans son dos. Son souffle rauque lui réchauffait la nuque. Il gardait ses jambes éloignées des siennes, mais le lit était trop petit pour qu'elle ne sente pas leur présence — tout comme son bras passé à sa taille. C'était un poids étrange, si peu familier… Elle avait tant l'habitude de dormir seule.

— Est-ce que tu sais ce que tu veux ?

— Non…

Elle ne savait rien de la vie des époux et n'avait encore jamais ressenti cette langueur qui l'envahissait chaque fois que Bram la touchait.

— Laisse-moi arranger ta robe, ma belle, juste un petit peu. Juste assez…

Il retroussa les plis de sa jupe jusqu'à ses genoux ; mais il ne toucha pas que le tissu. Elle sentit le bout de ses doigts caresser sa jambe et l'arrière de son genou, si sensible, atteignant peu à peu l'extérieur de sa cuisse.

— Est-ce cela que tu veux ? lui glissa-t-il à l'oreille. Comme cela ?

Oui… Oui et non. La sensation de ces doigts qu'elle avait touchés, embrassés, éveillait d'autres sensations en elle. Quelque chose qu'elle désirait sans le savoir. Seulement, retrousser sa jupe n'était pas ce dont elle avait vraiment envie. Cela ne lui suffisait pas.

— Non.

Bram eut un petit rire dans son dos et il reprit l'ourlet de sa jupe pour la remonter un peu plus sur sa cuisse. Ce fut alors qu'elle s'abandonna à de nouveaux émois.

L'air froid effleura sa peau avant de faire place à la chaleur toujours plus enveloppante du corps de Bram. Saisie d'un vertige délicieux, elle se laissa bercer par son souffle à son oreille, moins contrôlé, plus rapide et irrégulier.

— Bram, qu'est-ce que tu fais ?

Il se rapprocha un peu d'elle et déposa un baiser furtif dans le creux de sa nuque en la pressant contre lui. Elle se laissa faire, pelotonnée entre ses bras, à moitié couverte par sa robe de mariage mais les jambes nues. Instinctivement, ses genoux s'écartèrent un peu pour laisser passer la main de Bram qui se nicha entre ses cuisses, comme un secret.

— Est-ce que tu veux savoir de quoi mes mains sont capables ?

Cette voix grave, à peine un murmure, à son oreille la fit frissonner de désir.

— Oui, lâcha-t-elle dans un souffle, au milieu de la chambre noire.

— Dans ce cas, pose ta main sur la mienne.

Il posa sa paume à plat sur la peau sensible de sa cuisse et elle vint poser sa main dessus, comme il le lui avait demandé. Elle le sentit frémir légèrement et l'entendit gémir, doucement, à son oreille. Un son inarticulé, primal, mais qu'elle comprit instinctivement.

Ce fut alors qu'il commença à bouger et elle sentit alors non seulement les doigts de Bram mais aussi les siens contre sa cuisse. C'était… inattendu. Un peu effrayant. Et pourtant tellement agréable.

Dans la chambre qui s'assombrissait de plus en plus, elle devinait à peine leur mouvement, illuminé par la lueur des dernières flammes. Elle regarda leurs deux mains remonter sur sa jambe, là où elle voulait les sentir. Et pourtant…

— Ecarte tes jambes.

Elle ne put s'y résoudre.

— Juste un peu. Un tout petit peu. Je te promets de ne me servir que de mes mains, rien de plus.

Avait-elle accepté cela, dans leur marché ? Sa main posée sur celle de Bram lui paraissait déplacée. Si c'était un mouvement osé, pervers, alors écarter les jambes serait encore pire. Oui, mais elle le voulait.

Finalement, elle obtempéra.

Nouvelles caresses légères, irritantes et délicieuses. Sa paume se fit douce et pressante à la fois. Elle se mit à trembler, incapable de se contrôler.

— Un peu plus, souffla-t-elle, appuyant plus encore sa main sur celle de Bram.

Plus haut sur sa cuisse. Plus près. Elle sentit alors les doigts de son époux se refermer sur son sexe brûlant.

Il lâcha un nouveau gémissement et ses hanches se pressèrent un instant contre ses fesses avant de s'immobiliser à nouveau. Comment pouvait-il garder si facilement son calme quand elle n'était plus qu'agitation, en dedans ? Sa respiration se faisait plus rapide, presque désespérée dans le silence. Elle avait peut-être déjà ressenti un soupçon de désir auparavant, mais ce qui l'envahissait, cette fois, devenait presque douloureux. Pire, encore. Elle referma sa main, emportée par un soudain besoin de soulagement. Il fallait à tout prix qu'il continue !

— Non, garde ta main sur la mienne, dit-il. Sens ce que mes doigts savent faire.

Cette voix. Ces paroles.

Elle obéit et sentit les doigts de Bram se glisser dans son intimité. Le cœur battant, elle pressa sa main sur la sienne, incapable de prendre conscience de ce qu'elle faisait. Tout ce qu'elle sentait, c'était lui, ses cales et ses douces caresses.

— Sens ce que tu me fais, chuchota encore Bram.

— Ce que je… te fais ?

Il eut un nouveau rire, un peu rauque, et frotta délibérément ses hanches contre elle, cette fois.

— Voilà ce que tu me fais.

Une nouvelle fois, ses paroles si douces et son corps si brûlant la firent frémir. Quand il avait posé ses mains sur ses hanches pour la laisser l'observer, son corps avait-il été aussi… dur ? Aussi inébranlable que maintenant, pressé contre ses courbes ? L'espace d'un instant, elle voulut le regarder.

— Tu vois ? J'ai besoin de toi. Tu me tortures… et tu as menti à propos des grains de beauté sur tes jambes : tu en as, c'est certain. Ici et ici. Mais c'est ton marché, pas le mien. Laisse-moi faire.

Il ajusta ses doigts contre elle, l'obligeant à écarter un peu plus les cuisses.

— Place tes doigts entre les miens, reprit-il à mi-voix.

— Entre les tiens ?

— Oui, entrelace ta main à la mienne.

Si jamais elle faisait cela, elle se toucherait elle-même… pendant qu'il continuerait à la caresser. Incapable de prononcer le moindre mot, elle fit non de la tête.

— Je croyais que tu voulais découvrir de quoi mes mains étaient capables, Lioslath. Montre-moi comment tu veux que je te touche.

Essayant désespérément de changer de position, elle bougea ses hanches, mais il la serra contre lui, l'emprisonnant de son bras si fort. Ce bras qui, depuis le début, la tenait doucement, autoritairement, qui la rassurait. Ce fut alors que ses doigts se glissèrent un peu plus bas et restèrent là, immobiles.

Elle ne pouvait plus supporter cette fièvre, cette attente… Pas quand il laissait glisser ainsi ses doigts sur elle. Pas quand elle sentait dans sa nuque son souffle si rauque, si semblable au sien. Pas quand elle était envahie par ce… besoin.

Caressant le dos de sa main, savourant la brûlure délicieuse de sa paume sur elle, ses longs doigts abîmés par le travail déjà posés au plus intime de son corps, elle finit par effleurer sa main, plus bas, le long des articulations.

Incapable d'en faire plus, elle s'immobilisa. Elle ne pouvait pas faire ce qu'il lui demandait. C'était trop. Beaucoup trop. Il ne bougeait plus non plus, la torturait. Envoûtant et — oh ! — si sauvage.

— Je t'en supplie, murmura-t-elle d'une voix qu'elle ne se connaissait pas. Je ne peux pas. Je veux…

Elle sentit alors les doigts de Bram s'enlacer aux siens et s'étendre tendrement sur sa peau.

— Comme cela ? souffla-t-il. Est-ce cela dont tu as besoin ?

Frissonnante de désir, elle acquiesça. Son geste fut à peine perceptible, mais Bram dut le sentir et répondit à son tour. Il l'enveloppait de ses caresses, de ses paroles, de sa passion. Elle sentit la flamme brûlante gonfler en elle sous la pression de cette main experte. Une flamme qui l'enlaçait à son tour, qui la recouvrait, comme sa main à présent.

Les doigts de Bram glissaient, effleuraient, jusqu'à ce qu'ils atteignent l'entrée secrète de son corps. Et le monde vola en éclats autour d'elle.

Bram était soumis à une torture insoutenable. Jamais encore il n'avait connu cela ; mais il ne voulait pas non plus que cela s'achève, pas avec Lioslath qui dormait dans ses bras.

Il avait déjà vu comment Lioslath agissait en sa présence. Il l'avait vue, fière, à l'écart de son clan, alors qu'elle se souciait secrètement des siens, de sa famille. Seulement, à présent, elle n'avait plus cette liberté et lui non plus.

Et c'était… Incapable de penser au plaisir dont il avait tant envie, il ne parvenait même pas à ressentir la moindre satisfaction d'avoir réussi à tenir sa part du marché.

Cette nuit de noces ne ressemblait à aucune autre, c'était certain ! Une nuit qui mêlait à la fois paradis et purgatoire. Elle lui avait doucement pris la main et avait embrassé ses paumes offertes. Ces sensations-là, jamais il ne pourrait les oublier, s'en séparer. Leur mariage avait beau être temporaire, il savait, en cet instant, que les émotions qu'elle avait fait naître cette nuit ne s'effaceraient jamais.

Obéissant à son instinct, il l'attira plus près de lui, résistant au désir d'aller plus loin. Cette nuit n'était que la première d'une longue série pendant lesquelles leur union ne pourrait pas être consommée. Rester contre elle comme il le faisait rendrait certainement les choses plus difficiles. Néanmoins, il était bel et bien là, dans ce lit. Avec elle.

Oh ! si seulement il ne s'était pas laissé aller, dans la forêt. Si seulement il n'y avait pas eu ce presque baiser. Tout aurait été tellement plus simple.

Chapitre 15

— Lioslath, réveille-toi, murmura Bram. Nous partons chasser.

— Chasser ?

Elle ouvrit les yeux et s'assit sur le lit, lentement, sans faire montre de l'excitation à laquelle il s'était attendu. Au contraire, elle paraissait timide, presque méfiante.

— Je ne chasse avec personne.

Cela commençait mal…

— Tu ne veux pas venir ?

— Pourquoi irions-nous chasser ?

Une fois encore, il aurait dû s'attendre à cette question. Quelle erreur ! Il ne pouvait pas lui en vouloir : après tout, il était encore tôt et leurs relations étaient toujours aussi tendues.

— Je veux que tu me montres.

— Te montrer quoi ?

Instinctivement, elle agrippa les couvertures et les remonta sur son corps. Comme si elle n'était pas entièrement habillée dessous. Comme si elle était nue dans ce lit.

Il ne put lui sourire, envahi par un nouveau flot de désir. Soudain, son projet de passer la journée dans la forêt avec Lioslath se mua en… envie de passer la journée avec elle à l'intérieur.

— Je veux voir comment tu chasses, reprit-il, contrôlant tant bien que mal ses émotions.

— Je pensais que tu me croyais.

— Bien sûr que je te crois ! Je sais que tu chasses et j'aimerais simplement partager cela avec toi.

— Est-ce que c'est à cause de la nuit dernière ?

La veille, ce matin, cela n'avait aucune importance. La nuit précédente, quand elle s'était laissée aller à ses caresses, quand elle avait baissé sa garde et s'était abandonnée à son désir… Cela avait été à la fois inattendu et bouleversant. Chaque mouvement de Lioslath n'avait fait que nourrir sa propre fièvre et, à l'instant où elle avait crié dans son extase, il avait fondu. Leur mariage avait beau être temporaire, il avait alors compris qu'une part de lui ne serait plus jamais libre.

Comment allait-il survivre aux mois à venir, à toutes ces nuits qui les attendaient encore ?

Il ne servait à rien de réfléchir à tout cela. Il ne pourrait rien y faire, de toute manière, quels que soient ses sentiments pour Lioslath. Tout ce qui devait importer était son devoir envers son clan et le sien.

Comment les Fergusson avaient-ils pu la laisser affronter seule les Anglais, sans chercher à la protéger ?

Quand il la voyait ce matin, il ne comprenait pas. Décoiffée, les cheveux aplatis d'un côté par l'oreiller, elle était si belle… Il aurait voulu glisser ses doigts dans ces cheveux si noirs, embrasser ces lèvres veloutées et rester ici avec elle, dans cette chambre, jusqu'à la tombée de la nuit.

Cela devenait vraiment trop dangereux ! Il fallait qu'il parte. Immédiatement.

— Je t'attends dehors.

— Qu'est-ce qui te fait penser que je vais venir ?

— Parce que tu es douée, petite, et que tu veux me le prouver…

Lioslath, la gorge nouée, regarda Bram quitter la chambre en riant. Elle ne comprenait pas son soudain désir de partir à la chasse avec elle.

Cet homme ne cessait de la surprendre. Il s'était attendu à trouver chez elle une lady, maîtresse du clan et du fort ; et voilà qu'il lui proposait d'aller chasser, tout aussi tranquillement que s'il lui avait proposé une promenade sous les remparts.

Etrange Colquhoun… Au moins, la chasse était un terrain connu pour elle. Cette excitation si familière, ce désir, ce besoin absolu. Elle avait l'habitude de tout cela.

Elle s'extirpa donc du lit et Chien bondit sur elle pour lui dire bonjour. Il n'avait pas apprécié qu'elle s'installe dans la chambre, après la mort de son père, et elle n'avait pas été certaine qu'il accepte de voir Bram dans la pièce. Mais il lui lécha joyeusement la main sans le moindre signe de colère. Elle le caressa, attrapant ses deux oreilles si douces, alors que tout le reste de sa fourrure était aussi rude qu'il était sauvage.

Il se frotta la tête contre son bras et elle se pencha pour appuyer sa joue contre son front. Seigneur… Il lui avait tant manqué, pendant ces longues semaines où ils n'avaient pas été libres de chasser ensemble.

Soudain, l'animal se figea et elle le lâcha sans attendre. Chien restait sauvage. Il valait mieux ne pas le contrarier. Et puis, de toute manière, elle devait s'habiller.

Le soleil n'était pas encore levé, mais l'obscurité diminuait déjà et elle se dépêcha de retrouver Bram à la sortie du tunnel. Il était vêtu de brun et avait attaché ses cheveux sur sa nuque, comme cela, il aurait plus de facilité à se fondre dans le décor.

Non. Il ne se fondait pas dans le décor. Il se tenait simplement là, dos à elle, et sa présence se faisait presque palpable dans le silence du petit matin.

Comment pourrait-elle attirer des oiseaux dans ses pièges habituels, s'il restait près d'elle ?

Soudain, il fit volte-face et lui sourit. Pour une fois, sa bonne humeur permanente n'agaça pas Lioslath. Pour une fois, elle avait l'impression de comprendre son sourire et eut presque envie de l'imiter.

— Tu as pris à manger ? demanda-t-elle.

En général, elle emportait le petit déjeuner, mais elle avait oublié en quittant le fort.

— Ne t'en fais pas, j'ai de la nourriture. Où est ton chien ?

— A l'intérieur, ou dans les bois, ou de l'autre côté des champs. Il sait qu'il ne doit pas venir avec moi, ce matin.

— Comment cela ?

Elle haussa les épaules.

— Certainement parce que tu es là.

Bram se détourna, les sourcils froncés, comme si ce qu'elle lui avait dit le troublait.

Pour sa part, elle appréciait presque l'absence de Chien, aujourd'hui. Elle voulait profiter de ces quelques moments avec Bram : leur mariage et les sentiments qui naissaient en elle la surprenaient en permanence.

Elle avait beau tout ignorer de la vie de femme mariée, elle sentait qu'il fallait plus pour que leur union soit consommée et qu'il n'avait pas goûté au même plaisir qu'elle.

Ils se connaissaient encore mal, avait-elle songé. Peut-être cherchait-il simplement à faire preuve de patience avec elle ; et, si c'était bien le cas, il était beaucoup plus gentil et attentionné qu'elle l'avait cru.

Et voilà que l'aube arrivait et qu'il lui proposait, en plaisantant à moitié, de venir chasser avec lui. Quel était son vrai but ? Etait-ce parce qu'elle lui avait parlé du passage des Anglais sur ses terres ? Elle avait partagé un souvenir douloureux avec lui. Cette partie de chasse était-elle sa manière de la remercier ?

Personne n'avait jamais fait ce genre de choses pour elle…

Elle appréciait sa patience, certes, mais avait toujours besoin de son baiser.

Pourquoi ne l'avait-il pas embrassée ? L'espace d'un instant, quand il l'avait réveillée, elle avait cru qu'il allait le faire, qu'il en avait envie. Mais il avait ri et lui avait dit de se préparer avant de la quitter.

Ils atteignirent rapidement l'orée de la forêt. S'ils voulaient trouver des proies dignes de leurs talents, ils allaient devoir s'enfoncer profondément sous les arbres. Ils allaient aussi devoir être *très* silencieux…

Au pied des arbres, elle s'immobilisa.

— Qu'as-tu pris, comme nourriture ?

Bram fouilla dans sa sacoche et en tira une miche de pain frais et quelques tranches de porc.

— J'imagine que ce n'est pas la cuisinière qui t'a donné ce pain…

— Je ne l'ai pas vue, répondit Bram.

— Elle ne sera pas contente quand elle découvrira cela.

Bram haussa les épaules et mordit à pleines dents dans la miche. Il grimaça.

— Et moi, je ne serai pas content tant qu'elle ne saura pas faire un pain correct.

— Qu'est-ce qui ne va pas ?

— On y trouve des cailloux, tu ne l'avais pas remarqué ?

Lioslath ne répondit pas ; elle était déjà heureuse d'avoir de quoi manger. L'hiver était presque là, et chasser devenait difficile. Jusqu'à présent, elle avait réussi à attraper des grives et des pigeons pour remplir les réserves vides. Ce matin, ils allaient devoir faire mieux. Peut-être parviendraient-ils à abattre un cerf ou une biche.

— Le pain n'est pas censé contenir des cailloux, ni être brûlé d'un côté, reprit Bram. Le fromage n'est pas supposé se désagréger tout seul et le bouillon a, en général, du goût, tu sais.

Lioslath était peut-être heureuse de pouvoir à nouveau chasser, mais elle n'avait aucune envie de supporter les complaintes de Bram. Pourquoi se lamentait-il ainsi, quand la nourriture était le fruit du travail de *leur* clan, maintenant qu'ils étaient mariés ?

— Je ne me soucie pas des… problèmes du fort. Et puis, ce clan est aussi le tien, à présent. Nous n'avons pas les…

— Petite, tu m'as mal compris, coupa-t-il. Je ne suis pas inquiet des ressources des Fergusson — même si les cailloux, dans le pain, peuvent être évités en faisant une farine convenable et en soignant la préparation de la pâte. Si j'ai l'intention d'améliorer les choses, cet hiver, ce n'est pas pour moi mais pour toi. Et je sais très bien que tu ne te soucies pas du fort. Tu passes trop peu de temps à l'intérieur pour remarquer les toiles d'araignées, alors pourquoi t'en préoccuper ? Ce n'est pas ce que je voulais dire. Je veux seulement te montrer qu'il existe du meilleur pain, des choses plus agréables *pour toi*.

Soudain troublée par la gentillesse de Bram, Lioslath se détourna pour avaler une gorgée d'eau. Elle n'avait pas l'habitude de faire l'objet de tant d'attentions. Néanmoins... il commençait à lui faire croire qu'elle méritait mieux, et que le destin ne les haïssait pas — ni elle, ni son clan.

Bram lui jetait peut-être de la poudre aux yeux, mais le passé lui avait enseigné la prudence et ce n'était pas le moment de baisser sa garde.

Sa générosité, ses compliments, sa gentillesse étaient presque plus dangereux que ses lamentations.

— Et que pourrais-je savoir de ces « choses meilleures » ? La vie est faite ainsi, le pain est fait ainsi et les seigneurs de guerre d'autres clans qui me disent le contraire ne pourront rien changer. Surtout si ce seigneur est persuadé que la vie est facile !

— Au contraire, la vie n'est pas facile. Elle n'est *jamais* facile. Mais nous pouvons choisir d'en voir les bons côtés, et c'est ainsi que nous pouvons la changer.

Vraiment ? Etait-ce aussi simple que cela ?

Quoi qu'ils aient partagé dans l'écurie, ou encore pendant la nuit, ces changements dont il parlait arrivaient trop soudainement.

Elle avait trop perdu, l'année précédente. Elle avait trop blâmé Bram pour la mort de son père, elle lui en avait trop voulu de ne pas être venu les protéger. Le clan de Lioslath avait souffert, avait eu faim, avait été désespéré. Comment ce simple mariage et cette partie de chasse pouvaient-ils soudain faire disparaître toute la douleur et la colère de l'année précédente ? Cela aurait été trop *facile*, en effet !

Elle se contenta donc de hausser les épaules et de changer de sujet :

— Nous devons placer des pièges le long de ces sentiers avant de nous enfoncer dans la forêt.

*
* *

Bram ne parvenait pas à se concentrer sur les pièges qu'ils installaient — et Lioslath, elle, l'ignorait superbement. Elle était pourtant si belle, si sauvage, agenouillée sur la terre humide du bois pour assurer chaque filin.

Elle le bouleversait, le privait de toute volonté, les yeux clos et le souffle court dans l'ombre des feuillages et de la brume qui s'élevait autour d'eux en volutes silencieuses. Elle aimait sa demeure et les terres qui l'entouraient.

Ses commentaires sur la nourriture l'avaient insultée, encore une fois. Ce n'aurait eu aucune importance, si elle s'était contentée d'ôter en silence les cailloux de son pain ; mais elle croyait qu'elle ne méritait pas mieux. Et cela, il ne pouvait l'accepter.

— Laisse-moi poser celui-ci, dit-il soudain en attrapant un filin qui ne voulait pas rester attaché à son pieu.

— Je vais y arriver, protesta-t-elle, juste avant que le bâtonnet brise sous la tension.

Il avait passé assez de temps aux côtés de Gaira pour savoir que, dans ces cas-là, il valait mieux ne rien dire. Seulement, il ne put contrôler sa réaction instinctive.

— Je te fais rire ?

— Pas du tout. M'autorises-tu au moins à creuser ici ? dit-il en indiquant du bout de sa botte un carré de terre dense et tassée.

Lioslath avait trouvé une belle piste d'animaux, bien dessinée. C'était un bon endroit pour déposer des pièges, il fallait le reconnaître…

Elle se redressa et lui tendit un rouleau de corde tressée. Ramassant un caillou acéré pour creuser dans la terre, Bram planta une baguette assez profondément pour qu'elle ne se brise pas.

— Je pensais que tu serais plus douée pour cela, plaisanta-t-il.

— Je suis douée, répliqua-t-elle. Ne te l'ai-je pas prouvé, pendant le concours ?

— Je ne parle pas de la chasse, mais de creuser, comme pour ton tunnel secret.

Il leva les yeux vers elle pour guetter sa réaction. Un peu

coupable, un peu mal à l'aise, elle ne répondit pas. Mais ce n'était pas tout : il y avait une sorte de douleur sourde, dans son regard…

— Je pense te comprendre, reprit-il d'une voix plus douce. Tu as entretenu ce tunnel pour fuir ta famille, n'est-ce pas ? C'est pour cela que tu ne voulais pas que les autres apprennent son existence.

— Doit-on vraiment parler de cela maintenant ?

Elle lui tendit une nouvelle baguette à planter.

Non, ils n'avaient pas besoin d'en parler. Jamais. A l'arrivée du printemps, Bram serait parti.

— J'ai une famille, moi aussi, tu sais. Je n'avais pas de tunnel secret et, honnêtement, j'ai parfois eu envie de pouvoir fuir, moi aussi.

Lioslath poussa un profond soupir et se détourna.

— Je ne l'utilise plus pour m'éloigner des miens, à présent. Si j'ai entretenu ce passage, pendant toutes ces années, c'est parce que ma belle-mère avait l'habitude de m'enfermer dans la réserve, sous le plancher.

Bram en eut le souffle coupé. Personne ne lui avait parlé de cela. Les genoux tremblants sous le choc, il se redressa et essuya ses mains couvertes de terre, prêt à la réconforter, à la prendre dans ses bras. Mais elle ne le regarda pas.

— Tiens, prends cela, dit-elle simplement en lui donnant une sacoche, un arc et des flèches.

Sans attendre sa réponse, elle rejoignit rapidement un arbre et y grimpa avec souplesse.

Il arrivait souvent qu'un membre d'une partie de chasse se perche dans un arbre pour guetter la moindre trace de proies, mais il ne s'était pas attendu à la voir faire cela si vite.

Il ne pouvait plus sous-estimer son talent, à présent.

— Où sont-ils ? murmura-t-il.

Le souffle court, il la regarda se pencher dangereusement sur la branche la plus haute.

— Sur ta gauche, un peu plus loin, répondit-elle dans un souffle.

Trop inquiet pour sa sécurité, il ne suivit pas son signe de main et resta là, à la regarder descendre. Quand elle fut enfin revenue sur la terre ferme, il l'attira contre lui.

— La piste, lâcha-t-elle d'une voix à peine audible.

Bram sentit le cœur de Lioslath battre plus fort sous sa chemise. Seigneur, qu'il aimait ses cheveux courts. Qu'il aimait être là avec elle, dans cette forêt sauvage.

Comment avait-elle pu supporter une vie si rude, toutes ces années ?

— Lioslath ? Je ne savais pas que le tunnel…

— Je ne veux pas parler de cela, coupa-t-elle vivement.

— Alors pourquoi le mentionner ?

— Parce que tu m'as parlé d'Irvette… et parce que nous sommes mariés, à présent. Mais je ne peux pas t'en dire plus.

Bram ne voulait pas la lâcher, pas encore. Sa voix tremblante trahissait sa douleur. Elle avait trop souffert.

Seulement, tout comme elle, il voulait vivre au moins une journée d'insouciance.

— Moi aussi, je veux profiter de cette chasse, tu sais, répondit-il.

Pour le moment, il valait donc mieux s'arrêter là.

S'écartant de quelques pas, elle garda les yeux baissés et lui indiqua la piste fraîche.

— Regarde, des traces de cerf toutes neuves. Je pensais que la saison serait trop avancée pour en trouver, mais j'ai vu le troupeau, de l'autre côté de la colline. Le vent va nous avantager, dissimuler notre odeur, et les bêtes sont suffisamment matures.

— Suffisamment ? C'est-à-dire ?

Les cerfs matures avaient déjà des bois formés…

De nouveau, Lioslath haussa les épaules.

— Suffisamment. En tout cas, c'est mieux pour nous.

Mieux ? Ce devait être des cerfs adultes — dangereux.

Comme tout le reste en elle, sa méthode de chasse était inattendue. Bram avait pu remarquer qu'elle ne se souciait ni du fort, ni de la nourriture, ni de la bonne marche de la maison. Mais ici, dans la forêt, elle paraissait plus vivante… Elle rayonnait.

— Comment t'es-tu entraînée ?

— Pour quoi ? La chasse ? lança-t-elle d'un air absent. Le père d'Aindreas nous a appris tout ce qu'il sait. C'est le meilleur pisteur du clan.

A ces mots, Bram oublia la chasse, le pistage, ou les cerfs qui les attendaient, plus loin.

— Aindreas ? s'étrangla-t-il presque. Tu as déjà chassé avec lui ?

— Bien sûr. Je ne peux pas traquer de grosse proie toute seule, ce ne serait pas prudent.

— Et… tu étais habillée comme cela ?

— Evidemment !

Elle jeta un rapide coup d'œil à ses vêtements qui soulignaient la forme effilée de ses cuisses, puis reprit sa route entre les arbres sans se soucier de lui.

— Que veux-tu que je porte d'autre ? Tu as déjà essayé de chasser dans une robe, toi ?

Bram ne répondit pas. Il n'aimait pas l'idée de la voir chasser avec Aindreas. Il l'avait vue habillée ainsi, avait été en tête à tête avec elle dans la forêt. Aindreas l'avait vue grimper aux arbres et se laisser souplement couler au sol, tout comme lui. Et cela ne lui plaisait pas. Lioslath était *sa* femme.

Temporairement, se répéta-t-il une nouvelle fois. Tout ceci n'était que temporaire. Il avait le devoir de protéger son clan. Il avait le devoir de rentrer chez lui.

Mais quand il serait parti, Aindreas, lui, serait toujours là, avec elle.

Il fallait à tout prix qu'il retrouve son équilibre. Il y était toujours arrivé, par le passé, via son sens de l'humour, sa capacité à se distraire aisément.

— Pour être franc, je l'ai déjà fait, lança-t-il.

Lioslath s'immobilisa.

— Tu as fait quoi ?

— Chasser en robe.

De nouveau, les sourcils de Lioslath se froncèrent et Bram ne put réprimer un sourire.

— On m'a toujours dit que j'ai chassé toute ma vie, même dans le ventre de ma mère !

Lioslath eut un petit sourire, furtif, presque imperceptible, et Bram voulut en voir plus. Pourquoi voulait-il la voir sourire ? Cela ne faisait pas partie du plan !

— Si je comprends bien, tu aimes être ici, reprit Lioslath au bout de quelques instants.

— Ici ? Au milieu des arbres ? Oui, bien sûr.

Cherchant à tout prix à oublier ce presque sourire, il donna un petit coup du bout de sa botte dans un monticule de terre.

— Tu viens souvent ici, n'est-ce pas ? demanda-t-il. Est-ce que tu as déjà emmené tes frères ?

— Ils ne me l'ont jamais demandé.

— Jamais demandé ? C'est impossible : Gillean rêve d'un couteau de chasseur, et Eoin n'arrête pas de demander à mes hommes comment ils se sont fait toutes leurs cicatrices !

Lioslath tourna vivement la tête, comme si elle avait vu quelque chose qui échappait à Bram.

— Nous chassons et j'ai besoin de silence.

Quand elle s'enfonça à nouveau dans la forêt, il la laissa s'éloigner. Elle évitait ses questions et c'était probablement mieux comme cela. Peut-être avait-elle besoin d'oublier la tension et le désir de la nuit, tout comme lui… Et il valait mieux ne pas y penser, cela ne l'aiderait absolument pas à se concentrer sur son but.

Elle atteignit bientôt un petit groupe d'arbres et un bosquet de buissons. Là, elle s'arrêta et Bram ne put réprimer un soupir. Trop fort. Elle lui jeta un regard assassin auquel il répondit par un sourire machinal.

— Reste là, murmura-t-elle.

— Tu ne restes pas avec moi ?

De nouveau, Bram se moquait d'elle.

Bien qu'il se réfugiât derrière sa bonne humeur et ses éclats de rire, Lioslath commençait à penser qu'il la comprenait, d'une certaine manière. Après tout, il aimait la chasse et la forêt tout autant qu'elle. Il semblait comprendre pourquoi elle avait eu besoin d'entretenir son passage secret, pendant toutes ces années, et pourquoi elle ne désirait pas en parler. C'était presque comme s'ils commençaient à trouver un accord tacite. Elle ne s'y était pas attendue et ne pouvait certainement pas s'y fier. Pas encore, en tout cas.

Si elle devait un jour se confier, dépendre de lui, elle aurait encore besoin de temps pour y parvenir.

Elle fit donc de son mieux pour ignorer le pas déterminé de Bram et les regards qu'il lui lançait — tout comme elle tâchait d'ignorer ses plaisanteries, ses rires trop forts alors qu'il savait très bien que la traque nécessitait un maximum de discrétion.

— Je veux que tu restes ici, sans bouger, et que tu ne dises pas un mot, reprit-elle dans un souffle.

Il avait raison en pensant qu'elle voulait fanfaronner, mais elle ne pourrait jamais lui prouver sa valeur tant qu'elle restait là, à l'admirer et à se laisser entraîner par les charmes de sa voix.

— Soit tu chasses avec moi, soit tu agis contre moi. Fais-moi confiance ou repars au fort, ajouta-t-elle donc froidement.

— Oh, je te fais confiance, ne t'en fais pas…

Son sourire avait un éclat satisfait, content de lui, insupportable. Docile, cependant, il s'appuya contre un tronc.

Lioslath se glissa alors jusqu'à un second arbre, où elle ne serait pas sous le vent, et ajusta sa position pour être mieux placée et attendre sans se faire de crampes.

Ils allaient peut-être rester là des heures avant qu'une proie ose les approcher. A présent, c'était la seule chose à faire : attendre. Ne pas bouger. Ne pas faire de bruit.

Cette longue attente n'avait jamais posé de problèmes à Lioslath, auparavant. Mais aujourd'hui elle s'emplissait d'une sorte… d'espérance. Une anticipation qu'elle ne se connaissait pas courait dans tout son corps ; et ce n'était pas la peine de se demander d'où ce sentiment venait.

C'était Bram. C'était la faute de Bram, qui était installé à quelques pas d'elle, aussi immobile que le tronc moussu contre lequel il était appuyé. Bram, qui lui avait effleuré la main avant de la laisser s'éloigner. Cette simple caresse avait suffi à éveiller tout son corps, à le mettre en alerte. Même maintenant, elle aurait juré sentir encore le contact de sa main chaude sur sa peau.

Elle aimait ses cheveux rassemblés en queue-de-cheval, sur sa nuque, ses vêtements de couleurs sombres, d'une étoffe fine, tissée serrée, épousant son corps comme une seconde peau. Il avait l'air à son aise, ainsi, et ces atours si humbles lui allaient bien mieux que ses pourpoints trop raides.

Si elle avait raison, s'il se sentait réellement mieux vêtu comme cela, pourquoi avait-il porté ses autres tenues luxueuses pendant toutes ces semaines de siège ?

Elle le préférait ainsi. Elle préférait cette image d'homme simple, indomptable, qui riait trop facilement, mais savait aussi se montrer bon et patient.

Et elle le… désirait. Elle sentait la naissance de ce désir dans son propre souffle trop saccadé, dans son réflexe de le regarder à la dérobée, à chaque instant. Dans son sang qui bouillonnait au souvenir de la nuit qu'ils venaient de passer.

Elle sentait aussi ce feu passionné dans les œillades de Bram. Il y avait une certaine tranquillité en lui, qui bridait son énergie et l'obligeait au calme.

Les arbres aussi gardaient leur instinct profondément vivant sous contrôle. Ils ne bougeaient pas, puissants et ancrés en terre, mais chacune de leurs feuilles foisonnait d'une vie qui voulait à tout prix se libérer.

Les arbres avaient toujours permis à Lioslath de se sentir à sa place, de respirer plus librement. Et Bram lui offrait le même havre de paix. Quand elle était en pleine forêt avec lui, elle respirait librement aussi.

A force de regarder Bram qui la dévisageait, lui aussi, elle faillit ne pas voir le mouvement furtif à sa gauche qui trahit l'arrivée du cerf dans leur petit bosquet.

Troublée, mais aussi soulagée que ses pensées l'aient aidée à ne pas bouger, elle encocha sa flèche, visa et tira.

Chapitre 16

— Dis-moi ce qui s'est passé quand les Anglais sont venus, lança Bram.

Lioslath sursauta et coupa le lapin qu'elle dépeçait. Cela faisait des heures qu'elle avait abattu le cerf. Ils étaient revenus vers leurs pièges pour récupérer leurs autres proies, et pendant tout ce temps ni Bram ni elle n'avaient échangé le moindre mot. Ils s'étaient contentés de travailler, côte à côte, à leur aise dans le silence de la forêt — comme s'ils avaient fait cela ensemble toute leur vie.

Bram paraissait heureux d'être avec elle. Lioslath, en revanche, avait du mal à contenir les émotions bouillonnantes qui l'envahissaient ; des émotions qu'elle n'avait pas ressenties depuis si longtemps, qu'elle avait cru ne plus jamais ressentir. Seulement, depuis sa rencontre avec Bram, tout arrivait si vite…

— Les Anglais ? répondit-elle au bout d'un instant. Je t'ai déjà raconté cela.

— Peut-être, mais tu ne m'as pas encore *tout* dit, n'est-ce pas ?

En effet, elle ne lui avait pas tout avoué. Et dire qu'elle avait cru qu'il lui accorderait un peu de répit, pendant la chasse.

— Je sais déjà que personne n'a été tué et j'ai vu les dégâts qu'ils ont causés, mais je ne sais pas comment *tu* te sens.

Voulait-il réellement qu'elle étale ses sentiments devant lui ? Elle revit soudain les torches qui flambaient dans la nuit, et les Anglais s'abattant sur ses terres comme un long manteau noir et sinistre. A tout moment, elle avait cru qu'ils mettraient le feu à leurs maisons et ne partiraient pas tant qu'ils n'auraient pas massacré le clan tout entier. Mais les torches avaient continué à briller dans la nuit pendant qu'ils récoltaient tout ce qu'il y avait de comestible dans les champs, pendant qu'ils buvaient toute la bière et volaient les vivres engrangés pour l'hiver. Les torches avaient flambé pendant des jours, puis elles avaient été jetées dans les champs pour brûler tout ce qui pouvait y rester de récupérable…

— Je… Il fait bien trop beau pour parler de cela, balbutia-t-elle finalement.

— Pourtant, il y a encore des choses que je ne sais pas au sujet des Anglais, et de tes cheveux. Je suis sûr que ce n'est pas la coquetterie qui te pousse à les garder si courts : tu travailles trop dur pour te soucier de ton apparence.

Ainsi, il avait remarqué qu'elle continuait à couper les quelques boucles qui se reformaient. Etait-il donc incapable de comprendre quand passer les choses sous silence ? Elle avait besoin de temps avant d'accepter d'avoir à nouveau les cheveux longs, et n'avait certainement pas envie de se justifier.

— Le travail nous donne un but dans la vie, et il y a toujours eu tant à faire, ici.

— Et les apparences ? N'ont-elles pas leur utilité, elles aussi ?

Lioslath avait toujours su qu'elle n'était pas jolie. Jusqu'à présent, elle ne s'en était pas souciée ; mais, pour une raison qu'elle ne comprenait pas vraiment, elle commençait à changer d'avis.

— Non, répliqua-t-elle. Les apparences sont comme vos jeux et vos distractions. Elles sont futiles. Elles ne nourrissent pas les familles dans le besoin.

— Pourtant, la chasse que tu apprécies tant est un jeu, aussi. Tu aimes ce jeu comme j'aime les miens.

Jouer. Elle n'avait pas joué depuis la mort de sa mère.

— Cette conversation est absurde !

— Et tu es entêtée. Tu as tant de choses à me dire encore, et tu fuis toute conversation…

— Ce n'est pas le moment de parler ! Nous avons encore des animaux à dépecer et à accrocher aux arbres avant de nous occuper du cerf, répliqua-t-elle.

Ils avaient traîné la bête jusque-là et l'avaient posée un peu à l'écart. Plus tard, ils passeraient des crochets dans les tendons, derrière ses sabots, et le pendraient à un arbre, mais, pour le moment, les lapins leur donnaient suffisamment de travail.

Malgré tout, elle tremblait en sentant l'attente de Bram, son impatience silencieuse, et elle maniait le couteau avec moins d'assurance que d'habitude. Elle avait déjà du mal à écorcher les petites bêtes ; qu'en serait-il, quand elle s'attaquerait au cerf ?

— Lioslath…

Acharné. Acharné depuis que sa silhouette était apparue au sommet de la colline. Si elle voulait mettre fin à ses questions continuelles, elle allait devoir trouver un moyen de détourner ses pensées.

— Nous avons du travail à faire. Pourquoi refuses-tu de te concentrer sur ta proie ?

Elle lui jeta un rapide regard en coin. En apparence, il paraissait entièrement absorbé par sa tâche. Néanmoins, elle le connaissait suffisamment pour savoir que ce n'était qu'une façade.

— Tout cela n'a aucun sens, Bram ! Pourquoi parler de mes cheveux maintenant ? Alors que…

— Parce que tu restes penchée sur ton travail, Lioslath, et que je peux voir… Tiens, tu as des grains de beauté derrière l'oreille.

Ses grains de beauté. Encore. Il ne cessait d'en parler. Sans doute saurait-il se montrer tout aussi acharné sur ce sujet.

Elle revint vers son lapin. Bram ne dit plus rien. Il devint même trop calme. Le cœur battant, elle perdit tout contrôle de ses mouvements et finit par abandonner, jeter son malheureux lapin par terre pour se rincer les mains et laver son couteau à l'aide de leur outre.

— Je ne veux pas parler de mes cheveux.

Hélas, elle comprit son erreur à l'instant même où elle prononça ces mots. Renchérir alors que Bram avait finalement décidé de se taire ne faisait que trahir ses sentiments, son regret d'avoir dû couper ses cheveux.

Tout cela, c'était à cause de la nuit précédente, de ce matin, de la chasse avec lui. Elle ne pouvait s'empêcher de remarquer à quel point il s'adaptait au décor sombre de la forêt — comme s'il appartenait à cette terre.

Jamais elle n'avait avoué ses sentiments à qui que ce soit. Pourquoi les avouerait-elle à Bram ? Qu'en ferait-il ?

Qu'en avait-il fait, jusqu'à présent ?

Un peu méfiante, elle le regarda finir de dépecer son lapin et s'occuper de celui qu'elle avait abandonné par terre.

Voilà qu'elle devenait oisive et laissait ce Colquhoun travailler pour elle ! Cela ne fit qu'aggraver son trouble. Elle se mit donc à arpenter le bosquet, à piétiner. Sans résultat.

Bram semblait attendre une réponse, comme s'il était certain qu'elle allait finir par arriver. Et elle commença d'ailleurs à croire qu'il avait raison : elle ne parviendrait pas à se taire plus longtemps.

— Tout est arrivé si vite, lâcha-t-elle dans un souffle, la gorge nouée.

L'aveu ne serait pas un soulagement pour elle ; mais une lame enfoncée dans sa plaie encore à vif. Néanmoins, elle ne put se retenir.

— Je crois que j'ai plus coupé ma peau que mes cheveux.

Cette explication allait-elle suffire à Bram ? Clairement, non, à en croire sa petite grimace. Pensait-il aux blessures ? Le sang n'avait pas eu la moindre importance pour Lioslath, sur le moment. Ce qui l'avait torturée, c'était de voir ses longues mèches brunes tomber au sol, tout autour d'elle.

Bram acheva d'écorcher son lapin et se redressa.

— Cela t'a blessée, mais pas que physiquement, dit-il en plaçant soigneusement sa proie sur une bûche.

Il n'avait même pas levé les yeux sur Lioslath, et pourtant, il savait. Comment avait-il pu la percer à jour en si peu de temps ? Etait-ce si simple pour lui ? Lui avait-il suffi de l'observer de loin, pendant toutes ces semaines, exactement comme elle l'avait fait ?

Peut-être voulait-il la comprendre autant qu'elle voulait le comprendre. Pouvait-elle se permettre de tout lui dire ? De lui faire confiance ?

Depuis le mariage, elle avait vaguement l'impression que Bram voulait oublier le passé. Oublier la manière dont elle l'avait traité. Oublier les disputes qu'ils avaient eues.

Ne devrait-elle pas faire de même ? Peut-être. Seulement, elle n'avait encore jamais eu quelqu'un avec qui parler.

— Je n'ai pas l'habitude de ce genre de conversation…

— Je sais, répondit-il en attrapant l'outre pour se laver les mains à son tour. Je l'ai remarqué. Dis-moi… peux-tu me pardonner de l'oublier, parfois ?

— Tu veux que je te pardonne parce que je ne parle pas ?

— Je veux que tu me pardonnes parce que je te pose toutes ces questions. C'est juste que… J'oublie. Les choses n'étaient pas censées se passer comme cela, entre nous.

Il soupira et lui lança un petit sourire.

— Je sais bien que mes questions n'ont pas leur place dans notre accord. Je n'ai aucun droit de savoir tout cela et tu n'as pas à me le dire.

Lioslath attendit quelques instants qu'il continue, mais il s'interrompit.

Il n'avait pas cessé de lui demander la vérité au sujet de ses cheveux, et voilà qu'il se taisait. Est-ce que tout cela faisait partie de son plan ? Tout comme ses aveux au sujet de sa famille, de sa sœur Irvette. Il disait que les choses n'étaient pas censées se passer comme cela. Avait-il été surpris, lui aussi, par les sentiments naissants de Lioslath pour lui ?

— Ma mère avait des cheveux longs, lâcha-t-elle soudain. Ils étaient magnifiques. Pas de la même couleur que les miens — je tiens cela de mon père — mais flottant en larges boucles jusqu'à sa taille. Mes cheveux… étaient comme les siens.

L'immobilité soudaine de Bram fut le seul détail qui trahit sa surprise. Au bout de quelques secondes, il demanda :

— Comment était ta mère ?

— Elle était bonne, gentille. Aimante.

Lioslath continuait à faire les cent pas. Ses jambes tremblaient autant que ses mains, comme si elles ne pouvaient plus la porter.

— Le clan l'adorait, et mon père aussi. Elle était déterminée et aimait diriger la vie au fort, mais jamais elle ne se montrait dure. Jamais elle n'élevait la voix. Tant qu'elle était là, le fort était un vrai foyer, confortable et chaleureux.

Elle ne parvint pas à en dire plus, ses paroles l'étouffaient et ses yeux s'emplirent de larmes — qu'elle n'avait encore jamais versées. Elle jeta un coup d'œil autour d'elle, cherchant quelque chose à faire, mais il ne restait que le cerf et elle aurait besoin de son aide pour le dépecer. Elle se sentait si faible, si vulnérable. Même la gentillesse de Bram ne suffisait pas à la convaincre d'en dire plus.

Bram n'insista pas. Cependant, il fut incapable de se détourner pour laisser Lioslath retrouver un peu de calme. Lui-même avait du mal à contenir ses émotions.

Elle avait déjà traversé tant d'épreuves. Elle avait tellement souffert. Comment pouvait-elle ignorer la vérité ? Il fallait qu'il le lui dise.

— Je ne doute pas de la beauté de tes cheveux, commença-t-il, et j'imagine qu'ils étaient aussi noirs et profonds que le ciel nocturne. Mais… je les aime beaucoup comme cela.

— Courts comme ceux d'un homme ? Ils sont plus courts que les tiens. Ils ne bouclent presque plus. C'est pour cela que je continue à les couper. J'ai peur qu'en repoussant ils ne ressemblent plus à ceux de ma mère.

Elle avait un caractère difficile, pouvait être entêtée, mais elle méritait plus que ces faibles paroles de réconfort.

Pouvait-il seulement lui donner plus ? Il l'avait serrée dans ses bras, la nuit précédente, sans pour autant s'accorder le plaisir qu'il lui avait offert. Même s'il s'était laissé aller à l'extase, cela n'aurait rien changé. Il se sentirait toujours aussi tendu, déchiré par ses instincts protecteurs et son désir d'embrasser enfin cette femme.

— Tes cheveux sont très beaux comme ils sont, Lioslath, reprit-il.

Elle fit volte-face, sans doute pour protester ; mais il la fit taire d'un geste de la main. C'était à lui de parler, et elle devait l'écouter. Bien qu'il eût du mal à contenir son désir pour elle, il s'avança d'un pas.

— Je trouve cette coiffure magnifique, parce qu'elle me permet de voir tes yeux, de voir à quel point ils reflètent le ciel.

Cet aveu parut la surprendre et ses yeux — justement — s'ouvrirent plus grand. Oh ! qu'il aimait cela… Un peu trop, sans doute.

Il avait un devoir envers sa famille, une promesse à tenir vis-à-vis d'elle : ne pas consommer leur mariage. Il ne pouvait pas se permettre de la désirer à ce point.

— Si tes cheveux étaient longs, ils retomberaient et dissimuleraient ton visage, ton regard, ou ces sourcils qui se froncent quand tu es contrariée, continua-t-il. J'aime toutes ces expressions que tu peux avoir et je n'apprécierais pas que quoi que ce soit vienne les cacher.

Elle le dévisagea, l'air de plus en plus abasourdi, et Bram eut l'impression de se noyer dans le bleu pur de ses grands yeux.

— J'aime tes cheveux, car ils me laissent voir la courbe de ton cou, comme un chemin conduisant à ces grains de beauté, derrière ton oreille. Ce détail m'a peut-être poussé à te poser des questions que je n'avais pas le droit de poser et je le regrette, mais j'ai néanmoins envie de les goûter…

— Les goûter ?

Son désir pour elle ne faisait que grandir, grandir à chaque instant, avec chaque mot… et à présent, ce murmure de Lioslath suffit à mettre Bram à terre.

— Oui. J'ai besoin d'ajouter quelque chose à notre accord de mariage.

*
* *

Lioslath ne put réprimer un frisson. Bram la flattait, certes, mais il paraissait sincère. Son regard ne scintillait pas, moqueur, et sa voix se faisait plus grave. En fait, il paraissait déstabilisé, torturé par l'aveu qu'il lui faisait — et *résigné*. Etait-ce normal, pour un homme, de parler ainsi à sa femme tout en ayant l'air si résigné ?

— Je ne comprends vraiment pas ton besoin de tout négocier, dit-elle.

— Qu'est-ce que tu veux dire ?

Il avança encore d'un pas.

— Nous avons passé un marché quand nous nous sommes mariés, comme ton père avec ma sœur. J'ai bien l'intention de tenir parole. Cependant, nos conversations et cette partie de chasse ne m'ont pas distrait comme je l'espérais — cela n'a fait qu'empirer les choses. Comme tu as été la première à modifier les termes de notre arrangement, je garde espoir, tu sais. Et je contre : je veux ajouter mes lèvres, ma bouche, mes baisers à notre accord.

Lioslath se sentait étrangement trop… ouverte à cette discussion, surtout après la chasse et leur tranquillité inattendue, en tête à tête. Avouer à Bram la vérité au sujet de ses cheveux et de la mort de sa mère était trop pour elle. C'était bouleversant. Accablant.

— Est-ce que c'est encore l'un de tes jeux ?

Bram eut un petit sourire.

— Tu as vraiment l'impression que nous jouons ?

— Non.

Comment pouvait-elle savoir quoi que ce soit au sujet des jeux, du marchandage, de tout cela ? Et voilà qu'il parlait de *baisers* ? Oh oui, elle les voulait, ces baisers !

— Lioslath, dis-moi, accepteras-tu que nous ajoutions cela à notre mariage ?

Il plaisantait, c'était certain : s'embrasser faisait *déjà* partie de tout mariage. Peut-être qu'il aimait simplement marchander…

— Non, lâcha-t-elle dans un souffle, sans vraiment savoir pourquoi elle lui faisait obstacle.

Elle commençait sans doute à être fatiguée de ces perpétuelles négociations, de ces conversations qu'il tenait à avoir avec elle.

De plus, la tension qu'elle sentait en lui n'était rien par rapport à celle qui la torturait. Il l'enveloppait peut-être de ses paroles, de ses propositions de baisers, des promesses qu'il lui faisait à demi-mot ; mais c'était bien elle qui s'accrochait à lui, fermement, jusqu'à avoir l'impression de manquer d'air, de ne plus pouvoir respirer.

— Non ? demanda-t-il d'un air surpris. Pourtant, tu as toi-même accepté mes mains, et ce que je demande n'est pas vraiment plus important… A moins que la nuit dernière n'ait été trop pour toi ? Que tu n'aies pas supporté ce que mes mains ont fait ? *Nos* mains.

Elle ne remarqua pas qu'elle reculait, jusqu'à ce que son dos se retrouve coincé contre un tronc d'arbre. Hélas, Bram, lui, ne perdit pas de temps. Il s'appuya des deux mains contre le tronc pour l'emprisonner entre ses bras. Il était si proche, à présent, qu'elle pouvait voir en détail ses traits, son visage. L'ombre des feuillages rendait ses yeux couleur d'orage plus noirs et ses cils plus envoûtants. Ses pommettes bien marquées étaient un peu rougies par le grand air, alors qu'il se tenait parfaitement immobile.

— J'essaie juste de rester… pratique. Cette forêt n'est pas le lieu idéal pour tout cela, bafouilla-t-elle.

Et c'était vrai : elle voulait tellement plus que ses baisers, et c'était impossible ici.

Mais Bram ne se laissa pas décourager.

— Pas idéal ? demanda-t-il d'une voix rauque, irrésistible.

— Le sol est humide, Bram.

Elle surprit ses yeux se posant un instant sur ses lèvres. Quand il reprit la parole, sa voix ne fut plus qu'un murmure enflammé :

— Oh ! Lioslath, tu ne sais pas ce que tes paroles me font subir…

Son souffle, ses mots la caressaient et elle voulait *plus*. Quand donc sa colère s'était-elle muée en désir ? C'était presque comme si tout ce qui s'était passé entre eux les avait menés à cet instant précis. Comme si le siège mené par Bram et ses questions perpétuelles l'avaient manipulée jusqu'à ce qu'elle arrive là, le dos contre un arbre, sans la moindre échappatoire — à la merci de cet homme. De cet homme, et de ses propres désirs incontrôlables.

— Qu'est-ce que te font mes paroles ? demanda-t-elle, le souffle court.

Il se pencha vers elle et ses lèvres effleurèrent sa tempe, sa joue.

— De tels mots ont le pouvoir d'enflammer l'imagination d'un homme, tu sais. Et mon imagination me pousse à vouloir te posséder.

— Jamais encore mes paroles n'ont provoqué de tels résultats.

Il eut un petit rire. Son souffle lui chatouilla le creux du cou et elle ne put réprimer un frisson.

— Tu vois, même cette simple réponse a quelque chose d'ensorcelant.

Elle ne savait peut-être pas ce qu'il voulait d'elle ; mais elle l'avait laissé faire, la veille, leurs doigts enlacés et savait à présent que ce qu'il lui avait fait découvrir n'était qu'un commencement. Tout comme les baisers.

Et pourtant, au lieu de se laisser emporter, il continuait à parler. Toujours parler.

— Ensorcelant ?

— Oui, et, pour être honnête, je serais prêt à tuer n'importe quel autre homme qui tomberait sous ton charme.

Ses paumes effleurèrent les épaules de Lioslath, descendirent le long de ses bras jusqu'à ses mains, pendantes, inanimées. Il remonta tout aussi lentement. Chaque caresse, douce, patiente, brûlante éveillait un peu plus le désir de Lioslath. Lui faisait un peu plus perdre le contrôle de ses émotions.

Quand le bout de ses doigts rudes se glissa dans son cou, elle ne put retenir un petit gémissement.

— Pourquoi fais-tu cela ? lâcha-t-elle.

Pourquoi continuait-il à parler, à marchander, alors qu'elle ne voulait que son corps contre le sien ? Si jamais il ressentait le besoin de la toucher, alors elle devait céder au besoin de le comprendre. Et l'embrasser. Enfin.

— Je savoure la douceur de ta peau et me dis que j'ai envie de plus.

De nouveau, il se pencha sur elle et continua ses caresses tentatrices. Ses lèvres effleurèrent une nouvelle fois son cou, sa gorge — elle les sentait à peine se poser sur elle, et pourtant son corps fondait sous le feu de ces presque baisers.

— Laisse-moi t'embrasser, Lioslath… Tu n'imagines pas ce que tu me fais subir en me refusant cette faveur.

Encore des mots. Litanie languissante qui la pénétrait comme des poignards.

— Est-ce que tu ressens la même chose que moi, quand j'entends ta voix ?

Il ne répondit pas immédiatement.

— Ma voix ?

— Oui, ta voix se glisse en moi et me trouble, Bram.

— Vraiment ? Ma voix fait cela ?

Cette fois-ci, il eut un ton différent, indéfinissable.

— Oui.

Elle sentit son petit sourire plus qu'elle ne le vit.

— Ah, oui, je ressens la même chose. Ce qui m'étonne surtout, c'est que tu le sentes *et* que tu en parles. Que tu poses des mots sur tes émotions.

— Des mots sur mes émotions…

— Ce genre d'aveux a le don de satisfaire les hommes ; et je te préviens que je pourrais m'en servir, ma belle. J'en ai bien l'intention, d'ailleurs.

De nouveau, un sourire furtif.

— Tout comme je veux me servir de baisers.

Parler. Marchander. Négocier. Encore.

Il continuait à la caresser du bout des doigts, du bout des lèvres, mais elle sentait son corps se faire plus chaud et plus pressant contre elle. Il se laissait peu à peu aller à son animalité profonde. L'air même qui les séparait se faisait plus oppressant ; une torture trop délicieuse pour vouloir y mettre fin.

Le corps de Lioslath aussi s'abandonnait à ses instincts les plus sauvages, désirant Bram. Désirant sa puissance, sa chair.

Soudain, il frémit et s'arracha à elle, ses yeux encore emplis de reflets passionnés et le souffle court, laissant ses caresses s'imprimer en elle, l'emporter plus encore dans un océan de sensations.

Elle vit ses yeux s'assombrir encore plus — tout comme les siens, sans doute — puis sa vision se troubla. Le monde autour d'elle semblait s'être évanoui et tout ce qu'elle voyait encore était le regard interrogateur de Bram.

— Arrête de parler, murmura-t-elle.

Elle ne le comprenait pas, certes, mais elle était fatiguée de ces négociations. Ils étaient mariés et elle voulait qu'il l'embrasse.

— Lioslath, je t'en supplie, notre accord.

Déchirée entre désir et frustration, elle finit par céder.

— Oui, Bram, j'accepte. S'il te plaît, je veux ta voix, tes mains… tes baisers.

Sans lui laisser le temps de reprendre son souffle, il plaqua ses paumes contre ses joues, ses doigts glissés dans ses cheveux courts, et son corps si puissant la pressa contre le tronc rugueux. Lioslath sentit son désir s'enflammer en un instant. Abandonnée à ses émotions, elle entrouvrit les lèvres pour respirer plus librement (ou crier, comment savoir ?) et sentit enfin la bouche de Bram sur la sienne.

Ils l'avaient tellement attendu, ce baiser… Ce fut un instant de plaisir irrésistible et pourtant pas suffisant. Elle voulut protester mais ne put que gémir et Bram y répondit par un grognement presque bestial.

Ce baiser la bouleversa plus encore quand elle sentit les mains de Bram lâcher ses cheveux pour descendre le long de sa nuque. Il lui mordilla doucement la lèvre, l'aspira entre les siennes et Lioslath oublia même comment respirer.

Elle eut alors envie de libérer sa crinière fauve, de sentir sous ses doigts la moiteur de son cou en dépit de la fraîcheur de cette matinée.

Elle l'attira donc contre elle, pour sentir toute la force virile de son corps. Mais ce n'était encore pas assez… Elle voulait d'autres baisers. Plus sauvages. Plus affamés.

Ils étaient seuls dans la forêt et elle voulait tout de lui.

— Lioslath ?

Son nom prit des accents rudes tandis que les lèvres de Bram s'attardaient au-dessus des siennes — suffisamment près pour qu'elle puisse presque les toucher et à la fois beaucoup trop loin.

Elle planta ses ongles dans les épaules de Bram pour l'empêcher de s'éloigner.

— De quoi as-tu envie, ma belle ? Je peux t'embrasser encore, tu sais, souffla-t-il. Je peux t'offrir plus de baisers, plus de caresses. Laisse-moi te montrer.

Oh oui… C'était tout ce dont elle rêvait.

Bram pencha la tête et embrassa le grain de beauté posé au-dessus de sa lèvre, puis descendit le long de sa mâchoire et de son cou.

Dans un soupir de contentement, elle se tourna un peu, pour lui permettre de continuer, d'explorer son épaule, sa gorge. De nouveau, les mains de Bram glissèrent le long des siennes, remontant sur ses bras pour effleurer du bout des doigts sa gorge pendant qu'il l'embrassait encore et encore. Ses pommettes, sa mâchoire, son cou.

Lioslath ne comprenait pas vraiment ce qui se passait, mais son corps, lui, semblait instinctivement reconnaître cette routine sensuelle.

Bram continua à la caresser, du bout des doigts, avant d'épouser la forme de ses seins de la paume, à travers l'étoffe rude de la tunique. Lioslath sentit ses tétons durcir, se tendre pour mieux se nicher au creux des mains chaudes de Bram. Il la caressa encore et encore, plus audacieux à chaque seconde, tout en l'embrassant avec passion.

Oh ! ces baisers ! Elle aurait voulu que ce moment ne finisse jamais. Instinctivement, elle s'était détachée de l'arbre pour s'appuyer contre lui, pour ne rien perdre de ses lèvres et de ses mains. Elle-même le prit dans ses bras, pour maintenir son équilibre en dépit du vertige qui s'était emparé d'elle, et partager un peu plus la chaleur de leurs corps enfiévrés.

Soudain, Bram s'agenouilla devant elle, la laissant s'appuyer sur ses épaules.

— Qu'est-ce que tu fais ? demanda-t-elle dans un souffle.

— Je t'embrasse. Moi seul le peux. Moi seul en ai le droit. Mais nous ne pourrons nous permettre de faire quoi que ce soit de plus. Même cela… Même cela pourrait être trop pour moi.

— Tu veux m'embrasser, à cet endroit ?

Il avait laissé ses mains courir sur ses cuisses et la chaleur de ses paumes les enflamma lentement. Lioslath ne put réprimer un nouveau frisson. Elle se cambra, fit tout son possible pour que les mains de Bram poursuivent leur ascension, trouvent son sexe, brûlant et palpitant.

Le visage en feu, trahissant son désir et son plaisir, Bram eut un petit hoquet étranglé et posa sa joue contre le ventre de Lioslath dans un soupir.

— Il y a donc un autre moyen de s'embrasser, murmura-t-elle, comprenant finalement ce qu'il avait voulu dire.

Il parut amusé par sa remarque et lui renvoya un sourire presque diabolique. Oui, elle l'avait compris et il le savait très bien…

— Mais, tu ne peux pas faire cela ici, lâcha-t-elle, soudain inquiète.

— Bien sûr que si, c'est possible. Me laisseras-tu faire ? M'autoriseras-tu à t'embrasser, ici ?

Oh ! sa voix, ses baisers. Tout en lui ne faisait qu'amplifier son désir jusqu'à ce qu'elle ne puisse plus se contrôler.

— Oui, je t'en prie, Bram. Fais-le.

Comme s'il avait craint qu'elle s'échappe, il passa les bras à l'arrière de ses cuisses, effleurant de ses pouces l'arrondi de ses fesses.

Le souffle court, Lioslath sentit alors ses doigts se glisser plus loin, entre ses jambes, jusqu'à atteindre son centre. *Là*.

— J'aime beaucoup cette tenue de chasse, tu sais, murmura-t-il. Je l'aime parce qu'il dévoile la forme de tes jambes, et…

Il n'acheva pas sa phrase, mais laissa ses doigts s'aventurer plus haut et elle sentit ses joues s'enflammer.

Incapable de parler, de réagir, elle sentit les doigts de Bram appuyer sur l'intérieur de ses cuisses pour qu'elle ouvre les jambes et obtempéra sans la moindre hésitation.

— Encore un peu.

Sa voix douce se faisait aussi caressante que ses paumes.

Elle écarta encore un peu les pieds. Elle était peut-être encore entièrement vêtue, mais elle se sentait nue devant lui — et elle le serait bientôt…

— Oui, voilà…

Il ne la quittait pas des yeux et laissa ses mains remonter tendrement le long de ses jambes pour atteindre sa taille. Là, sans la prévenir, il dénoua la ceinture de son pantalon et le laissa tomber sur ses chevilles.

Sa courte tunique et sa position ne devaient plus rien cacher de son intimité et Bram prit son temps pour explorer du bout des doigts ses jambes, l'arrière de ses genoux.

Il était si doux… Et pourtant, elle sentait à chaque instant la rudesse de ses cales et la puissance de ces doigts exercés aux armes depuis tant d'années.

Peut-être était-ce pour cela que ses mains la fascinaient tant. Les doigts de Bram savaient parler à son corps comme sa voix savait l'envelopper de sa douceur.

Elle sentit d'ailleurs peu à peu que son corps comprenait. Sa peau, ses membres *savaient*. Lorsque les mains de Bram s'approchèrent encore et encore de son sexe et s'arrêtèrent, elle se surprit à vouloir écarter les jambes un peu plus sans vraiment comprendre pourquoi.

— Je veux t'embrasser, murmura Bram d'une voix rendue rauque par le désir. Je veux t'embrasser pour soulager ton désir. Est-ce que tu me donnes ta permission ?

Pourquoi demandait-il sa permission ?

— Quelle question… Pourquoi est-ce que je te dirais non ?

Il eut un nouveau sourire amusé, comme si sa réaction le surprenait.

— Je ne voulais pas te déstabiliser.

— Mais tout cela est… déstabilisant, pour moi.

Il baissa les yeux sur ses jambes nues, sur son sexe. Ses mains effleurèrent encore sa peau, éveillant une tornade brûlante de désir en elle. Loin de la soulager, ses caresses ne faisaient que rendre son désir plus insoutenable encore.

— Oui, c'est déstabilisant, chuchota-t-il d'un air d'adoration.

— Pour toi aussi ?

— Je ne trouve pas de mots…

Ses doigts ne se contentaient plus de l'effleurer, à présent, mais la caressaient fiévreusement ; et ses paumes, plaquées sur sa peau, lui transmettaient leur chaleur.

— Laisse-moi plutôt te montrer, reprit-il.

Alors, sans un mot de plus, il l'embrassa. Une série de petits baisers à la fois étranges, merveilleux, et nécessaires. Des baisers qu'elle avait tant voulus, et pourtant… pourtant…

— Cela ne me soulage pas, gémit-elle. Pas du tout.

Les mains expertes de Bram se glissèrent entre ses cuisses pour poursuivre leurs caresses avec ardeur.

— S'il te plaît…

Elle sentit encore le contact furtif de ses doigts, la chaleur de sa peau à l'arrière de ses cuisses, puis se laissa emporter par le rythme de plus en plus rapide de ses baisers.

Abandonnée, elle retomba contre le tronc, uniquement soutenue par les bras de Bram passés autour d'elle.

Elle laissa ses baisers, ses lèvres, sa langue faire grimper la tension du désir. Encore. Et encore. Il jouait avec elle, faisait durer cette torture délicieuse au-delà du supportable. Puis, finalement, l'extase la saisit et elle perdit toute notion du temps, oublia la forêt et le monde qui l'entourait. Elle dut crier.

Bram ne pouvait plus s'arrêter. Il ne contrôlait plus ni ses mains, ni sa bouche. C'était si bon, de sentir Lioslath trembler sous ses doigts. Quand ses spasmes se muèrent en frisson, elle lui effleura le front du bout des doigts, comme pour le repousser, et il obtempéra.

— Ma beauté, ma chérie, tu ne sais pas ce que tu me fais subir, lâcha-t-il.

Son corps, frustré, le faisait souffrir ; mais c'était une douleur si douce, si désirable. Il aurait voulu partager avec elle cette jouissance chaque jour — et il le *pouvait*... Pensée dangereuse.

Il déposa encore quelques petits baisers le long des cuisses de Lioslath, lui laissant le temps de reprendre ses esprits. Comme elle se calmait, lui sentait son corps s'échauffer de plus en plus, jusqu'à ce qu'il craigne de ne plus arriver à se maîtriser.

— Tu ne sais pas ce que je veux te faire.

Lioslath eut du mal à reprendre son souffle. Tous les baisers de Bram ne l'avaient pas soulagée, bien au contraire : ce désir, qu'elle avait cru insoutenable, ne fit qu'augmenter encore. Oh ! ces baisers, ces paroles, cette voix rauque lui faisaient perdre tout contrôle !

Instinctivement, elle effleura à son tour du bout des doigts les quelques parties de son corps qu'elle pouvait atteindre : ses épaules, le dos de ses mains encore plaquées sur ses hanches.

Hélas, au lieu de l'encourager comme elle l'espérait, son geste le crispa.

— Je ne peux pas, dit-il d'une voix résignée. Pas ici.

Le sol de la forêt était encore humide, en effet, et ne leur offrirait pas un sanctuaire accueillant...

— Dans ce cas, rentrons à la maison.

— Non. Il ne faut pas que l'on rentre, pas encore. Je n'ose pas me faire confiance pour le moment, face à toi. J'irais trop loin.

Lioslath le comprenait de moins en moins. *Trop loin ?* Cela n'avait aucun sens.

Néanmoins, ils étaient mariés et elle devait tout faire pour essayer de comprendre son époux.

— Ne sommes-nous pas censés aller *trop loin*, justement ?

Il eut un soudain mouvement de recul, comme un prisonnier dont on vient de trancher les liens, puis s'immobilisa à tel point qu'elle ne voyait même plus sa tunique se soulever au rythme de sa respiration.

Cette réaction, si inattendue, la perturba. Soudain, sans lui pour la couvrir de son corps, elle sentit l'air froid de la forêt encore un peu embrumée mordre ses jambes nues.

Il lâcha ses cuisses, s'écarta d'elle, sans pour autant l'aider à remonter son pantalon — ou se lever. Non, il se contenta de rester là, agenouillé devant elle.

— Non, dit-il d'une voix aussi froide que le brouillard du matin, nous ne sommes pas censés aller plus loin — jamais. Nous ne devons pas… Pas vraiment… Si nous le faisons, je ne pourrai plus partir.

Il n'aurait pas pu la choquer davantage s'il l'avait tirée de la douce ombre protectrice des arbres pour l'exposer brutalement au soleil le plus agressif. Ses mots, si brutaux, la brûlaient, la traversaient comme des lances acérées. En quelques instants, elle se souvint de chacune de ses paroles quand il l'avait demandée en mariage, de chacune des conversations qu'ils avaient eues depuis le début. Quelque chose n'était pas normal. Elle devait se tromper, mal se souvenir. Ce n'était pas possible !

Le cœur battant, elle se rhabilla maladroitement, emportée par une soudaine et incontrôlable fureur.

— Tu veux partir ?

— C'est ce que nous avons prévu, ce dont nous avons discuté. Dès que ton clan sera en sécurité, à la fin de l'hiver, je partirai.

Elle ne répondit pas et il la dévisagea d'un air perplexe.

— Je te l'ai dit depuis le début : notre mariage sera comme celui de ton père.

— Mais, mon père a épousé ta sœur.

— Oui, c'était un mariage temporaire.

C'était impossible ! Ce devait encore être une de ses cruelles plaisanteries. Le mariage de Busby avait causé tant de tort au clan, tant de douleur. Il y avait eu des morts, à cause de cette union !

— Non, le mariage de mon père n'avait rien de *temporaire*, répliqua-t-elle faiblement.

— Il ne t'en a pas parlé ? Comment est-ce possible ?

Cette fois, Bram se leva, pâle et le souffle court.

— Je pensais que tu avais compris ! Cette union ne devait durer qu'un an et ne jamais être consommée. C'était un arrangement parfait pour ton père — tout comme pour nous.

Bouleversée, elle le dévisagea quelques instants. Il devait se moquer d'elle, ou mentir. Hélas, rien dans son regard ne trahit la moindre plaisanterie.

Une nouvelle fois, elle comprit à quel point elle était maladroite, peu habituée aux gens et aux conversations à double sens. Incapable de discerner la subtilité des marchandages ou les sous-entendus.

La gorge nouée, elle se fit violence pour répondre.

— Non, ce n'est pas vrai. Tu... Tu *plaisantes*.

— Bien sûr que non ! Ce mariage t'apporte ce que tu voulais : ma protection, ma fortune et, enfin, mon départ. Il te permettra de te débarrasser de moi, de me chasser de tes terres. Depuis le premier jour, c'est ce que tu désires, n'est-ce pas ? Que je parte. Comment peux-tu vouloir d'un vrai mariage entre nous ? C'est impossible !

— Tu... Tu ne peux pas être sincère, je ne te crois pas.

— Evidemment que je suis sincère, et tu l'étais aussi. Tu m'as épousé parce que tu voulais que je parte, que je disparaisse ; parce que tu n'as jamais voulu de moi ici. Donc, mon séjour ici...

— Est temporaire, cracha-t-elle sans lui laisser le temps de finir.

Elle eut l'impression de sentir ses jambes se dérober sous elle, de n'être plus qu'une enveloppe vide qui se consume et tombe en cendres. Si jamais elle restait là plus longtemps, à écouter ces mots cruels, à supporter cette nouvelle torture, il ne resterait plus rien d'elle, c'était certain.

Leur mariage n'était pas réel. Tous les espoirs qu'elle nourrissait depuis le matin — pour le clan — n'étaient donc que temporaires.

Elle était temporaire.

Humiliée, mortifiée, elle noua à la sauvette la ceinture de son pantalon, serrant le lacet jusqu'à ce qu'il morde cruellement sa chair.

Elle s'était sacrifiée pour sauver son clan et tous ses efforts avaient été vains. Avant de s'effondrer, elle tenta de le repousser, de se libérer de lui.

Mais la peur la figea sur place.

Chapitre 17

Encore à la fois enflammé par le désir et la colère, Bram vit avec stupeur l'expression terrifiée de Lioslath.

Son instinct de chasseur s'éveilla et il sentit ses cheveux se dresser sur sa nuque. Il se passait quelque chose… Quelque chose de dangereux.

La forêt était étonnamment silencieuse, d'un seul coup. Beaucoup trop silencieuse. Cela ne pouvait vouloir dire qu'une chose : il y avait des créatures plus imposantes et plus menaçantes qu'eux dans les environs.

— Lio…

— Un loup. Sur ma gauche, dans les buissons, lâcha-t-elle dans un souffle en se plaquant plus encore contre l'arbre. Je ne vois pas les autres.

Et pourtant, il y en avait forcément d'autres : les loups ne chassent jamais en solitaire.

Le cerf que Lioslath avait tué et qu'ils avaient laissé allongé sur une grosse racine, pour qu'il se vide lentement de son sang, était l'appât parfait pour attirer des loups.

Il ne leur faudrait sans doute pas longtemps pour comprendre que les deux humains étaient le seul obstacle qui les séparait d'un festin sans pareil ; et le moindre geste que Lioslath ou Bram feraient pour se protéger aurait l'air d'une menace.

Au moins, Lioslath était adossé à l'arbre et Bram n'aurait qu'à se préoccuper de ce qu'il y avait devant elle. La protéger serait plus facile, dans cette situation. Hélas, s'il voulait la sauver, il lui faudrait tirer son épée, et donc, bouger…

— Il ne fait que nous regarder, murmura-t-elle encore, et je ne vois toujours pas les autres.

Bram non plus ne voyait rien. Sans doute étaient-ils déjà encerclés — un loup pouvait même s'approcher d'eux, en silence, de l'autre côté de l'arbre.

— Ma dague est là, près de mon pied, souffla Lioslath.

S'il voulait l'attraper, Bram devait s'accroupir ; et s'il faisait cela, les loups pourraient croire à un signe de soumission, ou même de peur. Les seuls avantages qu'ils avaient pour le moment étaient leur taille et le fait que les loups feraient tout pour les éviter. Ils ne pouvaient pas se permettre de montrer la moindre faiblesse, sous peine d'être égorgés avant même d'avoir pu se défendre.

— Ta dague restera par terre, Lioslath.

— Non.

Pensait-elle réellement s'en servir pour se défendre ? Son couteau était peut-être bon pour la chasse, mais il ne serait utile que dans un combat au corps à corps — et Bram préférait mourir plutôt que laisser ces bêtes l'approcher !

Soudain, il aperçut les autres. Deux loups étaient là, dans les buissons, à sa droite et à sa gauche, en train de contourner leur arbre.

Celui qui s'avançait à la droite de Bram était brun et assez décharné. Il avait la tête baissée et ne quittait pas des yeux le cerf, étendu à quelques pas de là.

L'autre, qui s'approchait à pas comptés de l'autre côté, était splendide, d'un gris métallique clair enrichi d'éclats blancs. Avec un tel pelage, il lui était impossible de se cacher dans les bois. En un coup d'œil, Bram vit qu'il était encore jeune. Il n'aurait pas pu survivre dans les bois sans se défendre à coups de crocs. A l'instant même où Bram brandirait son épée, il signerait son arrêt de mort — et celui de Lioslath.

— Nous sommes encerclés, dit-elle d'une voix de plus en plus faible quand elle aperçut à son tour les deux loups.

— Ne bouge pas.

— Tu as une arme, sers-t'en !

— Non, laissons-les prendre ce qu'ils désirent.

Le cerf les rassasierait sans doute. Tant que Lioslath et lui n'étaient pas perçus comme des menaces, les loups n'attaqueraient pas.

— Je les vois, maintenant, mais pas toi. Ils nous regardent, Bram. Ils vont nous tuer.

— Seulement si nous bougeons, répondit-il aussi posément que possible. Si nous leur abandonnons notre proie, ils ne nous feront rien.

Mais Lioslath fit non de la tête, l'air plus déterminée que jamais.

Elle avait pourtant peur, c'était évident.

— Je connais les loups. Ceux-là ne partiront pas. Il me faut ma dague !

Les talents de chasseuse de Lioslath le surprenaient encore. Cependant, il ne la laisserait pas faire. Pas cette fois.

Elle était appuyée contre le grand chêne. Si seulement il pouvait se retourner, il serait capable de la protéger. N'était-ce pas son devoir, son droit d'époux ? Il devait s'assurer qu'elle rentre saine et sauve ; et il avait bien l'intention de réussir.

Décidé, il tira lentement son épée. Pas assez lentement, cependant, car le troisième loup, encore dissimulé par les buissons, lâcha un grondement rauque.

De nouveau, Lioslath baissa les yeux sur sa dague, abandonnée par terre.

— Ne bouge pas, lui ordonna-t-il.

Sans même voir les loups, il sut qu'ils finiraient par atteindre la carcasse lorsque leur silence fut remplacé par des grognements voraces.

Lioslath essaya de bouger et Bram dut la plaquer contre le tronc pour l'en empêcher. Elle restait concentrée sur la scène qui se déroulait devant elle et lui ne la quittait pas des yeux, tout en guettant le moindre bruit, dans son dos. Leurs pattes faisaient craquer feuilles mortes et brindilles. De temps à autre, leurs souffles prédateurs résonnaient, comme un langage secret entre eux.

Les minutes passèrent. Bram commençait à sentir un filet de sueur couler le long de son dos. Tendu, nerveux, il raffermit sa prise sur la garde de son épée sans se soucier de la douleur qui commençait à fuser dans ses doigts.

— Ils entraînent le cerf sous les arbres, prononça Lioslath doucement.

Leurs regards se croisèrent enfin et Bram lut dans ses yeux bleus un soupçon de soulagement. Puis, alors que lui-même commençait à se détendre, des grognements plus sonores s'élevèrent et la terreur déforma de nouveau le beau visage de Lioslath.

— Le cerf a l'air d'être… coincé, bloqué par quelque chose, dit-elle d'une voix qui tremblait un peu.

— Ils ne pourront par l'emporter comme cela. Le gris commence à le traîner dans notre direction, mais l'autre n'a pas l'air d'accord.

Bram ne pouvait pas rester dos à deux loups en plein combat. Il fallait à tout prix qu'il trouve un moyen de se retourner sans les alerter.

— Le brun continue à nous regarder.

Les yeux de Lioslath devinrent presque suppliants.

— Je t'en prie, j'ai besoin de ma dague.

— Non.

— Si nous ne bougeons pas, ils vont nous attaquer !

— Nous allons nous éloigner.

— Comment veux-tu faire pour fuir, tu ne les vois même pas ?

Ce n'était pas le moment de se disputer. Les épaules un peu crispées, le cœur battant et la tête baissée, Bram se retourna tout doucement.

En un éclair, les deux loups levèrent la tête, leurs longs museaux retroussés pour dévoiler leurs crocs tachés de sang. Leur pelage même était rougi par leurs efforts pour emporter le corps du cerf avec eux.

Bram sentit son cœur s'arrêter : les deux bêtes étaient bien plus proches qu'il ne le pensait, et une intelligence froide, bestiale, animait leurs regards. Le gris avait d'ailleurs les yeux vairons. Il les dévisagea d'un air simplement curieux jusqu'à ce qu'il aperçoive l'épée de Bram. Là, il se fit plus menaçant, presque prêt à bondir.

— Tu les as déjà vus, ceux-là ? demanda Bram à voix basse tout en dissimulant son arme dans son dos.

Si le loup attaquait, il perdrait de précieuses secondes à riposter ; mais c'était le seul moyen pour que la bête ne se sente pas acculée.

Après quelques secondes de silence tendu, le loup gris mordit à nouveau le cerf pour l'entraîner vers le chêne. L'autre, au contraire, recommença à le tirer dans l'autre direction. Ils grognèrent plus fort jusqu'à ce que le troisième animal toujours à moitié caché par les buissons lance un hurlement perçant.

Bram se tourna vers lui et le vit s'écrouler sur la terre nue. Ce fut alors qu'il comprit ce qui se passait. Ce loup était une louve pleine, sur le point de mettre bas !

Le gris abandonna sa proie et se précipita vers la femelle. Bram leva instinctivement son épée, mais le jeune mâle ne lui prêta pas la moindre attention.

Trop concentré sur cette scène, Bram ne s'aperçut que trop tard de son erreur. Il n'aurait jamais dû quitter le loup brun des yeux…

La bête attaqua en un éclair, sans prévenir, et, une seconde plus tard, Lioslath s'écroula par terre. Avant qu'elle ait pu saisir sa dague, avant que Bram ait pu tirer son épée et la planter dans la gorge du loup, l'animal mordit sauvagement la jambe de Lioslath.

Elle cria et, n'écoutant que son instinct, Bram rugit avant de trancher la gorge du loup. La bête n'avait pas encore touché le sol quand il se retourna pour faire face aux deux autres.

Le jeune mâle gris n'avait pas bougé. Il restait aux côtés de sa femelle, sentinelle vigilante au poil hérissé. Les oreilles plaquées en arrière, il regardait Bram et grondait. Cependant, il ne quitterait pas sa compagne — tout comme Bram ne s'éloignerait pas de la sienne.

Son épée pointée sur le loup gris, Bram jeta un rapide coup d'œil à Lioslath. Elle n'avait pas perdu connaissance, heureusement, mais la douleur insoutenable avait fait perler des larmes au coin de ses yeux. En colère. Elle l'accusait.

Elle avait raison, songea Bram, tout était sa faute.

— Nous devons partir d'ici.

— Pas encore, répondit-elle, les dents serrées.

Sa blessure devait trop la faire souffrir pour bouger, sans doute. Bram répugnait à l'y contraindre, mais il pouvait encore y avoir d'autres prédateurs, dans les environs.

— Il le faut…

Le loup gris n'attaquerait pas. Tous deux devaient protéger leurs femelles, et l'autre mâle, mort à présent, avait attaqué le premier. Selon les lois de la forêt, cela voulait dire que Bram avait été dans son bon droit en se défendant.

Sans quitter le loup gris des yeux, il essuya sa lame sur son pantalon. Il ne pourrait garder son arme à la main en portant Lioslath, mais l'odeur du sang de sa proie suffirait peut-être à tenir les autres bêtes à l'écart le temps qu'ils quittent la forêt.

Quand il rangea son épée, le loup gris se retourna vers la femelle, tranquillisé.

Et Bram fit de même. Lioslath, pâle comme un linge, tenait sa jambe pour appuyer sur la blessure et limiter la perte de sang — en vain, un ruisseau noir coulait de la plaie béante.

Bram s'agenouilla auprès d'elle et déchira un pan de sa tunique.

— Cela va faire mal, murmura-t-il.

— Cela fait *déjà* mal !

Les mains de Lioslath tremblaient sous la douleur ; celles de Bram tremblaient de peur. Un peu maladroit, il déchira le morceau de tissu en longues bandes.

— L'os est cassé ?

— Je n'en sais rien.

Trop de souffrance… Il palpa délicatement la jambe de Lioslath. L'os semblait intact, pour le moment, mais ce n'était qu'un maigre soulagement : ils avaient de la route à faire, pour rentrer. Bram pourrait aggraver la blessure rien qu'en transportant sa femme. Hélas, quel autre choix avait-il ? Il ne pouvait pas la laisser là, le temps d'aller chercher de l'aide.

Redoublant de prudence, il enveloppa fermement la plaie de tissu. Les gémissements étouffés de Lioslath lui perçaient le cœur, de façon plus acérée qu'une lame. Poursuivant néanmoins son travail, il noua le tissu et passa une bande plus longue autour de lui et de la jambe de Lioslath pour la soutenir pendant qu'il la porterait.

Cela fait, il jeta un nouveau coup d'œil aux loups. Les deux animaux attendaient qu'ils partent. Il était plus que temps de retrouver la sécurité des champs !

— Je vais te soulever, dit-il.

Le souffle court et saccadé, Lioslath acquiesça. Il se leva donc, l'aidant à se redresser, mais elle ferma les yeux et sombra dans l'obscurité.

Chapitre 18

Bram n'avait pas encore atteint les premières maisons lorsque les villageois commencèrent à se précipiter vers lui avec de grands cris.

Les enfants l'arrivèrent les premiers. Eoin et Gillean regardèrent leur sœur inanimée d'un air terrifié et Fyfa dévisagea Bram et Lioslath en silence.

Il savait très bien de quoi ils devaient avoir l'air, couverts du sang du loup et les vêtements déchirés. Lioslath était toujours inconsciente dans ses bras, la tête pendante et sa jambe soutenue par les bandages. Elle était si pâle… On aurait pu la croire morte.

— Elle vit, dit immédiatement Bram aux enfants. J'ai besoin de Donaldo.

— Je vais la chercher, répondit Fyfa.

— Mais elle saigne ! s'écria Gillean, ses yeux terrifiés toujours fixés sur sa sœur.

— Elle vit, répéta Bram dans l'espoir de le rassurer. Merci, gamine : va vite chercher Donaldo.

Eoin, tout aussi terrifié que son frère, s'approcha prudemment.

— Qu'est-ce qui s'est passé ? Qu'est-ce qui vous est arrivé ?

Au même instant, Donaldo apparut, se frayant brutalement un chemin au milieu de la foule qui s'était peu à peu rassemblée à la sortie du village. En un instant, elle fut devant Bram et tendit les bras, mais il fit simplement non de la tête. Non, il ne lui confierait pas Lioslath : il la porterait jusqu'à son lit.

— Attaque de loup, expliqua-t-il en ignorant le cri de panique de Fyfa. L'os n'était pas cassé quand nous sommes partis, mais maintenant, je n'en sais rien.

— Je sais quoi faire, répondit Donaldo. Eoin, Gillean, allez chercher de l'eau chaude et de la bière. Dites aux hommes de porter le tout à la chambre de votre sœur. J'aurai aussi besoin de deux… non, dix planches et branches, les plus plates que vous pourrez trouver, à peu près longues comme cela et larges comme cela. Fyfa, apporte-moi des bandages, mes sacs d'herbes et mon mortier !

Les enfants hésitèrent un instant, de plus en plus inquiets au fil des instructions de Donaldo.

— Votre sœur a besoin de votre aide, lança Bram.

Fyfa se secoua d'un coup et entraîna en courant ses frères jusqu'au village.

Donaldo prit la direction du fort, et Bram la suivit de près.

— Depuis combien de temps a-t-elle perdu connaissance ? demanda-t-elle sans ralentir le pas.

— Depuis que je l'ai soulevée de terre.

— Elle est restée consciente pendant l'attaque ?

— Suffisamment pour se mettre en colère et m'accuser de tous les maux.

Donaldo eut un sourire entendu.

— Vous avez raison d'être fière d'elle et je sais que je mérite sa colère — entre autres choses.

— En effet, d'autant plus que vous n'êtes pas blessé ! répliqua Donaldo en lui jetant un rapide coup d'œil. Le loup est mort ?

— Oui, j'irai chercher sa peau, plus tard.

— J'en aurai besoin.

— Pour soigner Lioslath ?

— Non, pour ne pas vous arracher la tête !

Il acquiesça, préférant ne pas jeter d'huile sur le feu.

— Au moins, vous n'êtes pas assez idiot pour sourire, cette fois, reprit Donaldo. C'est bon signe.

Bon signe ? Rien n'était bon signe, depuis ce matin…

Lorsqu'ils atteignirent enfin la chambre de Lioslath, Bram

l'étendit sur les draps propres. Le sang souillerait le tissu et elle serait hors d'elle en découvrant ce gâchis, plus tard. Quand elle se réveillerait… Si elle se réveillait.

Survivrait-elle à cette attaque ?

Un brouhaha s'éleva soudain dans le couloir, derrière lui : Aindreas et un autre homme vinrent déposer des seaux d'eau fumante au pied du lit et des pichets de bière. Derrière eux, Fyfa apparut, les bras chargés de sacs d'herbes, d'un mortier et d'un pilon.

Bram ne pouvait détacher ses regards de Lioslath. Elle était si pâle, sur les draps ; et l'éclat presque noir du sang ne faisait que lui rappeler la catastrophe à côté de laquelle ils venaient de passer.

Donaldo posa sa main sur son bras avec une certaine douceur. Tiré de ses pensées, Bram vit que les deux garçons étaient revenus et qu'il les empêchait d'approcher de leur sœur.

— Laissez-nous nous occuper d'elle, maintenant, dit Donaldo en attrapant ses herbes médicinales. Elle ira bien.

— Sa jambe commence à enfler.

— Oui, mais l'os est toujours droit et je vais m'assurer que cela ne change pas.

— S'il est cassé…

Il revit alors Lioslath traverser le fort à grandes enjambées, explorer d'un pas décidé les sentiers de la forêt qu'elle aimait tant.

— Nous ferons notre possible, Colquhoun. Le reste est entre les mains de Dieu.

— J'ai des herbes au camp, que j'ai emportées avant de partir de chez moi.

Donaldo parut sur le point de protester, puis se ravisa et acquiesça.

— Apportez-les-moi. Je les sentirai et je verrai bien si elles sont toujours utilisables.

Et si rien de tout cela ne suffisait ? Lioslath était encore en vie, certes ; hélas, si elle restait estropiée, elle ne pourrait plus jamais marcher sans douleur. Bram était le seul à blâmer : il avait failli à son rôle.

Il ne méritait pas d'être l'époux de cette femme.

— Filez ! Si vous voulez que je me serve de vos herbes, je vais en avoir besoin immédiatement !

Tout son être voulut protester, rester aux côtés de Lioslath ; cependant, c'était lui qui avait proposé ses services. Non, il ne voulait pas seulement rester. Il voulait effacer ce qu'il avait fait — et pas fait.

Il était trop tard, à présent, pour faire semblant de ne ressentir que désir pour elle ou d'honorer un simple marché.

Il l'aimait…

— Allez-y, Colquhoun, pressa Donaldo, et récupérez cette peau avant qu'un autre animal ne s'en occupe. A moins que vous ne vouliez vous faire attaquer par un autre loup pour me payer.

Bram acquiesça et tourna les talons. Il écorcherait ce loup comme il n'avait jamais écorché un animal et lui rapporterait la plus belle peau d'Ecosse. Il s'en fit le serment.

Quand Bram revint enfin au chevet de Lioslath, la nuit était déjà tombée depuis longtemps. En l'entendant approcher, Donaldo se leva de sa petite chaise, dans un coin de la chambre, et vint à sa rencontre.

— On dirait qu'Aindreas vous a trouvé, dit-elle d'un air satisfait.

— Oui, sans le moindre mal.

Même dans l'obscurité, ses hématomes et sa lèvre enflée devaient être évidents, mais il ne s'en souciait pas : il avait rendu coup pour coup. Aindreas aimait Lioslath comme une sœur et agissait en frère protecteur. Leur combat avait été nécessaire pour permettre un semblant de coopération en écorchant le loup.

— Vous ne pouviez pas vous occuper de cette peau tout seul, reprit Donaldo. Je savais que vous auriez besoin d'aide.

— Et qu'Aindreas aurait envie de venger Lioslath. Quoi qu'il en soit, vous serez heureuse de savoir que la peau sèche à l'abri. Est-ce qu'elle a repris connaissance ?

— Non, mais les herbes que vous m'avez données sont bonnes. J'aimerais en savoir plus sur elles, plus tard.

La pochette qu'il lui avait confiée provenait d'Oona, la guérisseuse des Colquhoun, aussi vieille et obstinée que l'Ecosse elle-même. Si seulement elle était là pour leur prodiguer ses conseils…

— Vous ne voulez pas parler de ces herbes maintenant ?

— Non, j'ai autre chose à vous dire.

Bram serra les dents. Il savait très bien ce qui allait suivre.

— Vous êtes un idiot, lâcha Donaldo.

C'était de bonne guerre. Elle était campée devant lui, les bras croisés et les sourcils froncés — si elle avait aussi tapé du pied comme une mère en colère, le tableau aurait été complet.

Oui, il avait été idiot d'insister depuis le début pour que les choses se déroulent selon ses plans. Il aurait pu perdre Lioslath aujourd'hui, et n'aurait jamais compris à quel point elle était devenue importante à ses yeux.

Tout cela, à cause de son arrogance. Pendant toutes leurs conversations, il n'avait jamais pris la peine de vérifier ses hypothèses, de s'assurer d'avoir raison.

— Nous vous avons confié Lioslath, poursuivit Donaldo. Elle nous est précieuse, vous savez, même si… même si j'ai cru qu'elle aurait besoin de temps pour trouver sa place. Tout a changé, à la mort de son père et elle n'a pas compris ce que nous attendions d'elle. Je suppose que j'ai été un peu idiote, moi aussi, sur ce point.

Bram ne put retenir un accès de surprise : que Donaldo admette une telle chose avait de quoi le déstabiliser.

— Trop de torts lui ont été causés, reprit-elle d'une voix plus émue, vous comprenez ? C'est pour cela qu'elle ne savait pas comment… réagir avec nous.

Comment réagir. Oui, chaque jour, il avait vu ce trouble, chez Lioslath ; tout comme il avait vu son désir d'appartenir pleinement au clan. Seulement, il avait chassé ces pensées, se disant qu'il imaginait tout cela. Comment pouvait-elle se sentir si seule, quand elle était entourée de personnes qui l'aimaient et lui étaient loyales ?

Comment une femme aussi belle, aussi courageuse qu'elle pouvait-elle tant souffrir ?

— Pourquoi est-elle devenue comme cela ?

— A cause d'Irman, la seconde épouse de Busby. La haine d'Irman lui a fait trop de mal.

Bram avait entendu parler des mariages de Busby. Il avait su qu'il avait des enfants. Mais il n'avait pas cherché à en savoir plus. Quelle importance ? S'il avait approché cet homme, ce n'était que pour négocier, forger des alliances, pas pour parler de... sentiments.

Comme il ne répondait pas, Donaldo poursuivit :

— La mère de Lioslath est morte quand elle avait six ans. Peu après, Busby a épousé Irman. Même dans la mort, la bonté et la générosité de la mère de Lioslath continuaient à habiter le fort. La petite était aimée et Irman ne voulait pas que sa belle-fille conserve tant de pouvoir au sein du clan. A cette époque, Lioslath était très souvent punie et elle a bien vite appris à rester à l'écart de sa famille. Quand Irman est tombée enceinte, elle a obligé Lioslath à dormir dans les écuries, avec les chevaux. Elle a prétendu que ce ne serait que temporaire, le temps que les bébés grandissent un peu, seulement on n'a jamais bâti de chambre ou de lit pour la fillette.

Elle poussa un profond soupir.

— Lorsque Irman mourut en couches, c'était déjà trop tard. Lioslath a tenté de se faire une place, malgré tout — sans doute pour nous et pour rendre hommage à la gentillesse de sa mère. Elle a chassé, s'est occupée des chevaux et des moutons. C'était sa manière de prendre soin du clan. Malheureusement, ce n'était pas suffisant pour Busby. Il s'attendait à ce que sa fille reprenne le rôle de sa mère et Lioslath n'en fit rien. Trop d'années avaient passé, comment aurait-elle pu savoir se comporter en maîtresse de clan ?

Des images de Lioslath, seule dans l'écurie, en train de couper ses longs cheveux avec un couteau de chasse, hantèrent Bram. Une telle vie ne laissait aucune place à la douceur, à la simple gentillesse...

— Quand il a épousé Irman, Busby a changé ; et, à sa

mort, son caractère difficile n'a fait qu'empirer. L'incapacité de Lioslath à devenir en quelques semaines la maîtresse du fort avait le don de le mettre dans une rage folle.

Oui, Bram avait vu le désespoir de Busby. Il avait senti son amertume. Cependant, les confidences de Donaldo lui firent comprendre, pour la première fois, à quel point il avait causé du tort à Lioslath en négociant cette alliance entre leurs clans.

— A ce moment-là, Lioslath a commencé à se cacher et elle a eu raison : son père était devenu incontrôlable.

Une fille plus en sécurité seule, qu'auprès des siens. Et pourtant, Lioslath défendait son père.

Décidément, Bram ne savait absolument rien de ce clan, ou de la femme qu'il avait épousée. Il n'en savait rien parce qu'il s'était uniquement préoccupé de ses propres intérêts.

— Avant l'attaque, commença-t-il, je ne comprenais pas…

Non, il valait mieux changer de sujet. Ces choses-là n'étaient pas destinées à Donaldo, mais à Lioslath — et à elle seule.

— Pourquoi personne ne m'a parlé des Anglais ?

— Nous avons notre fierté, Colquhoun. De toute manière, vous paraissiez tellement persuadé que notre pauvreté et notre misère n'étaient dues qu'à nous… Vous détromper n'aurait servi à rien.

Elle avait raison depuis le début : il avait agi en idiot !

— Je vous promets de tout faire pour me racheter.

— En envoyant des messages à votre clan ?

Bram tenta de démentir, mais il ne put que rire, un peu surpris. Il aurait dû se douter que Donaldo le ferait suivre.

En effet, avant d'aller s'occuper du loup, il avait pris le risque d'envoyer Finlay avec deux missives, l'une pour son frère Caird et les anciens, et l'autre — secrète — pour sa sœur et Robert, son époux.

Caird ne serait pas surpris d'être nommé laird et ne protesterait pas. Des trois frères, il avait toujours été celui qui savait le mieux suivre les règles et respecter ses promesses. Il était parfaitement logique qu'il prenne le destin du clan en main.

Mais Gaira et Robert ? Bram avait rédigé la seconde missive le cœur empli d'un mélange de terreur et de détermination.

Leur demander de le rejoindre était une exigence bien dangereuse : la route n'était pas sûre. Cependant, ce serait le seul moyen de permettre à Lioslath de comprendre la situation — et elle méritait la vérité.

Bram l'aimait. Il voulait que leur mariage devienne réel, et pour cela, il aurait besoin de sa confiance.

Elle devait donc savoir ce qui s'était vraiment passé en avril. Elle devait découvrir l'assassin de son père, quand bien même cette vérité n'apaiserait en rien sa souffrance. Mais Bram n'avait pas d'autre choix.

— Donaldo, dites-moi, rien ne vous échappe, répondit-il au bout d'un instant. Vous devriez travailler pour le roi.

— Le roi ne pourra jamais payer mes services, lâcha-t-elle avant de se diriger vers la porte.

— Sans nul doute. J'imagine que vous lui demanderiez plus qu'une simple peau de loup en échange.

— Oh ! je compte bien vous demander plus, à vous aussi, en temps voulu…

— Et que dois-je faire, en attendant, si je tire à nouveau de mauvaises conclusions ?

— Vous êtes peut-être un idiot, laird Colquhoun, mais vos actions, elles, vous mènent déjà dans la bonne direction.

Elle ouvrit la porte, puis s'arrêta une dernière fois.

— Tout ce qu'il vous reste à faire, c'est arpenter le chemin.

La porte se referma doucement sur Donaldo, et Bram approcha la petite chaise du lit.

S'il devait vraiment arpenter un chemin, le bon ou le mauvais, s'il devait prendre le temps de repenser à tout ce qu'il avait appris, il le ferait. En cet instant, la seule chose qu'il savait avec certitude, c'était qu'en aucun cas il ne se séparerait de sa femme.

La nuit s'étira, calme. Dans la chambre, seuls les craquements légers du parquet troublaient le silence de temps à autre. En dépit des heures qui s'étaient écoulées depuis le départ de

Donaldo, Bram n'avait toujours pas trouvé de réponse à ses questions. Il ne savait toujours pas quel chemin emprunter.

Comment en était-il arrivé là ? La vieille femme l'avait traité d'idiot et il ne l'avait pas contredite — il était même plutôt de son avis. Un idiot qui avait besoin de sentir la main de Lioslath, confiante, dans la sienne. En cet instant, elle ne sentait peut-être pas la pression des doigts de Bram sur les siens, mais lui, oui. Et sa main tremblait encore de peur.

Comment avait-elle pu se retrouver en tel danger ?

Ce n'était pas l'attaque du loup, non. La vraie menace ne résidait pas là. *Il* était la menace. Presque tous les malheurs que ce clan avait dû affronter étaient sa faute. Il était venu pour faire amende honorable, pour réparer une erreur, parmi toutes celles qu'il avait commises l'année précédente. Seulement, il avait clairement échoué… Et Lioslath courait le risque de rester estropiée, peut-être même de perdre sa jambe. Encore une fois, par sa faute à lui.

Depuis leur rencontre, elle n'avait cessé de considérer ses talents de diplomate comme de la simple manipulation et elle avait eu raison.

Il était laird, né pour tenir ces responsabilités, pour jouer de son pouvoir. Ses hommes lui juraient fidélité et, en échange, il les protégeait, prêtait attention à leurs revendications et leur offrait son aide lorsqu'ils en avaient besoin. Il savait écouter. Il était patient. En fait, ces deux qualités le rendaient même particulièrement fier, car elles lui permettaient aisément de rassembler les informations qui lui étaient nécessaires pour… pour triompher de tous.

Il étendit ses doigts le long de ceux de Lioslath pour que sa main reste ouverte dans la sienne. Sa main, si petite, si fine, et pourtant si déterminée. Il avait vu cette main lui jeter des seaux de détritus par-dessus les remparts, et ces doigts se fermer sur la garde d'une dague lorsqu'elle se dressait devant lui, méfiante face à ses…

Manipulations.

Est-ce que toutes les horreurs que le clan Colquhoun avait vues cette année étaient aussi dues à son désir absolu de contrôle ? S'était-il inconsciemment servi de son autorité et de son sens des responsabilités par appât du gain ? Cela lui paraissait de plus en plus évident.

D'ailleurs, depuis quand sa responsabilité de laird l'autorisait-elle à marier de force Gaira à Busby ?

Sa sœur l'avait supplié, en larmes, et il ne l'avait pas écouté. Il aurait simplement pu parler avec elle : elle était peut-être obstinée, mais ne suivait toujours que son amour pour sa famille. Mais non. Au lieu de lui expliquer la situation, il l'avait privée de toute liberté et l'avait jetée contre son gré dans les bras de Busby.

Il y avait de nombreux clans, dans le sud du pays, près de Doonhill et du foyer d'Irvette ; pourtant, Bram avait choisi le plus désespéré de tous. Ils s'étaient écrits, avaient longuement négocié les conditions du mariage… Bram s'était montré patient, il avait écouté et avait attendu que la situation tourne à son avantage. Puis, quand Busby s'était retrouvé au pied du mur, après la fuite de Gaira, il l'avait menacé.

Ses manipulations égoïstes avaient donc atteint le clan Fergusson. Bram avait peut-être eu l'intention de les aider, de ne pas leur faire subir davantage d'épreuves ; mais, par son siège prolongé, il les avait affaiblis un peu plus encore. Lioslath avait été contrainte d'ouvrir les portes, contrainte d'accepter la nourriture, contrainte de chasser avec lui.

Quant au mariage…

Il avait pensé dès le début qu'elle avait compris ce qu'il lui proposait, que la situation était claire. Seulement, avait-il vraiment expliqué son projet ? Ou bien s'était-il contenté de *supposer*, parce que cela l'arrangeait ?

Parce qu'exposer clairement la situation aurait pu donner à Lioslath le pouvoir de refuser de l'épouser et de le chasser de chez elle…

Il caressa quelques instants ses doigts inanimés, guettant le moindre signe de réveil. Il fallait qu'elle rouvre les yeux, qu'il puisse obtenir des réponses à ses questions. Comment faire face à ses responsabilités sans cela ?

L'avait-il réellement poussée au mariage en égoïste, parce qu'il la voulait à tout prix ?

Oui, il l'avait désirée dès le premier jour, et la désirait encore. Son courage et sa beauté l'avaient envoûté. Dès l'instant où il l'avait vue dans sa chambre, le premier soir, il avait perdu toute capacité à réfléchir, à prévoir, à établir des stratégies. Il ne ressentait plus que… désir.

Et, pendant des jours, il avait lutté contre ce désir. Son devoir l'exigeait. Hélas, tous ses efforts avaient été vains : Lioslath et lui se correspondaient.

Il chassa avec tendresse les quelques mèches humides collées à son front. Son corps était si chaud, recouvert de sueur à cause de la fièvre. Est-ce que son état empirait ? Il n'en savait rien. Au moins, il avait eu les herbes d'Oona avec lui et Donaldo avait accepté de s'en servir. Il n'y avait plus qu'à espérer que cela suffise.

Non, cela *devait* suffire. Dieu ne pouvait pas lui arracher quelqu'un d'autre, cette année ! Sa sœur était morte, son honneur gisait en miettes à ses pieds et ses frères étaient en danger. C'en était assez. Cela devait cesser immédiatement.

Choqué par ses propres pensées, il sentit son cœur battre plus fort. De nouveau, son arrogance lui faisait perdre le contrôle. Comment pouvait-il croire qu'il pouvait être maître de la situation ? Qu'il pourrait décider de l'avenir comme il décidait de tout le reste ?

Il était temps pour lui de demander pardon. Il allait le faire, là, pendant qu'elle dormait. Et, quand elle s'éveillerait, il recommencerait.

Demander pardon à Lioslath n'était que le premier pas sur le chemin qu'il devait emprunter à présent. Un chemin qui continuait à rester flou.

Il laissait courir son pouce le long du dos de la main de sa femme, regardait ses paupières qui tremblaient de temps à autre, écoutait sa respiration timide. Il voulait qu'elle se réveille. Il voulait qu'elle se repose. Il voulait…

Soudain, il comprit. Le chemin n'était plus flou. Pour la

première fois de sa vie, il sut précisément ce qu'il devait faire, dans quelle direction aller.

Lioslath.

Elle était devenue sa boussole dès l'instant où il l'avait vue dans sa chambre, à demi cachée par la pénombre. Elle était devenue son étoile polaire ; son guide et tout ce qu'il avait fait depuis, il l'avait fait pour se rapprocher d'elle.

Chapitre 19

Quand Lioslath s'éveilla, un flot de lumière inondait la chambre et son corps était réchauffé par celui de Bram, lourd contre elle.

Il dormait, mais les ondulations de ses cheveux emmêlés étaient bien la seule chose adoucie par le sommeil. Son visage restait plus dur que jamais, les mâchoires sévères et les pommettes saillantes. Ses lèvres étaient gonflées et rougies ; un cercle bleu-noir se dessinait sous son œil. De petites blessures de disputes entre hommes qui ne retinrent pas son attention.

Même endormi, il paraissait si vivant, si déterminé. Prêt à tout faire pour obtenir ce qu'il voulait, à n'importe quel prix.

Et, cette fois, le prix, c'était *elle*.

Toute sa vie, encore et encore, elle avait payé les désirs des autres — d'Irman, de son père… Quand il n'y avait plus eu personne pour protéger le clan, elle avait été là. Elle avait coupé ses cheveux qu'elle aimait tant pour que son clan puisse avoir un représentant, quelqu'un qui le protège et le défende. Elle avait tout fait pour devenir ce que l'on attendait d'elle : devenir le fils du laird, qui n'avait pas peur, qui regardait l'ennemi dans les yeux et lui sacrifiait tout son héritage.

Puis Bram était apparu au sommet de la colline et avait pris le contrôle de sa vie. Chaque jour, il avait exigé plus de sacrifices de sa part alors qu'elle n'avait plus rien à donner. Il avait exigé… un mariage.

Par ce mariage, elle avait offert son corps et sa vie à Bram.

Bram... Par sa voix, ses mains, ses lèvres, sa chaleur, cet homme avait su lui montrer ce que son corps pouvait ressentir, en dépit de tout ce qu'elle avait déjà traversé.

A présent qu'elle avait abandonné tout ce qu'elle était, son corps et sa vie, Dieu ou le destin seraient peut-être apaisés. Puisqu'elle avait tout donné, peut-être pourrait-elle enfin profiter de quelques bienfaits.

Hélas, une fois encore, elle avait eu tort. Tellement tort ! Dans la forêt, Bram lui avait annoncé que leurs vœux de mariage étaient faux.

Voilà. Le couperet était tombé, la condamnant à souffrir encore, quand elle avait tant fait pour les siens. D'une certaine manière, par ce mariage, elle avait offert à Bram le peu de lumière qui brûlait encore en elle.

Son espoir.

Oui, en dépit de tout, elle avait conservé jusque-là un peu d'espoir, inconsciemment, sans vraiment le vouloir. Comme un bien trop précieux pour que quiconque — elle comprise — sache où le trouver. Comme un avare enterre une pièce et finit par l'oublier...

C'était donc cet espoir qui l'avait encouragée à accepter tous ces sacrifices : couper ses cheveux, pour aider son clan ; épouser Bram, pour que les Fergusson retrouvent leur prospérité passée.

Lui offrir son corps, c'était espérer avoir un jour des enfants — qui seraient aimés et le sauraient, qui ne seraient jamais écartés, rejetés comme elle l'avait été.

Dans la forêt, il lui avait avoué, de sa voix si sensuelle, que leur mariage était un mensonge. Il n'avait pas ri. Non. Cependant, alors qu'il était là, à ses pieds, au cœur de la forêt qu'elle aimait tant, elle avait eu l'amère impression d'être la victime d'une effroyable et cruelle plaisanterie.

Elle s'était couverte de honte, s'était humiliée. Toutes ses tentatives pour aider le clan, sa famille... elle-même, n'avaient servi à rien ! Les quelques paroles de Bram, froides et sévères, lui avaient clairement fait comprendre qu'elle ne serait jamais capable d'être réellement utile aux siens.

La gorge nouée, elle essuya ses yeux humides de larmes. Sa jambe lui faisait souffrir le martyre, elle devait aller se soulager et elle avait faim. Dur réveil qui lui rappelait cruellement qu'elle était encore en vie. Elle se sentait peut-être vide et perdue, au fond de son cœur, mais son corps, lui, avait encore des exigences.

Pour quitter son lit, il fallait qu'elle fasse bouger son faux mari, toujours endormi contre elle. Assis sur une petite chaise — qui rendait sa silhouette plus impressionnante que jamais — il s'était allongé sur le bord du matelas, un bras lourd et inerte passé en travers de la taille de Lioslath.

A son réveil, elle n'avait lu sur son visage que détermination et vitalité ; mais à présent que la lumière venait mieux souligner ses traits, elle put voir le lourd cercle bleu jaunissant qui s'étendait sous son œil et le gonflement sanglant de sa lèvre fendue. Il avait l'air… épuisé.

Peu importait. Il fallait qu'elle bouge sans le réveiller. Elle ne voulait pas entendre sa voix ou voir ses yeux gris orage posés sur elle. Pas d'aussi près et pas aujourd'hui. Pas maintenant.

Lentement et précautionneusement, elle fit glisser le bras de Bram pour se libérer.

Alors qu'elle remontait péniblement le couloir vers les modestes lieux d'aisance, une pensée la figea. Ne pas vouloir réveiller Bram n'avait rien à voir avec son désir de l'éviter. C'était uniquement parce qu'il avait l'air à bout de forces et étrangement vulnérable.

Après toutes ces tromperies, toutes ces trahisons, elle s'inquiétait encore pour lui ! Cette pensée fit soudain peser une chape glacée sur ses épaules ; si elle se souciait tant de lui, pourrait-elle être de nouveau entièrement libre, même après son départ ?

*
**

— Pourquoi est-ce que tu ne m'as pas réveillé ?

La voix de Bram la fit sursauter. Il venait d'apparaître dans le couloir, derrière elle, alors qu'elle se tenait debout, appuyée au mur, incapable de rejoindre sa chambre. Chaque pas était une torture et chaque effort supplémentaire lui donnait des vertiges.

Avant d'avoir pu protester, les yeux presque clos à cause de la douleur, elle sentit deux bras forts passer sous ses aisselles et ses genoux pour la soulever de terre. En un instant, l'horrible pulsation qui traversait sa jambe s'apaisa, mais sa colère ne fit qu'augmenter.

— J'ai faim. Repose-moi tout de suite.

— Et tu n'as même pas pensé à me réveiller ?

Ses bras, autour de son corps, ressemblaient peu à peu à un étau, serré, étouffant, qui l'empêchait de respirer.

— Lâche-moi !

Elle perdait le contrôle. Elle devait avoir l'air hystérique, mais le grondement de la voix de Bram contre sa poitrine la bouleversait trop.

Il obtempéra et la reposa, sans pour autant la lâcher tant qu'elle ne se fut pas appuyée contre le mur. Elle aurait dû lui demander de la poser sur son lit, et non là, à l'entrée de sa chambre. Dans l'état dans lequel elle était, elle serait incapable de traverser la pièce toute seule.

Le cœur battant, elle se sentit faiblir. Un voile traversa furtivement son regard et son cœur s'emballa.

— Je suis là, maintenant. Si tu as besoin de quoi que ce soit, tu n'as qu'à demander.

— Parce que, maintenant, je dois aussi devenir dépendante de toi ? lâcha-t-elle froidement.

En un instant, le regard surpris de Bram s'habilla d'un reflet sombre, douloureux, comme s'il avait été profondément blessé par sa remarque.

— Oui, je veux devenir quelqu'un dont tu puisses dépendre, quand tu en as besoin.

De nouveau, sa voix et ses mots troublaient Lioslath. Son apparente sincérité risquait de lui jouer des tours. Sans doute se trompait-elle. Elle n'avait jamais été douée pour déchiffrer les sentiments des gens. Seulement, il avait l'air si… vulnérable, les cheveux décoiffés, les yeux cernés, la joue marquée par le pli du drap.

Il dormait profondément quand elle s'était éveillée et c'était sans doute cela qui avait à ce point adouci la colère de Lioslath.

Seulement, l'illusion était brisée et elle voyait clair en lui. Elle ne pouvait pas se fier à lui, ne le pourrait jamais. La veille, il lui avait avoué qu'il comptait partir dès qu'il le pourrait.

— Qu'est-il arrivé à ton visage ? demanda-t-elle à mi-voix.

— Aindreas et moi avons eu besoin de trouver un arrangement, entre nous.

Ainsi, Aindreas avait défendu Lioslath ; rien de surprenant à cela. Qu'avait-il appris durant sa « discussion » avec Bram ? Sans doute connaissait-il en détail cette mésaventure humiliante, à présent.

Si seulement elle avait été en état de frapper Bram elle-même.

— Tu l'as mérité.

— Je sais. C'est pour cela que j'ai laissé Aindreas m'attaquer.

Lioslath voulut protester, mais se ravisa. Aindreas était doué au combat, certes, mais Bram était plus âgé et plus… entraîné. Il ne pouvait y avoir que deux explications à ses hématomes et à sa lèvre fendue : soit il avait été pris par surprise par le coup d'Aindreas, soit il disait la vérité et s'était laissé faire. Il avait supporté cette épreuve volontairement.

Agacée, elle chassa ces pensées et s'endurcit du mieux qu'elle le put. Peu lui importaient les réflexions de Bram ou le fait qu'il croie avoir mérité de se faire battre. Elle s'en moquait — et sa jambe la faisait de plus en plus souffrir.

— Emmène-moi jusqu'à mon lit, ordonna-t-elle.

Sans un mot, Bram la prit de nouveau dans ses bras et la déposa précautionneusement sur le matelas, comme si elle était un bibelot précieux.

Heureusement, elle ne se laissa pas duper : elle savait lire à travers son masque et ses faux-semblants !

— Nous devons parler, lança Bram.

— Nous avons déjà parlé, hier.

— Peut-être, mais hier, je n'étais qu'un idiot…

Vraiment ? C'était de bonne guerre, étant donné qu'à présent c'était Lioslath qui se sentait idiote.

Bram traversa la chambre jusqu'à la fenêtre et l'ouvrit, mais ses mains restèrent agrippées aux deux battants au lieu de les lâcher. La lumière commençait à changer. L'aube faisait place au matin, le fort allait se réveiller et la journée commencerait — une journée comme toutes les autres. Rien ne serait… ne pourrait… être différent.

— Comment va ta jambe ? demanda-t-il sans se retourner, d'une voix rauque.

— Elle me fait mal.

Il acquiesça vaguement, non pas parce qu'il avait compris sa réponse, mais plutôt comme s'il venait lui-même de répondre mentalement à une autre question.

— J'aurais dû te laisser récupérer ta dague.

Lioslath le regarda un instant, suffoquée. Elle s'était trompée : cette journée était différente de la veille.

Bram, laird Colquhoun, était en train de s'excuser !

— Je t'ai vue utiliser ton arc, poursuivit-il. J'ai vu ton talent pendant le concours. Tu aurais pu tuer ce loup d'une simple flèche.

Ses mains tremblèrent violemment, faisant grincer les battants comme s'il allait les arracher du mur.

— Je crains que ta jambe ne guérisse jamais…

Voulait-il vraiment partager ses sentiments ? Il n'en avait plus aucun droit ; pas après les événements de la veille.

— Cela ne te concerne plus vraiment, non ? répliqua-t-elle.

Il ne lâcha pas la fenêtre, mais tourna la tête. Ses yeux couleur d'orage se posèrent sur elle, perçants et brûlants.

— Prends soin de ta jambe et repose-toi bien, c'est important.

Se reposer ? Elle avait toujours eu horreur de cela. Et puis, comment pouvait-il se permettre de lui donner des ordres ?

— Après ce qui s'est passé hier, tu crois vraiment que tu peux encore avoir la moindre autorité sur moi ?

Bram poussa un profond soupir.

— Tu souffres, Lioslath, dit-il en lâchant soudain les battants pour s'asseoir à la table, installée près du lit. Cette potion va te soulager.

Lioslath la but sans hésiter, grimaça sous l'amertume du liquide et rendit le gobelet à Bram.

— Voilà, dit-elle. Nous sommes quittes : tu m'as fait du mal et tu as soulagé ma douleur. Tout va bien. Pars.

Il ne se leva pas. Ne bougea pas d'un pouce.

— Tu as besoin de repos pour que la souffrance disparaisse, je le sais. Mais je ne peux pas te laisser tant que nous ne nous serons pas compris.

— Oh ! je t'ai très bien compris, hier !

Il voulait encore parler ? Tout ce qu'il méritait, en cet instant, c'était une dague en plein cœur ou une attaque sauvage de Chien !

— Si tu veux me comprendre, je vais être plus claire : je ne veux pas de toi ici.

— Je sais que j'aurais dû arriver plus tôt, reprit-il comme s'il ne l'avait pas entendue. Je comptais atteindre ton fort avant même que tu reçoives ma lettre.

— Je ne veux pas entendre tes excuses, Colquhoun.

— Je sais que c'est trop tôt pour parler de cela, mais je ne peux plus attendre.

Acharné. Déterminé. Comme toujours.

Elle sentit un soupir désemparé monter en elle mais se maîtrisa.

— Dunbar… Tu veux parler de Dunbar et de ta trahison envers le pays.

— Je veux t'expliquer pourquoi je n'ai pas été là pour toi, répondit-il, et pourquoi je n'ai pas aidé mon frère à Dunbar.

— Tout cela n'a plus aucune importance, à présent. Ce qui est fait, est fait.

— Non, ce n'est pas vrai. Si je ne suis pas allé à Dunbar, c'est parce que le roi John Balliol m'a ordonné de rester chez moi.

Elle voulut l'empêcher de continuer, mais il la fit taire d'un signe de la main.

— Ne dis rien. C'est une longue histoire, que je n'ai jamais eu l'intention de partager avec qui que ce soit. J'ai même promis de ne jamais en parler.

Lioslath était stupéfaite. Elle ne s'était pas attendue à une confession. Troublée, elle se raccrocha à l'émotion la plus facile à gérer quand elle était en présence de Bram : la colère.

— Alors, maintenant, tu brises une promesse ?

Bram prit une profonde inspiration, puis deux, sans pour autant quitter Lioslath des yeux.

— Je brise une promesse faite à mon roi pour tenir celle faite à ma femme.

— Ta femme ? cracha-t-elle avec toute l'amertume et tout le mépris dont elle était capable.

Ces deux mots parurent heurter Bram comme un coup d'épée mortel.

— Attends. Attends, Lioslath, je t'en prie. Il faut que je te raconte tout.

Ses yeux se fixèrent vaguement quelque part, au-dessus de l'épaule de Lioslath, d'un air un peu absent.

— Au début de l'année, avant le printemps, Balliol m'a donné l'ordre de rester sur les terres Colquhoun. Je devais attendre deux messages de sa part qui proviendraient de lieux différents. Une fois que je les aurais reçus, je devais protéger leur contenu. Plus important encore, je ne devais en aucun cas quitter mes terres, même si la guerre était déclarée, et je devais être prêt à être considéré comme un traître pour le reste de ma vie.

La guerre avait été déclarée, en effet, et avait mené à la bataille de Dunbar. Les seuls Ecossais survivants avaient été ceux qui avaient réussi à fuir dans la forêt d'Ettrick et John Balliol avait perdu sa couronne.

Emportée par sa curiosité, Lioslath demanda :

— Et les messages ?

— Je ne les ai pas reçus à ce moment-là ; mais je sais à

présent ce qu'ils contenaient. J'ai découvert toute la vérité lorsque Caird et Mairead sont arrivés au camp, ici.

Il poussa un soupir, comme si cette confession le soulageait d'un poids qu'il avait trop longtemps porté seul. Lioslath n'avait pas vraiment envie d'entendre tout cela ; mais hélas, elle était incapable de partir…

— En fait, il ne s'agissait pas de missives, reprit Bram, mais de trésors. Et cela avait trait au… Joyau des Rois.

Ce n'était pas possible ! Lioslath devait être perturbée par la douleur de sa jambe et les excuses de Bram.

— Encore des plaisanteries, Colquhoun ?

— Non, pas du tout. Je parle bien du Joyau des Rois. Tu sais de quoi il s'agit ?

— Oui, c'est une légende. Celui qui détient le Joyau des Rois détient le cœur de l'Ecosse. Celui qui le détient peut devenir… roi d'Ecosse. Mais ce n'est qu'un conte pour enfants, Bram.

— Cette légende dépasse la simple histoire de ce pays et, aussi surprenant que cela puisse paraître, le Joyau existe. Bravant d'innombrables dangers, Caird l'a apporté ici, sur les terres du clan Fergusson pour qu'en tant que laird je puisse décider de ce que nous devons en faire. J'ai tout de suite compris que c'était cela que Balliol voulait que je reçoive.

Il secoua la tête d'un air dépité.

— Je pense qu'il voulait que l'on me considère comme un traître à cause du Joyau — pour que personne ne puisse soupçonner son existence ou deviner que je l'avais.

— Donc, tu as ce Joyau avec toi, en ce moment ?

— C'est Malcolm qui l'a.

L'amère morsure du regret envahit Bram à nouveau. Malcolm… Si seulement il avait protégé son frère dans sa jeunesse, Malcolm n'aurait pas vu son meilleur ami mourir. Si seulement il lui avait dit la vérité au sujet de Dunbar, il ne serait pas parti au combat, ce jour-là.

Malcolm *devait* détenir le Joyau des Rois pour pouvoir

redresser la situation et retrouver la foi. Néanmoins, cela n'empêchait pas Bram de se sentir coupable et de s'inquiéter.

— J'aurais tant de choses à te dire encore, reprit-il, mais ce n'est pas le moment…

En dépit de tout ce qu'il lui avait fait, Lioslath voulait en savoir plus. Il prétendait que les Colquhoun détenaient le pouvoir de diriger l'Ecosse, alors que le roi anglais venait de l'envahir et de la déclarer sienne.

— Si tout ce que tu dis au sujet de John Balliol et du Joyau est vrai, pourquoi es-tu venu ici ? Pourquoi m'as-tu épousée ?

La main de Bram trembla un instant sur le gobelet qu'il finit par reposer sur la petite table.

— Quand je t'ai écrit, en avril, j'avais seulement l'intention de venir pour vous aider, toi et ta famille. Je voulais t'aider à réparer les bâtiments et repartir ensuite sur mes terres.

Quand il releva la tête, ses yeux reflétaient une vulnérabilité qu'elle n'aurait jamais cru y voir.

— Hélas, après Dunbar, quand nous avons retrouvé le Joyau , mes frères et moi avons réfléchi à un plan. C'est là que j'ai décidé de rester ici pendant l'hiver, pour éviter les messagers d'Edward et attendre d'en savoir plus au sujet du bijou.

— Donc, notre mariage n'était qu'un moyen de te cacher, de fuir Edward : tu m'as épousée pour attendre tranquillement des nouvelles du Joyau et trahir ton pays.

— Rester faisait partie du plan. Me marier, non.

Une nouvelle vague de douleur traversa la jambe de Lioslath, à moins que ce fût la révélation de Bram.

— Est-ce que cela fait vraiment une grande différence ? Si ce mariage doit être temporaire, qu'il soit prévu ou non, qu'est-ce que cela change, pour moi ?

Les sourcils froncés, Bram fit non de la tête.

Ce secret, bien trop lourd à porter… Bram le lui avait avoué comme s'il avait confiance en elle, alors que cela lui permettrait, très facilement, de le détruire, de détruire tous les Colquhoun.

Soudain, elle sut ce qu'elle voulait vraiment savoir.

— Pourquoi tu me dis tout cela ?

— Parce que je reste, répondit Bram. Je veux que notre mariage soit réel.

Chapitre 20

— Tu es réveillée ! Tu es réveillée !

Gillean entra en courant dans la chambre, rapidement suivi par Eoin et Fyfa.

Lioslath se redressa sur son lit, prête à leur dire de partir, quand Donaldo entra à son tour avec un grand plateau chargé de nourriture et de boissons. Chien la suivait de près, la tête basse et les oreilles en arrière, comme s'il avait peur d'être attaqué à tout moment.

Chien. Lioslath le regarda avec autorité et il baissa la tête encore plus, mais il vint néanmoins renifler sa main qui pendait sur le côté du matelas. Sa truffe était fraîche, son souffle chaud sur ses doigts.

— Eoin, ne t'approche pas de ses jambes, ordonna Donaldo en posant le plateau.

Lioslath releva les yeux. Fyfa se tenait près du lit, les mains jointes, l'air serein mais la mâchoire un peu crispée. Et Gillean portait une brassée de… branchages. Qu'est-ce qu'ils étaient venus faire ici ?

— Je vais vous laisser, murmura Bram.

Il ne pouvait pas partir comme cela ! Il ne pouvait pas partir après lui avoir dit qu'il voulait que leur mariage soit réel.

— Non.

— Nous aurons le temps de parler, répondit Bram en s'approchant d'elle.

Il caressa sa joue du dos de la main, tendrement, comme

s'ils étaient vraiment mariés. Ce geste la contraria, parce qu'elle ne pouvait pas l'éviter, et lui fit peur, parce qu'elle savait parfaitement qu'elle n'aurait pas bougé, même si elle avait pu le repousser.

Puis il aggrava encore la situation en se penchant au-dessus d'elle pour lui parler à l'oreille. Tout le corps de Lioslath s'échauffait, trop conscient de la présence de Bram et de celle de sa famille qui regardait ailleurs pour leur accorder un peu d'intimité.

— Ils t'aiment, tu sais, souffla-t-il.

Les larmes aux yeux, elle sentit quelque chose s'éveiller en elle, une tiédeur là où il n'y avait eu que du vide jusqu'à présent. Lorsqu'il se tenait si près, en lui parlant d'une voix si douce, elle était incapable de se protéger…

— Ils t'aiment et vont attendre de pouvoir passer un peu de temps avec toi. Ils ne partiront pas et moi non plus. Je reste, Lioslath.

La caresse de ses mots lui donna la chair de poule. Bram se redressa ensuite et quitta la chambre sans un regard en arrière. Savait-il seulement ce qu'il faisait naître en elle ?

Dès que la porte fut refermée, Fyfa parut se détendre un peu.

— Je suis si contente de te revoir, grande sœur !

— Tu vas avoir une cicatrice, hein ? Une grosse trace de morsure, avec des empreintes de dents de *loup* ! s'écria Eoin sans quitter sa jambe des yeux, comme si une telle cicatrice était une sorte de miracle pour lui.

— Je peux voir ? Je peux voir ?

Surexcité, Gillean ne pouvait s'empêcher de danser autour du lit, secouant son étrange bouquet qui emplissait la chambre du parfum des arbres.

— Ta sœur a besoin de calme, réprimanda Donaldo, et pas que tu sautes partout, Gillean. Et je vais devoir refaire le pansement. Il faut que vous nous laissiez tranquilles.

— Mais on veut voir ! répliqua le petit en brandissant ses branches comme il aurait brandi une épée.

Ce fut alors que Lioslath comprit. Ce n'étaient pas des fleurs ou des herbes, mais des branches parce qu'ils savaient qu'elle aimait les arbres, l'odeur du pin et des feuilles de chêne humides.

Abasourdie, elle les dévisagea en silence. Ils savaient ce qu'elle aimait.

— Non, reprit Donaldo sévèrement. A votre âge, on ne doit pas voir ce genre de choses. Maintenant que vous savez qu'elle va bien et que vous êtes rassurés, il est temps de partir.

Mais ses frères et sa sœur voulaient voir sa blessure — plus important encore, Lioslath *savait* qu'ils voulaient la voir.

Fyfa était inquiète et voulait s'assurer que la plaie se soignait bien. Sous les draps, sa jambe était enflée. C'était une blessure impressionnante et grave, mais, tant qu'elle serait soignée convenablement, elle se résorberait. Cependant, comment Fyfa pourrait-elle apprendre à soigner ce genre de plaie, comme toute future maîtresse de clan le devait, si elle ne regardait pas ses aînées faire ?

Quant à Eoin, il voulait voir les traces de dents. Lioslath savait que sa peau était déchirée là où le loup l'avait mordue et que de longues éraflures striaient sa cuisse. La plaie était hideuse, horriblement douloureuse, mais elle l'arborait comme une blessure de guerre. Eoin avait six ans. Il était fasciné par les blessures de guerre.

Et Gillean, qui sautillait toujours d'excitation à ses pieds ? Gillean était simplement curieux, comme tout enfant de son âge.

La potion que Bram lui avait donnée commençait à ne plus faire effet et Lioslath souffrait plus que jamais, mais Donaldo était là avec d'autres flacons. Ses frères et sa sœur voulaient voir sa blessure. Pourquoi ne pas prendre le temps de la leur montrer ?

— Ils peuvent rester, finit-elle par dire.

Elle eut à peine le temps de voir Donaldo se tourner vers elle, l'air interloqué, avant que sa vision se brouille. Elle pleurait. C'étaient ses premières larmes depuis l'attaque du loup, depuis que Bram l'avait blessée.

Entre les paroles de son époux et les crocs de la bête, elle était brisée en dedans et en dehors ; mais, par miracle, elle comprenait ses frères et sa sœur.

Bien sûr, tout ne serait pas toujours aussi facile. Pour le moment, elle était simplement allongée et les enfants ne la dérangeaient pas par leurs jeux. Tout ce qu'ils voulaient, à cet instant, c'était regarder sa blessure, et elle voulait qu'ils la regardent. Un petit pas… Non, un pas de géant : pour une fois, elle les *comprenait*.

D'ailleurs, à en croire leurs regards abasourdis, ils devaient s'être rendu compte de ce qui se passait, eux aussi.

Lioslath se réveilla en sursaut. Depuis combien de temps était-elle clouée au lit, avec Bram à son chevet, qui veillait sur elle ? Des semaines. Au fil des jours, la douleur s'apaisait et elle recommençait à marcher en s'appuyant sur une canne. Elle pouvait même rejoindre les commodités toute seule.

Bram insistait toujours pour la porter, mais elle ne le laissait pas faire. Elle ne voulait plus rien de lui.

Certains jours, la douleur empirait un peu. La morsure, sur sa jambe, avait été recousue mais elle restait rouge et enflée. Les attelles et les bandages l'irritaient en permanence. Heureusement, l'os ne s'était pas cassé — même si Bram agissait comme si c'était le cas.

Il était toujours là, au milieu de la nuit, quand elle avait besoin de reprendre sa potion ; toujours là pour ajuster ses bandages ou l'aider à mieux se placer sur le lit. Toujours.

Comme cette nuit.

Elle regarda autour d'elle et le découvrit, endormi par terre. Chien s'était étendu près de lui, le touchant presque de ses pattes. Ils finissaient par s'entendre et Lioslath se demandait parfois lequel des deux était le plus protecteur.

Après le premier jour, la douleur était devenue plus violente. Par moments, seules les décoctions de Donaldo parvenaient à rendre sa convalescence supportable. Bram n'avait plus jamais parlé de leur mariage, n'avait plus chuchoté à son oreille lors des visites de Fyfa et des garçons, ou quand Donaldo venait changer ses pansements ; pas même quand Aindreas passait la voir pour la faire rire, inquiet, mais souriant.

Lorsqu'il était là, Bram riait, même avec lui. Apparemment, ils avaient atteint une sorte d'équilibre, un accord tacite qui rendait Lioslath encore plus mal à l'aise que la tranquillité de Chien en présence de son concurrent.

Oui, cela faisait des semaines qu'elle tenait le lit, voyant peu à peu sa douleur s'effacer grâce aux potions.

Cette nuit, elle ne souffrait presque plus, sans même avoir avalé l'infusion. Elle se remettait enfin. Seulement, la vie redeviendrait-elle normale un jour ? Rien n'était moins sûr.

Bram avait tant fait pour le clan et lui avait dit tant de choses. Il s'absentait plusieurs fois par jour et revenait en lui décrivant les travaux qu'il menait, les améliorations qu'il avait apportées. Récemment, la pluie avait rendu le travail de construction plus difficile ; mais le temps était encore assez doux pour ensemencer les champs. Ses hommes et lui avaient commencé à reconstruire le tunnel — qui n'était plus secret du tout. A chacun de ses passages, il écoutait les avis de Lioslath, lui demandait des conseils. Comme si elle était vraiment sa femme.

Pas un jour ne passait sans qu'il s'excuse de sa bêtise à son égard. Elle finit par lui pardonner son retard : s'il n'y avait pas eu le roi, ou la légende du Joyau , il serait arrivé à temps pour les sauver. On ne pouvait le tenir pour responsable de ce qui s'était passé à Dunbar, pas plus que des ravages que les Anglais avaient faits au fort avant de partir.

Elle lui pardonnait cela. Il n'avait eu, de toute manière, aucun contrôle. Mais pour les négociations qu'il avait menées avec son père, pour les fausses alliances et ses incessantes manipulations ?

Jamais elle ne lui pardonnerait.

Elle avait déjà connu ce genre d'excuses trop de fois avec son père. Ses stratégies. Sa haine qui ne dormait jamais, et ses rapides justifications brouillonnes ensuite. Oui, son père l'avait déçue de nombreuses fois, mais Bram avait fait bien pire !

Bram avait avait suscité un espoir en elle — pour elle et pour l'avenir de son clan — et l'avait piétiné. Jamais elle ne pourrait lui faire confiance, jamais elle ne pourrait s'appuyer sur lui. Il était plus que temps que laird Colquhoun oublie ses ambitions et retourne chez lui. Il était plus que temps que Bram découvre l'amertume de l'échec.

Quelques coups secs furent frappés à la porte.

Bram bondit sur ses pieds et manqua de trébucher sur le corps de Chien qui lâcha un grondement sourd. Encore un peu ensommeillé, il se tourna alors vers Lioslath qui ne fit pas le moindre effort pour cacher son sourire et s'essuya les yeux.

On frappa de nouveau, avec plus d'insistance.

— Entrez, lança Lioslath.

Donaldo ouvrit la porte à la volée.

Rassuré, Bram s'assit au chevet de Lioslath.

— Est-ce que tu as mal ?

— Non, pas ce matin.

— Des cavaliers et des charrettes viennent d'apparaître au sommet de la colline, lâcha Donaldo, le souffle court.

Des charrettes chargées de vivres pour le clan Fergusson — exactement ce que Bram avait exigé. Il savait parfaitement bien qui arrivait : ce n'était pas un ennemi, mais Lioslath verrait certainement les choses d'un autre œil.

— Préparez autant de nourriture que vous le pouvez, dit-il. Ils vont avoir faim.

Donaldo interrogea brièvement sa maîtresse du regard avant de repartir comme elle était venue.

— Qui sont ces gens ? demanda Lioslath — qui devait pourtant déjà avoir deviné.

— Des Colquhoun, répondit évasivement Bram.

Ce n'était pas un mensonge. Leurs visiteurs étaient Colquhoun à présent, même si certains étaient nés bien loin de l'Ecosse.

— Ils apportent des vivres, de la laine et des chevaux. Ils ont aussi des graines d'orge et de froment d'hiver. Nous avons encore le temps d'ensemencer les champs.

Il passa rapidement son pantalon et sa tunique avant de nouer sa ceinture.

— Il fait assez chaud, ici, donc ils ont aussi pris de l'avoine, même si je ne suis pas certain qu'elle pousse avant le gel. Quoi qu'il en soit, la terre est encore souple et on pourrait moissonner à l'arrivée du printemps.

Lioslath l'écouta, le visage sombre.

— Des Colquhoun. Encore.

Bram avait su que la nouvelle ne l'enchanterait pas. Il enfila ses bottes et attacha ses cheveux comme à son habitude. Après l'attaque, Finlay était parti à cheval avec cinq de ses hommes pour porter les lettres au clan Colquhoun. Quelques hommes étaient restés avec Bram pour achever les réparations les plus urgentes avant l'hiver et, bien qu'ils fussent moins nombreux, ils n'étaient toujours pas les bienvenus au fort, y compris Bram. Cela faisait déjà quelques semaines qu'il avait envoyé ses missives et il savait qu'il avait très peu de temps pour gagner la confiance de Lioslath avant l'arrivée des siens.

Il s'était donc occupé d'elle jour et nuit, mangeant à peine, dormant peu, mais cela n'avait pas suffi. L'espace d'un instant, il voulut lui parler, faire une dernière tentative. Hélas, que pouvait-il lui dire qu'il n'avait déjà répété cent fois, dans l'espoir d'apaiser sa nature soupçonneuse ?

Il avait tant besoin que quelqu'un ou quelque chose vienne leur donner une chance. Quel espoir stupide ! Il avait détruit toute affection, toute confiance, ce jour-là, dans la forêt et, dès que Lioslath aurait vu qui étaient les cavaliers à l'approche, elle ne lui pardonnerait plus jamais…

— Ma chérie, il faut que tu t'habilles, dit-il en l'aidant à quitter le lit.

— Arrête de m'appeler comme cela !

— Comment ?

— Petite, beauté ou chérie. Ce sont des surnoms affectueux, mais il ne se passe rien entre nous et je ne veux pas que ces Colquhoun se fassent des illusions — d'autant plus que tu repartiras avec eux dès que les semences seront finies.

— Nous sommes mariés, Lioslath. Je n'irai nulle part.

Elle se crispa entre ses bras, mais ne répondit pas. Elle était déjà presque habillée, d'une belle chemise épaisse — hélas, pas aussi douce que sa peau.

Il l'aida à enfiler le reste de ses vêtements, tout en s'autorisant de furtives caresses — c'était tout ce qu'il pouvait faire s'il ne voulait pas se laisser aller à l'embrasser.

Ensuite, il la porta pour descendre les quelques marches qui menaient à la cour et la reposa, à contrecœur.

— Quoi qu'il arrive, lui glissa-t-il à l'oreille, souviens-toi que je serai toujours à tes côtés.

— Hors de question : je veux oublier tout cela au plus vite.

Même avec sa canne, Lioslath dut s'appuyer sur Bram pour traverser la cour. Elle vit arriver les deux cavaliers : un homme d'une taille impressionnante aux cheveux bruns qui retombaient sur son visage et, à ses côtés, une femme mince, assez grande, aux cheveux presque aussi roux que ceux de Bram.

En un instant, elle la reconnut : Gaira !

Sous le choc, elle se figea. Plus rien n'existait que la douleur et la tristesse qui fusèrent en elle. Incapable de regarder Bram, elle lâcha d'une voix étranglée :

— Qu'est-ce que tu as fait ?

Il ne lui répondit pas, l'obligeant à lever les yeux sur lui, à voir ses yeux gris qui la suppliaient — sans pour autant trahir la détresse qui perça dans sa voix quand il finit par parler…

— N'oublie pas, Lioslath, nous sommes mariés. Tu m'as peut-être accordé ta main, mais c'est moi qui refuse de la lâcher. Je ne t'abandonnerai pas.

Chapitre 21

Gaira passa les portes. Les portes du fort Fergusson. Ses longs cheveux, à la teinte si proche de ceux de son frère, étaient rassemblés en de multiples tresses, et ses vêtements, simples, pratiques, ressemblaient au style que Bram adoptait à présent. Lioslath ne s'était pas attendue à ces vêtements, à ces cheveux. Elle ne s'était pas attendue à tout cela — et n'appréciait *pas du tout* cette intrusion chez elle.

— Tu n'aurais jamais dû faire cela, glissa-t-elle à Bram.

— Calme-toi, Lioslath…

Il déposa une main au creux de son dos. Pour la rassurer ? Ou pour l'empêcher de s'enfuir ?

— Je n'ai fait que ce qui m'a paru nécessaire.

— Tu n'avais aucun droit d'inviter ta sœur ici ! Qui essaies-tu de manipuler, cette fois ? Je ne veux pas voir ta sœur. J'en ai fini de négocier avec toi.

Bram se crispa. Lioslath avait touché juste, et tant mieux.

— Je ne négocie pas et je ne manipule pas, répondit-il. Je ne ferai plus jamais cela avec toi.

— Et je suis censée te croire ?

— J'espérais que tu me ferais confiance, depuis le temps.

Une lueur mystérieuse passa dans ses yeux couleur d'orage — une lueur que Lioslath surprenait bien trop souvent, depuis quelques semaines. Se sentait-il encore coupable pour sa blessure ? Non. C'était une émotion plus intense, plus désespérée ; et plus difficile à reconnaître, chez Bram.

Comment un homme tel que lui pouvait-il être désespéré ? Les conquérants ne sont jamais désespérés. Les grands négociateurs ne se retrouvent jamais au pied du mur.

Détournant le regard, elle préféra s'intéresser à l'homme qui chevauchait aux côtés de Gaira et mettait à présent pied à terre. Il était un peu plus petit que Bram mais musclé et puissant. Il marchait avec la grâce déterminée d'un homme entraîné au combat depuis son plus jeune âge. Il aurait pu faire peur à Lioslath, si son expression ne s'était pas tant adoucie tandis qu'il aidait Gaira à descendre de cheval. Puis, tous deux sourirent, comme s'ils étaient les bienvenus. Comme s'ils se contentaient de faire une visite de courtoisie.

— Qu'espères-tu obtenir de tout cela ? Qu'essaies-tu de prouver, Bram ?

— Tout, Lioslath. Je te montre tout, sans rien dissimuler, et j'espère seulement que tu accepteras la réalité…

Quand les intrus s'approchèrent, Gaira jeta un rapide coup d'œil à son frère, puis se tourna vers Lioslath.

— De toute évidence, mon idiot de frère ne t'a pas annoncé notre arrivée, dit-elle avant de poursuivre, en direction de Bram : Tu sais, un jour, tu essaieras de dicter la conduite de la mauvaise personne.

Avec un petit signe en direction de l'homme qui l'accompagnait, elle reprit à voix haute :

— Lioslath, voici mon époux, Robert de Dent.

Dent ? Ce n'était pas un nom écossais. L'homme se rapprocha de Gaira et passa un bras autour de sa taille, comme s'il cherchait à la soutenir ou à la protéger. Comme s'il s'attendait à une réaction violente…

Soudain, Lioslath comprit. Une stupeur glaciale l'envahit et ses jambes se dérobèrent sous elle. Elle dut s'appuyer de plus belle sur son bâton et sur Bram pour ne pas s'écrouler.

Des aiguilles gelées la percèrent de toute part. Puis, la colère, la souffrance prirent leur place. Brûlantes. Cet homme était l'époux de Gaira… et il était anglais.

Gaira avait voyagé de Doonhill à Colquhoun avec quatre enfants ; mais elle n'avait pas été seule. Cet homme s'était tenu à ses côtés. Robert était présent le jour où Busby avait enfin retrouvé Gaira !

— C'était vous…

Cela n'avait rien d'une question : elle *savait*. Ce n'était qu'une accusation, primale. Viscérale.

Gaira et Robert ne parurent pas surpris. Lioslath faisait face à la femme qui avait fui son père, l'avait poussé à partir à sa poursuite, et à l'homme qui avait mis fin à ses jours. Et elle n'avait même pas d'arme à portée de main pour le venger.

— Oui, répondit posément Robert.

Lioslath tenta de s'arracher aux bras de Bram, mais il lui prit fermement la main et ne la lâcha pas. Trop faible pour lutter, elle le laissa faire, de peur de tomber brutalement.

— Nous devrions peut-être entrer, proposa Gaira. J'ai besoin de m'asseoir.

Rentrer ? Ainsi, elle voulait piéger Lioslath à l'intérieur — comme si sa jambe blessée ne l'affaiblissait pas suffisamment !

Elle aurait voulu se libérer, fuir dans les bois — ses chers bois — et ne plus jamais revoir aucun de leurs visages. Mais elle remarqua le geste furtif, discret, de Gaira : sa main posée sur son ventre encore plat…

Lioslath leur donna donc la seule réponse que sa mère aurait voulu qu'elle donne :

— Oui, rentrons.

Ils traversèrent lentement l'étroite porte du fort et pénétrèrent dans la grande salle où la table et les bancs du festin avaient été dressés pour eux. On avait étalé des paillasses fraîches par terre et récuré les murs. Avec la table et les bancs au milieu, la pièce avait retrouvé une apparence passable. Seigneur, tant de choses avaient changé, depuis qu'elle avait accepté d'épouser Bram.

Gaira s'installa sur le banc rude et usé comme s'il s'était agi d'un fauteuil confortable chargé de coussins, et s'appuya contre Robert qui restait à ses côtés.

Pendant quelques instants, un silence tendu bourdonna aux oreilles de Lioslath. Elle faillit laisser ses hôtes indésirables seuls avec Bram ; cependant, Gaira la dévisageait avec douceur, timidité et… gentillesse. Cela suffit à la convaincre d'attendre.

Néanmoins, s'ils voulaient qu'elle parle, ils seraient déçus ! Elle parvenait à peine à contenir ses émotions et était incapable de prononcer le moindre mot.

— J'imagine que c'est à moi de parler, commença finalement Gaira avant de se tourner vers son frère. Qu'est-ce que tu lui as dit ?

— Rien de ce que j'aurais dû dire.

— Ah… C'est déjà bien que tu l'admettes, j'imagine.

Gaira jeta un rapide coup d'œil à son époux, puis reprit :

— Bram, en tant que laird, a exigé que j'épouse ton père. Je n'ai appris ses projets que lorsque Busby s'est tenu devant moi, prêt à prononcer ses vœux. Blessée, sous le choc, j'ai laissé faire…

Lioslath sentit un vertige la saisir et Bram se crispa de nouveau à côté d'elle — comme si l'on venait de le frapper.

Elle ne le regarda pas, ne put s'y résoudre. Pas à présent qu'elle connaissait la vérité — car Gaira ne mentait pas, c'était certain.

Ainsi, Bram l'avait obligée à se marier.

— Pourquoi n'avoir rien dit à mon père ? demanda-t-elle, bien qu'elle connût déjà la réponse.

Gaira prit une profonde inspiration, comme si elle avait peur de répondre.

— Parce que ton père était si grand, parce qu'il ne m'avait pas dit un seul mot gentil, parce qu'il… me faisait peur.

Gaira avait craint Busby. Cette femme, capable de traverser des territoires ennemis avec quatre enfants à protéger, avait craint Busby. Sans doute lui avait-il donné de bonnes raisons d'avoir peur de lui. Cet aveu fut comme un coup de poignard pour Lioslath.

Bram se rapprocha insensiblement d'elle. Cherchait-il à la réconforter ? Que ferait-elle, s'il osait la toucher ?

— Et vous ? lança-t-elle en se tournant vers l'homme qui enlaçait toujours sa femme d'un air protecteur.

Comme s'il craignait que Lioslath l'agresse. Hélas, elle

ne pouvait rien — et cela n'avait rien à voir avec l'absence d'arme à sa ceinture. Elle ne pouvait pas attaquer, parce qu'elle apprenait enfin la vérité.

— Busby m'a défié sur la place d'un village, alors que nous tentions de rejoindre les terres des Colquhoun, dit Robert.

Ainsi, il s'était contenté de se défendre. Il était plus petit que le père de Lioslath, mais elle ne pouvait pas douter de ses talents de combattant : elle savait reconnaître un homme bien entraîné quand elle en voyait un.

Gaira serra brièvement le bras de son époux.

— Robert était présent à Doonhill, mais il n'était absolument pas lié au massacre. Il m'a aidée à rejoindre mon clan avec les enfants. Il s'est risqué au cœur de ce village pour acheter des provisions. Sans lui, nous n'aurions…

— Gaira, coupa Robert d'un air d'avertissement.

Craignait-il qu'elle en ait trop dit ?

Ce n'était pourtant pas le cas. Lioslath savait instinctivement qu'aucun d'eux ne mentait. Ce voyage avait dû être très dangereux, même avec l'aide de Robert. C'était un vrai miracle qu'ils y aient survécu…

Hélas, le cœur brisé, elle savait aussi que Gaira avait l'intention de lui en dire davantage, de lui dévoiler brutalement des choses qu'elle n'était pas prête à entendre. Pas ici, en tout cas. Pas alors qu'elle était déjà prise au piège à l'intérieur du fort.

— Je ne veux plus rien savoir, dit-elle.

— Lioslath…

La voix de Bram. Chaude. Envoûtante. La voix de Bram, chargée de tant de promesses — des promesses qu'elle ne voulait pas envisager.

Un seul mot, son nom… Non, envahie par sa douleur, son deuil ravivé, et face à une vérité qu'elle n'avait jamais voulu apprendre, elle ne pouvait pas supporter la voix de Bram.

— Bram, Robert, vous devriez sortir, dit Gaira d'une voix ferme.

— Lioslath, répéta Bram en se levant.

Ce fut alors que Lioslath trouva le courage de lever les yeux sur lui.

— Pars, Colquhoun, ou je te fermerai de nouveau les portes de mon fort.

Gaira resta silencieuse un long moment, face à Lioslath. Finalement, elle reprit la parole posément :

— Tu n'es pas en colère contre moi.

C'était vrai. Lioslath aurait voulu être furieuse, lui en vouloir. Mais comment en vouloir à une femme enceinte qui voyageait à cheval, ne portait pas de vêtements de luxe et ne s'encombrait pas d'une troupe de serviteurs prêts à satisfaire ses moindres caprices ?

Gaira n'était pas la femme qu'elle s'était imaginée…

Bram, cependant, était exactement l'homme qu'elle avait appris à connaître. Un homme capable de contrôler sa propre famille et celle de Lioslath sans le moindre scrupule. Durant tout ce temps, il avait su qui était l'assassin de Busby. Il *avait su* ! Après tout ce qu'il lui avait fait subir, elle n'avait pas pensé qu'il pouvait la blesser plus durement. Comment se faisait-il que chaque trahison fût encore plus amère que la précédente ?

— J'étais en colère, jusqu'à ce que je découvre qui est réellement à blâmer pour tout cela, murmura-t-elle.

— Est-ce que mon frère t'a demandé de l'épouser, ou bien est-ce qu'il te l'a imposé ?

Lioslath sentit son cœur s'emballer. Elle ne s'attendait pas à une telle question.

— Il a annoncé nos fiançailles devant le clan au complet sans m'en parler. J'imagine qu'imposer ses choix est son seul moyen d'obtenir ce qu'il veut.

— Oui, c'est un casse-pieds et un idiot !

Lioslath crut avoir mal entendu et Gaira éclata de rire.

— Je le connais depuis assez longtemps, crois-moi.

— Cela ne fait aucun doute…

Gaira pencha machinalement la tête sur le côté, pensive — en cet instant, elle ressemblait énormément à son frère.

— En effet, reprit-elle, et je peux te dire qu'il a changé.

Vraiment ? Aux yeux de Lioslath, il était pourtant toujours le même : manipulateur, sans scrupule, égoïste.

— Je suis désolée qu'il vous ait fait venir ici.

— C'est vrai ? N'es-tu pas plutôt désolée de m'avoir rencontrée ? répliqua Gaira, un petit sourire aux lèvres.

— Est-ce que cela a la moindre importance ? Vous n'auriez pas dû voyager, étant donné que vous êtes enceinte.

Gaira poussa un petit soupir de contentement.

— Je ne voulais pas en parler. Cette rencontre était censée te concerner et je n'avais pas envie d'attirer l'attention sur moi.

— Vous avez failli tomber dans ma cour !

— C'est pour cela que tu m'as invitée à rentrer ?

— Oui, et pour rien d'autre.

Lioslath, surprise par leur arrivée, n'avait simplement écouté que son instinct. Seulement, à présent qu'elle avait un peu de temps pour réfléchir, elle comprenait qu'elle aurait, de toute manière, invité Gaira à entrer, tôt ou tard. Bram lui avait parlé du courage de sa sœur avec les enfants de Doonhill et elle la respectait pour cela.

— J'ai des questions, reprit-elle au bout de quelques secondes.

— Très bien. Mais avant… est-ce que Bram t'a parlé de moi ?

Il lui avait dit de petites choses, des détails qu'elle n'avait pas vraiment écoutés.

— Me parler de vous ne l'aurait pas mis à son avantage, j'imagine.

— Oui, cela lui ressemble, répondit Gaira. Il a exigé que je vienne, aussi autoritaire qu'à son habitude. Etant donné notre passé et l'instinct de protection de Robert à mon égard, il devait être désespéré pour en arriver là.

Qu'est-ce qui avait bien pu pousser le tout-puissant laird Colquhoun à être si désespéré ? A se résigner à lui apprendre toute la vérité ? Il devait pourtant savoir qu'elle ne lui pardonnerait jamais, après avoir entendu le récit de Robert.

— Il m'a parlé de toi, dans sa lettre, reprit Gaira à mi-voix. Il ne s'est pas étendu, mais m'en a suffisamment appris.

— Comment cela ?

Gaira jeta un rapide coup d'œil aux portes restées ouvertes.

— Bram voulait que je vienne… pour toi. Tu es importante, à ses yeux. Jamais encore je ne l'ai vu faire une telle chose : il essaie de changer, tu sais.

Changer ? Encore ? Pourtant, aux yeux de Lioslath, Bram ne s'était pas une fois remis en cause depuis son arrivée sur la colline.

— Il ne m'a pas dit que vous veniez.

— Peux-tu vraiment lui en vouloir pour cela ?

— Oui.

De nouveau, Gaira eut un petit rire.

— Bien ! Dans ce cas, pour une fois, il a pris la bonne décision.

Que voulait-elle dire ? Lioslath n'avait jamais compris Bram et voilà qu'elle ne comprenait pas sa sœur. Est-ce que tous les Colquhoun étaient aussi énigmatiques ?

— Vous pensez vraiment que me mentir et me manipuler était une bonne idée ?

— Non. Je pense que t'épouser était une bonne idée.

Avant que Lioslath puisse répondre, Donaldo et une servante apportèrent deux plateaux de nourriture.

— Oh ! merci beaucoup ! s'écria Gaira en attrapant immédiatement une tranche de gibier. Je meurs de faim !

C'était décidément la conversation la plus étrange que Lioslath ait jamais eue… Elle était assise là, à écouter cette femme, alors qu'elle aurait dû lui lancer sa dague en plein cœur, la tuer pour la punir d'avoir fui son père et d'avoir causé sa mort. Pour la punir d'avoir épousé l'assassin de Busby.

Et pourtant, elle restait calme et remplissait deux gobelets de bière, en bonne maîtresse de maison — ce qu'elle n'était certainement pas. Soudain, elle se souvint que Bram avait demandé que l'on apporte cette collation. S'était-il attendu à un tel dénouement ? Comment pouvait-elle se fier à un homme qui était si doué pour comprendre les gens alors qu'elle-même en était parfaitement incapable ?

Gaira les croyait-elle heureux d'être mariés ? Pensait-elle assister à une liaison amoureuse passionnée ? Apparemment, Bram n'avait pas pris la peine de raconter tous les détails de leur histoire à sa sœur.

— Votre frère n'a pas choisi de m'épouser et il n'a jamais eu l'intention de rester mon mari.

Gaira but une gorgée de bière.

— Cela m'étonnerait… Bram ne fait rien contre son gré. S'il a vraiment été contraint de t'épouser, je demande à entendre cette histoire.

Lioslath lui raconta donc tout, depuis le début du siège jusqu'à l'arrivée, au matin, de ses hôtes inattendus. Elle ne passa rien sous silence. En face d'elle, Gaira écoutait, mangeait, buvait.

Quand Lioslath eut achevé son récit, elle soupira.

— Tu prétends que mon frère ne voulait pas t'épouser, mais c'est faux. C'est lui qui a choisi d'annoncer vos fiançailles à tout le monde.

— Uniquement parce que j'ai fait échouer son premier plan, parce que je l'ai mis au pied du mur.

— Oh ! j'ai vu comment il te regarde et je peux te dire que Bram ne s'est jamais retrouvé au pied du mur, il a le don de se tirer de n'importe quelle difficulté en quelques mots.

L'espace d'un instant, Lioslath faillit la croire.

— Par contre, il pensait certainement que ce mariage serait temporaire, au début, reprit Gaira entre deux bouchées de pain. Il est le laird de notre clan ; son devoir lui interdit de rester ici.

— Il m'a parlé du Joyau des Rois.

Et cela avait troublé Lioslath. S'il avait réellement la responsabilité du bijou, face à son clan, pourquoi être venu jusqu'ici ? Pourquoi rester, alors que Malcolm courait certainement un grave danger ? Décidément, Bram n'était pas fiable, et cela ne faisait que le prouver.

— S'il t'en a parlé, c'est qu'il a réellement envie que tu restes sa femme, même si tu ne lui fais pas confiance…

Lioslath haussa les épaules et avala une gorgée de bière. En effet, elle ne lui faisait pas confiance.

— C'est sans doute difficile, pour toi, étant donné que tu l'aimes.

A ces mots, Lioslath crut s'étouffer. Elle dévisagea Gaira, abasourdie, incapable de répondre.

— Tu l'aimes, c'est évident. Sans cela, tu serais partie à l'instant même où tu nous as vus arriver. Si tu es restée, c'est parce que tu voulais entendre ce que j'avais à dire. Bram a vu juste : tu avais besoin que je vienne et que je te parle, à cœur ouvert, pour pouvoir enfin te fier à lui.

Lioslath sentit les larmes lui monter aux yeux et les refoula péniblement. Pouvait-elle croire à cela ? Pouvait-elle croire à tout ce que Gaira venait de lui dire ?

— Ceci dit, j'aimerais te demander une faveur…

— Une faveur ?

Gaira acquiesça, les yeux pétillants de malice.

— Je t'en prie, attends un peu pour dire à mon bon à rien de frère que tu lui fais confiance. Il doit se faire pardonner d'abord et *j'adore* le voir s'excuser.

Bram sortit de la cour avec Robert et tous deux s'éloignèrent du village. Ils avaient beaucoup de choses à se dire, des choses que personne ne devait entendre.

Certes, cette discussion était nécessaire, mais Bram culpabilisait de laisser Lioslath seule avec Gaira. Il avait bien vu, au regard dur de sa femme, qu'elle se sentait profondément trahie et plus jamais il ne voulait surprendre cette émotion amère au fond de ses yeux. Il l'avait déjà trahie une fois, lorsqu'ils avaient été attaqués par les loups. A ce moment-là, il avait eu l'impression d'être celui qui lui avait transpercé la jambe de son épée. Aujourd'hui, ce regard avait été plus dur encore ; comme si elle s'était attendue à une nouvelle trahison…

Il avait cru avoir retenu sa leçon après avoir manqué de la perdre, dans la forêt. De toute évidence, il avait encore beaucoup à apprendre. Il aurait dû prévenir Lioslath.

Pourvu que Gaira trouve les bons mots, là où lui en avait été incapable. Lioslath la croirait-elle seulement ? Après tout, c'était l'histoire de sa sœur, pas celle de Bram Colquhoun. C'était à elle de la raconter… Malheureusement, c'était une histoire douloureuse. Robert était l'époux de Gaira *et* l'homme qui avait tué le père de Lioslath.

Il n'avait rien à se reprocher, bien sûr : cela avait été un combat honorable. Qu'est-ce que Robert aurait pu faire d'autre, lorsque Busby l'avait attaqué ? Lioslath serait-elle capable de comprendre cela ? Trouverait-elle un peu de paix en apprenant pourquoi son père était mort ?

— Ainsi, tu t'es marié, lança Robert, au bout d'un moment.

— Oui.

En effet, il était marié, même si l'avenir de ce mariage restait encore douteux.

— Et je vois que tu contrôles bien Lioslath…

Bram s'était attendu à ce genre de remarques acerbes, évidemment. Après tout, il l'avait bien mérité.

— Quand je vois avec quelle facilité elle t'a menacé, là-bas, reprit Robert, et son autorité quand elle a sous-entendu qu'elle n'hésiterait pas à te bannir de ses terres, je me dis que tu n'aurais pas pu trouver de femme plus docile dans toute l'Ecosse. Félicitations, Bram !

Bram ne put réprimer un éclat de rire.

— Dis-moi, tu n'as pas attendu bien longtemps pour me rappeler notre première conversation.

— Oh ! crois-moi, j'ai attendu et cela m'a demandé bien des efforts. En fait, je crois que je pourrais te la rappeler encore bien des fois, juste pour en savourer chaque mot.

Bram soupira. Il avait été si arrogant, quand il avait rencontré Robert, si sûr que les femmes n'étaient utiles que pour les mariages et faire des enfants… Seigneur, sa vie aurait été bien triste, s'il n'avait pas rencontré Lioslath.

— Ma femme n'est pas docile, en effet, et j'en remercie

toutes les étoiles du ciel, chaque nuit… Néanmoins, par moments, j'aimerais qu'elle ne soit pas aussi obstinée.

— Je te l'ai souvent répété, Bram : tout le monde ne rit pas et ne pardonne pas aussi facilement que toi. Nous avons besoin de plus de temps.

— J'ai agi de manière impardonnable envers elle, et pourtant elle prétend m'avoir pardonné.

— Dans ce cas, vous allez bien ensemble…

Si seulement cela pouvait être vrai, songea Bram.

— Malheureusement, elle ne me fait pas confiance.

Robert s'immobilisa, l'air surpris.

— C'est un autre problème, en effet.

— Je sais.

— Patience, Bram. Patience. Tu as le temps.

— Non, mon temps s'est écoulé à votre arrivée.

— C'est toi qui nous as demandé de venir. Tu as pris le risque de lui apprendre toute la vérité, qu'elle ne te pardonne jamais de lui avoir menti. Tu crois qu'elle s'en remettra ?

— Elle a souffert, bien plus que je ne le pensais, et j'en ai rajouté, lâcha Bram, la gorge nouée. Si seulement elle me laissait faire, je suis prêt à passer ma vie à me faire pardonner.

— Et quelle femme docile refuserait une telle opportunité ?

— C'est cela, continue à me balancer mon arrogance au visage !

— Avec plaisir ! lança Robert avant de jeter un rapide coup d'œil autour de lui. Bref, il faut que nous parlions de… choses importantes.

— Importantes ?

— Oui, et j'espère avoir reçu de faux renseignements.

Bon sang, il était encore bien trop tôt ! Bram sentit son cœur s'emballer.

— Malcolm… Tu as reçu des nouvelles de Malcolm…

— Non, ce n'est pas Malcolm. C'est au sujet de Caird et Mairead ; du Joyau des Rois et de l'Anglais.

— Je voulais que tu sois au courant, Robert. Tu es mon frère, maintenant.

Robert parut un peu gêné.

— Oui, ton frère…

Cela ne faisait pas encore un an que Robert avait découvert Gaira et les enfants à Doonhill, et il n'avait toujous pas expliqué pourquoi il s'était rendu à Doonhill. Il ne lui avait pas dévoilé l'ombre qui hantait son passé. Si Bram avait attendu si longtemps, c'était uniquement parce qu'il savait à quel point Robert était épris de Gaira ; néanmoins, il aimait pousser de temps à autre son beau-frère dans ses retranchements, pour lui faire abandonner sa nature réservée, si peu en phase avec l'impétuosité des Colquhoun.

Robert lança un nouveau regard alentour, puis baissa la voix :

— Il faut que je te parle de Doonhill.

A la mention de ce nom, Bram sentit sa tristesse s'éveiller, toujours tapie au fond de lui, vive et acérée — comme une piqûre d'aiguille qui fait mal et puis s'apaise. Il avait cru avoir enfoui sa douleur profondément, depuis le temps… Hélas, la présence de Gaira et Robert ne faisait que lui rappeler la mort d'Irvette. Quoi qu'il en soit, Robert disait que la situation était grave, et ce n'était pas le moment de se laisser aller à ses souvenirs.

— Je t'écoute, dit-il.

— Comme tu le sais, le massacre de Doonhill est dû à sir Howe et ses hommes. Cependant, il est aussi possible que l'Anglais, qui a menacé Caird et Mairead, et a cherché à s'approprier le Joyau des Rois, soit aussi sir Howe.

— Une simple coïncidence. Qu'est-ce… Pourquoi crois-tu qu'il y ait un lien entre ces deux affaires ?

Robert parut soudain se rendre compte qu'ils étaient très loin du village.

— Je sais, c'est troublant, dit-il au bout d'un instant. Je peux comprendre qu'un Anglais cherche le Joyau des Rois pour le pouvoir qu'il accorde, et pour sa valeur : c'est un trésor unique. Mais Doonhill était un acte de violence gratuite. Sir Howe n'avait rien à y gagner. Cela n'a engendré que… pertes.

— Oui, il ne peut pas y avoir de lien.

En dépit de ses paroles, Bram ne put s'empêcher de penser à Irvette, la petite sœur qu'il chérissait encore tant, une

Colquhoun. Et le Joyau était en chemin pour rejoindre les Colquhoun quand il avait été intercepté par l'Anglais — qui avait tué pour l'obtenir. Irvette avait-elle été liée au Joyau ? Impossible ! Elle était si jeune, si innocente, aimée par son époux et sa jolie petite Maisie…

Bram savait quelles horreurs Caird et Mairead avaient dû traverser pour fuir l'Anglais et ne pouvait pas imaginer qu'Irvette ait pu connaître le même sort. Hélas, c'était pourtant vrai : deux épées avaient traversé son corps. Irvette était morte à Doonhill, assassinée.

De nouveau, la douleur de la perte de sa sœur envahit Bram. Il aurait tant voulu la venger, pour que sa mort ne soit pas vaine, mais il ne pouvait ignorer ses sentiments pour Lioslath.

— Est-ce que tu comptes rester ici ? demanda Robert.

Lioslath avait besoin de lui. Et il passerait sa vie à se faire pardonner…

— Irvette, Doonhill, cela ne change rien, soupira-t-il. Si Lioslath veut de moi, alors je resterai.

Chapitre 22

Bram retrouva Lioslath dans l'écurie. Elle était au fond du bâtiment, appuyée sur sa canne devant un box, occupée à caresser le museau de l'un des chevaux.

Il avait laissé Gaira, fatiguée par le voyage, au fort ainsi que Robert, inquiet pour sa santé à cause de sa grossesse. Une nouvelle que Bram ne parvenait toujours pas à assimiler. Sa sœur allait avoir un bébé et avait pourtant fait tout le chemin jusqu'ici. Elle avait pris gros risques pour lui donner une chance de bonheur avec Lioslath — avait-il seulement une chance ?

Il pénétra dans l'écurie, laissant la porte ouverte pour mieux observer son épouse. Si belle et si seule, au milieu des chevaux… Il ne voulait plus jamais la voir aussi seule.

— Je suis venue ici pour t'éviter, lança-t-elle sans même lever les yeux.

— Je le sais, mais tu devais te douter que je te chercherais.

Il examina rapidement les ombres des stalles.

— Chien est là ?

— Il est parti, répondit-elle en lui jetant un bref regard, avant d'attraper une poignée de paille propre et d'en frotter les membres du cheval. Pourquoi as-tu fait venir ta sœur ? Ce n'est pas suffisant pour que je te considère fiable ou comme un membre de ma famille. C'est bien pour cela que tu l'as fait, non ? Parce que, si notre mariage est réel, alors Gaira devient ma sœur. Pensais-tu vraiment que tu pourrais m'obliger à changer d'avis ?

— J'ai fait venir Gaira pour que tu apprennes la vérité. Nous avons besoin d'être sincères, l'un envers l'autre. Et j'ai encore des choses à te dire, Lioslath.

— Je t'ai déjà prévenu : je ne négocierai plus avec toi !

Il se crispa un instant, mais reprit rapidement le contrôle.

— Je ne suis peut-être pas un traître à cause de Dunbar, mais je suis un traître parce que Robert de Dent est Robert le Noir. Edward le croit mort et j'ai bien l'intention de protéger ce mensonge.

Lioslath ne parut pas surprise. Pourtant, Robert le Noir avait été la meilleure lame d'Edward — un guerrier légendaire, craint de tout le pays…

— Tu le savais ?

— Sa rencontre avec Gaira a eu lieu au moment de la disparition de Robert le Noir, répondit froidement Lioslath, mais cela n'a aucune importance pour moi. Il est anglais.

— Donc impardonnable, c'est cela ?

— Les Anglais n'ont pas été bons, ici, lança-t-elle en étrillant les flancs boueux du cheval. Mais je ne jugerai pas Robert à cause de ses compatriotes.

Bram soupira, sans doute soulagé d'entendre cela.

— Je ne peux rien faire de plus pour un homme aussi honorable que Robert, ou aussi aimé de sa femme.

Lioslath sentit sa gorge se nouer. Tout ce qu'elle avait cru au sujet des Colquhoun était faux ! Gaira avait agi avec honneur depuis le début — et Robert aussi. Personne ne pouvait être blâmé pour la mort de Busby… à part Busby lui-même. Personne ne pouvait être blâmé pour la ruine des Fergusson, à part les circonstances. Et elle ne pouvait pas jeter des ordures ou des dagues au destin.

— Je ne leur en veux pas de leur amour, dit-elle au bout de quelques instants. Maintenant que j'ai rencontré ta sœur, je sais que tu n'avais pas le choix : elle ne te l'aurait pas laissé.

— Tu dois aussi savoir qu'Edward se moquera de leur amour, si jamais il découvre la vérité…

La vérité. La trahison. Oui, mais le roi ne le découvrirait que si Robert était pris, ou si quelqu'un parlait. C'était donc pour cela que Bram avait dit tout cela.

— Tu m'avoues ces secrets, sans connaître mes sentiments pour toi, sans même savoir si je ne vais pas utiliser cela contre toi, murmura-t-elle.

— Oui.

— Et tu crois pouvoir gagner ma confiance comme cela ? Robert a assassiné mon père ! Je me fiche de savoir que cet homme est une légende ; mon père est mort. C'est tout.

— Qu'est-ce que cela te fait ressentir ?

— Mes sentiments ne te concernent pas !

— Bien sûr que si, Lioslath. Je te veux tout entière, et c'est pour cela que je me dévoile. Je veux que tu comprennes et que tu me choisisses en toute connaissance de cause. C'est le plus important à mes yeux. Acceptes-tu de me parler de ton père ?

— Pourquoi ? Pour que tu utilises ces informations dans une future manipulation ? Pour m'obliger à te donner plus encore ? Tu m'as déjà tout pris !

— Je ne veux plus te voir souffrir, répondit-il à mi-voix. Tu souffres trop. Et tu pleures, tu le sais ? Je vois tes larmes d'ici, comme des torrents de tristesse qui se libèrent enfin. Te voir souffrir me tue…

D'abord, elle s'était évanouie devant lui, et voilà qu'elle pleurait !

— Parfait, alors reste pour mourir vite !

— Pas tant que nous n'aurons pas parlé.

— Oh ! revoilà le grand négociateur.

— Revoilà simplement un homme qui t'aime, corrigea-t-il avec un tendre sourire.

Sous le choc, Lioslath eut un geste un peu brutal envers le cheval qui s'agita dans son box, mais Bram n'abandonna pas.

— Oui, je t'aime. Je veux te serrer contre moi, apprendre à lire ton cœur, mais tu te protèges tellement sous ta douleur, ta haine et ta peur. Tu me repousses.

— Ma peur ?

Elle caressa le cheval pour le calmer.

— Oui, il y a différentes peurs, petite, et certaines sont plus amères que d'autres. Tu es très différente de ton père, et pourtant, sur certains points, tu lui ressembles beaucoup.

— Je ressemble à mon père ? balbutia-t-elle, stupéfaite. Je ressemble à l'homme qui a attaqué Robert dans le dos ?

Bram sentit ses paroles le frapper brutalement.

— Oui, je sais la vérité, reprit-elle. Il s'agissait de mon père, tu te souviens ? J'ai vu ce qu'il est devenu au fil des ans ! Me croyais-tu trop bête pour ne pas comprendre ce que Robert a gardé sous silence ? Ce que Gaira était prête à dire pour le défendre ?

— Je ne voulais pas que tu apprennes cela.

— Oh ! si ! Tu les as fait venir ici, non ? Et maintenant, tu me dis que je suis comme mon père, que je suis lâche !

— Peut-être que tu l'es, répliqua-t-il en avançant d'un pas. Tu es capable de faire face à un homme quand tu le menaces d'un couteau, mais tu ne baisses pas ton arme. Tu entretiens ta peur, comme l'a fait ton père.

Venait-il de l'accuser de lâcheté ? Une vague de rage brisa ses dernières défenses. Sa vision se troubla et de nouvelles larmes brûlantes roulèrent le long de ses joues. Elle les sentait à présent : des larmes de faiblesse. Bram avait réussi à être trop proche d'elle, trop intime, car la cruauté de ses mots la bouleversait. Avait-elle peur ? Oui. Elle avait peur qu'il dise la vérité.

— Je sais tout au sujet de ta belle-mère, Irman. Je sais comment tu as grandi et je vois bien que cela te fait encore souffrir. Cependant, je ne sais pas tout et je veux comprendre.

— Tu ne mérites pas de savoir !

— Peut-être, mais rappelle-toi, Lioslath : je ne te lâcherai pas la main, murmura-t-il.

— C'est absurde, tu ne me tiens pas la main.

— Ecoute-moi. Je reste. Je reste avec toi et je te supplie de m'accepter comme époux — un *vrai* époux.

— Mais ce n'est pas ce que je veux, *moi* ! Comment peux-tu penser me convaincre, après ce que tu as fait ?

— Dans ce cas, parle-moi. Disons-nous la vérité, sur tout. Après, quand nous ne nous cacherons plus rien, si tu veux toujours que je m'en aille, je partirai.

— Je le savais : tu essaies de négocier.

Il fit rapidement non de la tête, dans la pénombre.

— Je n'ai plus rien à t'offrir pour négocier. Je demande, rien de plus…

Lioslath fit de son mieux pour l'ignorer. Attrapant une nouvelle poignée de paille, elle entreprit d'étriller le cheval de l'autre côté. Hélas, comme toujours, Bram se montrait patient. Il s'appuya contre le mur et attendit, comme s'il n'avait rien d'autre à faire de sa journée. L'écurie était pleine, mais pas très grande. Il savait certainement qu'à un moment ou à un autre elle serait obligée de s'approcher. De plus, elle ne pouvait pas rester là toute la nuit : les traînées humides de ses larmes sur ses joues commençaient déjà à se refroidir dans l'air mordant.

— Pourquoi veux-tu que je te parle de mon père ? Tu sais déjà tout de lui.

— Je sais ce que tu m'as dit sous le coup de la colère ou de l'inquiétude, c'est tout. Je veux en apprendre plus.

De nouveau, elle s'arrêta, interloquée.

— Et pourquoi maintenant ?

— Parce que, maintenant, je sais… écouter.

Ecouter. Est-ce que Bram changeait réellement, comme le prétendait Gaira ? Depuis l'attaque du loup, il s'était comporté différemment. Il se montrait patient vis-à-vis du clan de Lioslath, de ses frères et de sa sœur. Il écoutait en effet toutes ses suggestions. Oui, il *était* différent. A son arrivée, il se contentait d'exiger qu'elle accepte ses cadeaux, qu'une compétition soit organisée, qu'un festin soit donné pour ses hommes. Mais, depuis peu, il ne faisait rien sans demander l'avis des autres.

— Pour la première fois de ma vie, j'apprends à écouter,

reprit-il, et je commence à penser que ton père a eu une mort émouvante…

Comment pouvait-il le savoir ? Peut-être écoutait-il son instinct, comme elle. Au fond d'elle, elle sentait l'amertume de ce décès si brutal — et justifié. Bram aussi avait deviné cela, sans doute parce qu'il avait très longuement écouté ce que les Fergusson avaient à dire pendant la convalescence de Lioslath.

Soudain, elle comprit à son regard sombre qu'il ne parlait pas que de Busby.

— Irvette, murmura-t-elle.

Bram parut surpris.

— Oui, Irvette. Elle était si enjouée, si heureuse — et son bonheur n'était dû qu'à une chose : sa vie dans le sud avec Aengus. Si elle ne l'avait pas épousé et suivi à Doonhill, rien ne serait arrivé.

— Tu ne regrettes pas sa mort ? demanda Lioslath.

— Si, chaque jour ; mais je n'ai jamais regretté de l'avoir laissée épouser Aengus.

Encore une fois, l'amertume…

— Toute mort n'est-elle pas aussi difficile à accepter ?

— Si, bien sûr. Mais quand nous perdons ceux que l'on aime, c'est pire.

Lioslath ne répondit pas tout de suite, perdue dans ses pensées. Aimait-elle encore son père, à présent qu'elle savait ce qu'il avait fait ?

— Parle-moi de Busby, demanda encore Bram.

Si ce qu'il lui avait dit était vrai, si ce que Gaira avait dit était vrai, pouvait-elle se permettre de se dévoiler, de baisser la garde et de parler ?

— Pourquoi veux-tu tant que je parle, maintenant ?

— Parce qu'avant je n'étais pas prêt à t'entendre.

Incrédule, Lioslath haussa les épaules.

— Tu sais, quand une mort est aussi troublante, aussi inattendue et amère, il nous faut nous préparer avant d'en discuter ; car il s'agit d'un poids que l'on porte le reste de notre vie…

Les paroles de Bram se firent lame à nouveau, sur la peau de Lioslath. Elle n'aimait pas penser à son père, mais en discuter pouvait aussi libérer quelque chose en elle. Comme un torrent gelé d'hiver qui a besoin d'être entaillé pour libérer ses flots d'eau printanière.

— Cela fait bien longtemps que je suis laird, avoua Bram, mais je commence à peine à savoir écouter et je suis prêt à entendre ton point de vue sur toutes ces choses.

Lioslath frotta encore une ou deux fois le flanc du cheval avant de s'appuyer contre lui. Peut-être était-il temps, en fin de compte…

— Ma mère est morte quand j'avais six ans. Elle a été saisie d'une toux qui n'a jamais voulu partir, jusqu'à ce qu'un jour elle ne puisse plus respirer du tout.

— Et comment était-elle, avant de tomber malade ?

— Elle était… lumineuse. Tout en elle l'était. Elle avait les cheveux si clairs qu'ils ressemblaient à un édredon de neige, et ses yeux bleu-vert changeaient toujours de couleur.

— Comme si l'on voyait en eux l'hiver et le printemps en même temps ? Ou le jour et la nuit ?

De nouveau, Bram se croyait poète, avec ses grands mots… Mais il avait raison : sa mère avait été exactement comme cela, à ses yeux.

— Je pense que je comprends ce que tu veux dire.

Bram sourit.

— C'est un bon début.

— Ma mère était gentille, douce, étonnamment capable de tenir tête à mon père, poursuivit-elle. A moins qu'il n'ait pas été si violent, à l'époque. Tout ce que je sais, c'est qu'il était plus heureux, à l'époque. Il souriait…

— Et toi, tu fronces les sourcils. N'est-ce pas un souvenir agréable ?

Lioslath ne pensait pas que ses émotions soient si évidentes — et, pour une fois, ses mots ne semblaient pas chercher à la manipuler.

Fatiguée, elle s'affala sur un tabouret. Bram voulut l'aider, mais elle l'en empêcha.

— Non, dit-elle en ajustant le tabouret, j'avais simplement oublié son sourire… Mon père a continué à sourire après la mort de ma mère, bien sûr, mais son sourire était différent. Plus froid. Plus dur. Son regard était toujours chargé d'inquiétude. J'avoue que je n'avais plus pensé à l'homme qu'il était autrefois depuis bien longtemps.

— La vie peut changer les hommes.

En effet, son père avait irrévocablement changé, au fil du temps.

— Tu dis uniquement cela parce qu'il est devenu lâche et un assassin.

— Non, la vie change tous les hommes… et c'est normal. Ce qui importe est ce que nous faisons de ce changement. Si ton père était malheureux, j'imagine qu'il ne devait pas vouloir rester ainsi. C'est sans doute pour cela qu'il est venu voir mon clan pour nous demander de l'aide. Il y avait encore du bon en lui, tu sais.

Comment Bram pouvait-il proférer de telles paroles, alors que Gaira elle-même avait craint Busby au point de le fuir ? Alors qu'il avait attaqué Robert dans le dos, lâchement ? Durant des années, Lioslath avait été blessée par son père et par Irman. Pouvait-elle encore les voir différemment, après tout ce temps ?

Si elle le voulait, il lui faudrait admettre qu'il y avait en effet peut-être eu du bon en son père et — si c'était vrai — elle devait se préparer à le perdre une seconde fois.

— Je ne peux pas parler de tout cela, ou penser ce genre de choses, dit-elle, la gorge nouée.

— Parce que tu crois que c'est facile, pour moi ?

Dans la pénombre, le regard de Bram scintilla un instant d'un éclat sombre, bien plus profond que ce que sa conversation laissait entendre. Il savait si facilement rire et charmer le monde… Et pourtant, il y avait des moments comme celui-ci, surtout depuis l'accident, où elle avait l'impression de découvrir un autre Bram.

— Je sais ce que tu ressens. Ton père et Irvette ont connu des morts affreuses, prématurées, et tu penses que tu aurais pu empêcher ce drame. Tu sais, je n'aurais rien pu faire pour Irvette, tout comme tu n'aurais rien pu faire pour Busby.

Busby. Son père. Ce géant insatiable et farouche, emporté par sa rage et ses regrets.

— Je n'ai pas essayé.

Ces simples mots lui échappèrent. Ce fut à peine un murmure, mais elle eut l'impression que son aveu honteux résonna longuement entre les murs de l'écurie. Elle voulut immédiatement revenir en arrière, ne rien dire. Elle n'avait pas eu l'intention de se dévoiler à ce point ; c'était trop personnel… Trop douloureux. Lors du second départ de son père, hors de lui à cause de la fuite de Gaira, elle ne lui avait même pas dit au revoir.

Bram s'adossa au mur mais ne dit rien. Un long silence s'éleva. Voilà. A présent, il savait qu'elle n'avait pas tenté d'arrêter son père. Il savait à quel point elle était faible.

— Dis-m'en plus au sujet de ta mère, Lioslath…

Stupéfaite, elle le dévisagea un instant, sans comprendre. Rien n'aurait pu la préparer à ce brusque changement de sujet et la tension, qui était née peu à peu en elle, se relâcha d'un coup. Bram ne lui avait pas reproché sa faiblesse et ses yeux ne trahissaient pas la moindre pitié. Au contraire, ils étaient compréhensifs… bons.

Le poids de sa confession pesant encore sur elle, elle apprécia ce soudain changement de sujet.

— Ma mère aimait cuisiner. Je l'aidais souvent.

— Tu passais vraiment du temps à la cuisine ? plaisanta Bram.

— Oui, je faisais les petits travaux simples qui pouvaient l'aider. Ce que je préférais, c'était m'asseoir sur les marches de la porte de derrière pour plumer les grives. En fait, c'est même cela qui m'a poussée à…

— Quoi donc ?

— Je me suis toujours demandé pourquoi je suis immédiatement allée voir Niall et Aindreas, quand ma mère est morte et a été remplacée par Irman. Maintenant, je sais que je les connaissais déjà bien, grâce à ma mère : ils venaient lui donner leurs proies et nous nous asseyions ensemble sur les marches pour plumer les oiseaux.

— Tu ne t'es donc pas rapprochée d'eux par désespoir.

— Non, je pense plutôt qu'ils me rappelaient des souvenirs… agréables.

Bram s'étira et se redressa un peu.

— Les choses n'ont pas été faciles entre nous, Lioslath, mais nous pouvons nous construire aussi des souvenirs agréables.

A ces mots, elle sentit son cœur bondir dans sa poitrine. Il avait raison, elle ne pouvait pas le nier. De plus, les battements, soudain affolés, de son cœur avaient tout d'un souhait. Elle se concentra donc un peu plus sur cet homme, debout devant elle — son mari. Pour la première fois, les yeux de Bram ne dissimulaient rien. Au contraire, ils s'habillaient d'une certaine franchise.

Et d'espoir. Oui, il espérait. Pouvait-elle se permettre de croire à nouveau en un avenir, elle aussi ?

— Je sais que tu aimerais que les choses soient différentes, dit-il. Mais, quand tu comprendras tout, tu sauras que tu n'aurais rien pu faire pour empêcher le départ de ton père. Personne n'aurait pu l'arrêter.

Il jeta un long coup d'œil vers la fenêtre qui ouvrait sur la cour presque vide, par-dessus son épaule. Elle l'avait souvent vu regarder par les fenêtres, durant les semaines précédentes. Il avait l'air de vouloir lui dire quelque chose d'important, comme si le paysage pouvait l'aider à organiser ses pensées avant de se lancer. Seulement, cette fois, il ne pouvait pas s'accouder à la fenêtre : un cheval l'en empêchait.

Néanmoins, il dut parvenir à faire ce qu'il voulait, car il finit par se retourner vers Lioslath d'un air décidé.

— Je sais que tu ne veux plus vivre à l'écart de ton clan, que tu te soucies des tiens, qui sont aussi obstinés que toi. J'ai bien vu de quelle manière tu regardes tes frères et ta sœur, comment tu essaies de te rapprocher d'eux. Tout comme toi, cette familiarité leur fait peur, mais tout peut être réappris…

— Et comment suis-je supposée leur apprendre ce que je ne sais pas moi-même ? répondit-elle, troublée.

— Tu sais, c'est pour cela que je ne te laisserai pas. Tu les aimes, Lioslath. Tu les aimes beaucoup et tu sais déjà ce que tu veux faire pour eux.

Oui, elle le savait — du moins, en partie.

— Fyfa. Elle vient d'avoir huit ans. J'aimerais… fêter cela.

Bram lui lança un grand sourire, un sourire entendu.

— Tu es vraiment doué pour les marchandages, lança-t-elle de nouveau, sentant monter en elle cette méfiance qui lui était devenue naturelle auprès de lui.

Le sourire de Bram s'effaça, mais pas la lueur qui brillait au fond de ses yeux.

— Non, je ne marchande pas. Je ne suis plus qu'un mendiant devant toi, avec rien d'autre à proposer, sauf l'espoir. Je ne te laisserai pas et tout ce que je peux espérer, c'est que tu fasses de même.

Il était déterminé, acharné… et fiable. Bram essayait de lui faire comprendre qu'il était digne de confiance.

Il n'avait pas abandonné lorsqu'elle l'avait empêché d'entrer dans le fort ou lorsque les villageois l'avaient repoussé. Pas même lorsqu'elle avait volontairement gâché la compétition qu'il avait organisée. Il l'avait emmenée chasser, et l'avait veillée pendant sa convalescence. Il avait demandé à Gaira de venir pour qu'elle apprenne enfin la vérité. Jusqu'à quel point méritait-il sa confiance ? Il riait trop, plaisantait trop, imaginait trop de stratagèmes.

Bouleversée, elle se détourna. C'était trop tôt. Trop facile. Tout la poussait à espérer et tout lui murmurait en même temps qu'elle se trompait.

— Cela ne fonctionnera pas. Cela…

Elle eut un petit geste désespéré les montrant tour à tour.

— Quoi que tu imagines, comment peux-tu croire que cela fonctionnera ? Juste parce que tu le désires, parce que tu *essaies*, cela ne veut pas dire que notre mariage est réel.

Bram lâcha un grognement étouffé, comme si elle venait de le frapper en plein ventre.

— Pourquoi penses-tu que j'essaie ? répliqua-t-il.

— Parce que tu es laird Colquhoun. Parce que…

— Lioslath, coupa-t-il.

C'était tout, et c'était assez : le fait que Bram soit laird n'avait aucune importance et il le savait très bien. Il y avait autre chose, derrière sa détermination, ses éternels marchandages et sa soif de contrôle.

Hélas, tout cela rappelait douloureusement à Lioslath ce qu'avait fait son père — ses perpétuelles tentatives pour réparer ses erreurs passées ne l'avaient poussé qu'à en commettre d'autres, encore et encore. Bram lui ressemblait trop, sur ce point. Peut-être était-il capable de pardonner plus facilement que les autres, mais il avait des soucis, c'était évident. Pourquoi chercher à les chasser ?

Au final, elle commença à comprendre d'où lui venait son acharnement.

— Tu essaies parce que tu ne veux pas que l'on te donne tort, reprit-elle au bout de quelques instants.

Bram recula d'un pas, puis de deux et la pénombre de la pièce l'enveloppa. Il se cachait peut-être, mais Lioslath vit tout de même un flot d'émotions traverser son regard.

Elle ne comprenait toujours pas les gens, ne savait pas leur parler, négocier ou jouer. Mais elle commençait à comprendre Bram.

— J'ai raison, n'est-ce pas ?

— Oui, dit-il simplement.

— C'est pour cela que tu es prêt à faire n'importe quoi et à contrôler qui que ce soit…

Elle attendit sa réponse, qui émergea de l'obscurité.

— Tu as raison, admit-il. Quand je suis venu ici, je ne voulais pas qu'on me donne tort. Je ne pouvais pas me le permettre. J'avais fait des erreurs que je devais réparer et venir ici me le permettait. Je pouvais aider le clan Fergusson à se rebâtir, me cacher d'Edward, et attendre tranquillement des nouvelles du Joyau. Cela me convenait, d'être ici. Tout se passait bien… sauf que tu étais là.

Elle voulut protester, mais il la fit taire d'un bref signe de tête. Alors qu'il cherchait à s'expliquer, ce n'était pas le moment de l'interrompre. Il était peut-être protégé par la pénombre mais, pour la première fois, il ne lui cachait rien.

— Tout ce que je t'ai fait était une erreur, parce que j'ai essayé de te faire correspondre à ce que je m'attendais à trouver en toi. Seulement, il n'y a rien à changer en toi. Ta richesse, ce sont tes contrastes, tu comprends ? Tu as un besoin passionné d'aider ton clan, et pourtant tu ne t'aperçois pas de ta propre loyauté. Tu as besoin de te rapprocher des tiens et tu ne sais pas comment faire. Tes cheveux sont noirs comme la nuit, et tes yeux clairs comme le jour. Tu es une femme, et tu chasses comme le meilleur des hommes. Tu n'es peut-être pas la Lioslath que j'avais imaginée, mais tu es parfaite…

Lioslath n'en croyait pas ses oreilles. Bram ne plaisantait pas et ne cherchait pas à la charmer. Il lui montrait enfin qui il était, sans ses jeux et ses rires. Il était sincère.

— J'avoue que je n'aime pas qu'on me dise que j'ai tort, je n'aimerai sans doute jamais cela, avoua-t-il encore. Peut-être aurai-je toujours besoin de prévoir et de négocier.

Il soupira, puis reprit à voix basse :

— Quand j'étais jeune, mon père m'a annoncé que j'allais devenir laird, un jour. Alors, pendant une saison entière, il m'a laissé prendre toutes les décisions. Je savais que j'allais devenir laird et il ne se privait pas de le dire à tout le monde. Je voulais faire mes preuves… Je ne sais toujours pas pourquoi ils m'ont laissé faire. Cherchaient-ils à me faire plaisir ? A me donner une leçon ? Voulaient-ils voir quel seigneur j'allais devenir ?

Lioslath tenta de le dévisager dans le noir.

— Que s'est-il passé ?

— Tout ce qu'il aurait fallu éviter. Je n'ai pas écouté. Je me contentais de donner des ordres, d'exiger qu'on m'obéisse. Je me croyais assez vieux, je pensais avoir vu suffisamment de saisons défiler. Je pensais tout savoir.

Il ne quittait plus Lioslath des yeux.

— Il n'y eut pas assez de nourriture, ce printemps-là.

Les Colquhoun prévoyaient toujours, avaient toujours

des greniers remplis de grains. Ils étaient riches depuis des générations et, pourtant, Lioslath sut que Bram disait la vérité.

— Il n'y eut pas assez de nourriture, mais seule ma famille a eu faim. Mon père a donné nos réserves au clan. Mes frères et sœurs, eux, ne mangèrent pas à leur faim.

Bram secoua la tête, comme pour chasser ses mauvais souvenirs, et sortit enfin de l'ombre.

— Depuis cette année-là, j'ai tout fait pour que ma famille et mon clan n'aient jamais faim. Je voulais ne plus jamais avoir tort.

Il s'approcha d'elle et tomba soudain à genoux à ses pieds.

— Je t'ai fait du tort, Lioslath du clan Fergusson. Je me suis servie du désespoir de ton clan, du désir de ton père d'améliorer la vie des siens. Je me suis servi de l'amour de ma sœur pour sa famille. Et je me suis servi de toi. Pire encore, je ne peux pas complètement regretter ce que j'ai fait. Si je n'avais pas aussi mal agi, je ne t'aurais jamais rencontrée.

Ses cils noirs encadraient l'éclat orageux de ses yeux et Lioslath se noyait dans ces reflets de mer agitée.

— Pourras-tu jamais me faire confiance à nouveau ?

Lioslath le comprenait, à présent. Ses marchandages n'avaient pas pour but d'étancher la soif de pouvoir égoïste d'un laird ; ils n'étaient pour lui qu'un outil l'aidant à réparer une erreur d'enfant.

Puisqu'il apprenait à l'écouter, le moins qu'elle pouvait faire était de lui rendre la pareille. Elle entendit son aveu et le comprit.

Bram, toujours à genoux, attendait patiemment sa réponse. Il n'exigeait pas sa confiance. Il l'écoutait simplement. Il écoutait son silence.

De nouveau, le cœur de Lioslath s'emballa. Elle désirait que tout soit vrai, plus qu'avant ; que tout ce que Bram et elle avaient partagé n'ait pas été vain.

— Je ne t'ai jamais fait confiance, jusqu'à présent.

Bram se releva alors, et lui serra les mains, tremblant sous le coup de l'émotion.

— Lioslath ?

— C'est vrai. Même si je t'ai épousé volontairement, je ne te faisais pas confiance.

— Evidemment, dit-il avec un petit sourire amusé. Je ne t'ai jamais donné de raison de me faire confiance. C'est pour cela que je dois tout te raconter à présent, me mettre à nu. C'est même pour cela que parler n'était pas suffisant et que je devais faire venir Robert et Gaira — même si je ne pouvais *rien* faire pour te protéger.

— Tu n'avais pas besoin de me protéger de Robert et Gaira. J'ai… compris. J'ai compris presque immédiatement.

Il se mettait à nu…

— Quand j'ai vu que Gaira avait fait tout ce dangereux voyage pour toi, en dépit de sa grossesse, j'ai compris qu'il y avait plus en toi que ce que je voulais bien voir.

— Et qu'est-ce que tu vois ?

Il l'aida à rejoindre le tabouret, puis s'agenouilla de nouveau devant elle.

Elle le voyait changer… pour elle. Il lui montrait qu'il pouvait être là pour elle, pour le clan. Son cœur battait de plus en plus vite et l'aveu complet de Bram en était la cause. Oui, elle *comprenait*, à présent.

Il avait perdu sa mère, mais son père n'était pas devenu colérique, renfermé. Il avait connu la même enfance qu'elle, avait découvert tôt la douleur du deuil, mais…

— Ta vie n'a pas été facile, n'est-ce pas ? murmura-t-elle, la gorge nouée. Quand je t'ai accusé de ne chercher que le confort, d'être exigeant et avide, je ne savais rien de ton enfance, d'Irvette, de ce à quoi tu as dû faire face…

Elle chassa les larmes qui menaçaient de monter à nouveau à ses yeux.

— Et pourtant, tu ris. Tu ris, même si je me moque de ta bonne humeur !

— Après ce tragique hiver de mon enfance, je me suis promis de retrouver le don de rire. Ma famille ne m'en a jamais voulu et j'ai compris que les gens peuvent être pardonnés. Je me suis donc promis de rendre chaque journée lumineuse. Il me fallait juste trouver un moyen.

Il disait peut-être que les gens pouvaient être pardonnés ; mais il était évident que Bram, lui, ne s'était jamais pardonné. Pas entièrement. Avec ces quelques mots, il sut lui faire comprendre beaucoup plus : combien il aimait sa famille, combien sa famille l'aimait, et à quel point il savait être déterminé, tout en trouvant du bonheur dans sa vie.

— Tu as tort sur un point, cependant : mon avidité, reprit-il avec un nouveau sourire satisfait. Il est vrai que j'ai toujours voulu plus… Comme maintenant.

Voulu plus ? Essayait-il de dire qu'il la désirait ? Plus le temps passait, d'ailleurs, plus elle avait l'impression de partager ce désir. Mais, après tout ce que Bram avait fait pour protéger sa famille, comment pouvait-il choisir de rester ici ?

— Que vas-tu faire, pour ton clan ? demanda-t-elle.

— J'ai reçu une réponse de Caird à ma lettre. Il accepte de devenir laird.

Présenté comme cela, la chose avait l'air facile — comme s'il n'avait pas sacrifié le plus clair de sa vie pour sa famille et son clan. Et pourtant, il avait écrit à son frère. Cela voulait bien dire qu'il avait l'intention de rester, qu'il était sincère.

— Et le roi ?

— Je ne pourrai pas toujours éviter ses messagers. Bientôt, il faudra que je lui réponde…

— Qu'arrivera-t-il à Malcolm et au Joyau ?

— Cela n'a aucune importance. Je reste là, avec toi.

— Comment peux-tu dire une chose pareille ?

— Oh ! tu n'as encore rien entendu. Il y a tant à dire, répondit-il en s'installant plus confortablement par terre. Je n'ai pas expliqué à Malcolm pourquoi il ne devait pas aller à Dunbar… Si je l'avais fait, il ne serait pas parti. Par ma faute, il a failli *mourir*. J'ai… J'ai déjà failli le perdre une fois, quand il était petit. C'est pour cela que j'ai tendance à être très protecteur avec lui — avec toute ma famille. Mais ça ne m'empêche pas d'avoir des regrets, d'être triste. Je ne me pardonnerai jamais de n'avoir pas dit la vérité à Malcolm ; si je l'avais fait, il n'aurait pas de cicatrice traversant son corps. Il n'aurait pas *souffert*.

Bram ne parlait pas que de la blessure de son frère, c'était évident : quelque chose de bien pire devait hanter Malcolm. Il racontait tout cela à Lioslath pour ne pas reproduire les mêmes erreurs, pour qu'elle ne souffre pas, elle... Comment ne pas faire confiance à un homme capable de telles attentions ?

— Il est toujours en danger, maintenant ?

— Oui, mais il a besoin de régler certaines choses par lui-même. Je ne lui ai pas tout avoué, certes, et il a dû faire face à d'autres épreuves. Tu sais, éviter les rois et protéger des légendes est une entreprise dangereuse, mais qui en vaut la peine.

Des mots simples, mais qui laissaient entrevoir un avenir menaçant pour Lioslath et son clan.

— Nous avons beaucoup à faire ici, répondit-elle, préférant changer de conversation.

— Tant que tu es à mes côtés, le travail ne me fait pas peur.

Bram Colquhoun, le diplomate !

— Je te préviens, je n'ai pas l'intention de bien tenir cette maison ou de m'assurer qu'il n'y ait pas de pierres dans ton pain !

— Nous nommerons un intendant.

— Et je ne serai jamais raffinée. Je ne saurai jamais parler aux marchands ou aux rois.

— Lioslath, je ne cherche pas une femme raffinée ou docile. Je ne veux pas d'une vie facile. J'aime les contrastes et les femmes qui rassemblent en elles jour et nuit. Quant aux marchands et aux rois... Tu es belle : un sourire de toi et les royaumes s'écrouleront.

Même en de telles circonstances, il ne pouvait pas s'empêcher de jouer de son charme. Il changeait, certes, mais pas sur ce point.

— Tu sais, ici, il n'y a pas de place pour tes... jeux.

— Oh ! je n'en suis pas si sûr. On a toujours le temps de jouer, répondit-il.

De nouveau, un petit sourire, comme un secret partagé. Il était si déterminé. Sa force était évidente quand on l'observait, mais une autre forme de puissance brûlait profondément en lui aussi.

— On a le temps de s'aimer, reprit-il, et je veux ton amour ; être ma femme sera dangereux. Je finirai par être retrouvé par ceux qui me prennent pour un traître — et ils s'attaqueront aussi à ta famille, à ton clan.

Son regard se fit soudain grave.

— Lioslath, je ne veux pas te forcer la main. Notre mariage n'est pas encore définitif : tu as le droit de me quitter, de choisir un homme qui ne te mettra pas en danger. Quelqu'un de plus…

— Fiable ?

Il acquiesça, les dents serrées.

— Tu crois que tu n'es pas fiable ? Après tous nos conflits et les épreuves que tu as traversées pour venir, après tous les dangers auxquels ton clan a fait et fait toujours face, après les sacrifices que tu as faits ici ? J'ai bien vu comment nos hommes te regardent. Ils espèrent. Ils voient un meneur en toi.

Tant d'émotions brutes, incontrôlables, l'envahissaient. Bram leva ses yeux gris sur elle, attentif à ses moindres mots.

— C'est *toi* qui me rends l'espoir, poursuivit-elle. Je n'ai pas besoin d'un homme fiable en toutes circonstances. Je veux un homme qui fasse de son mieux pour y arriver, c'est tout ; et je crois que tu es cet homme.

— Lioslath, mon amour… Qu'est-ce que tu essaies de me dire ?

Oh ! tant de choses ! Ne la comprenait-il pas ?

— J'ai écouté ce que tu avais à dire, j'ai écouté ta voix, Bram, répondit-elle finalement en lui prenant les mains. Maintenant, il est temps que tu utilises la magie de tes doigts et de tes baisers.

Chapitre 23

— Vraiment ? murmura Bram comme s'il ne pouvait croire que les choses soient si simples.

— Vraiment, répondit-elle.

Elle ne lui lâcha pas la main tandis qu'il la prenait dans ses bras pour la porter à travers la cour, à présent vide. Pendant tout le chemin, elle lui caressa la paume du bout des doigts, savourant le frisson qui le parcourait à chacun de ses mouvements. Elle ne le lâcha pas plus quand ils pénétrèrent dans la chambre et quand il la posa doucement sur une chaise.

Là, elle le regarda et remarqua sa respiration saccadée. A chaque déglutition, sa pomme d'Adam descendait. Il s'agenouilla soigneusement devant elle.

En douceur, il lui caressa le dos de la main et sourit.

— Lioslath, si tu continues à tenir ma main comme cela…

— Tu vas l'utiliser ?

Il acquiesça, le regard enflammé. Ses yeux orageux s'illuminèrent comme le ciel après un éclair avant de se faire presque noirs et l'air de la chambre parut plus chaud, plus agité.

Les yeux de Bram s'assombrirent plus encore. Lioslath eut l'impression de sentir le parfum d'une tempête approchante, tout d'air salé et de terre humide. Elle n'était pas préparée à cela. Pas préparée du tout…

— J'ai envie de toi, souffla-t-elle en prenant sa seconde main dans la sienne. Je veux que tu utilises ta main — tes deux mains.

Lioslath se tenait devant lui, radieuse, confiante. Il lui avait dévoilé toutes ses zones d'ombre. Il lui avait avoué toutes ses erreurs et elle voulait néanmoins qu'il la touche. Qu'il l'aime.

— Tu es mon soleil et ma lune, Lioslath.

Elle fronça un instant les sourcils, un simple geste qui enflamma Bram et faillit le rendre fou d'amour et de désir.

— Soleil et lune ? Tu veux parler de mes cheveux et de mes yeux ?

Elle n'avait donc pas oublié ce qu'il lui avait dit. Cela seul fit battre son cœur plus vite.

— Non, parce que je te désire jour et nuit.

— Jour et nuit ?

Il se pencha vers elle et effleura le lobe de son oreille du bout des lèvres. Qu'il aimait son oreille et le frisson qui la parcourait quand il la touchait !

— Oui, répondit-il.

Elle s'écarta légèrement de lui et elle ne put s'empêcher de sourire. Il se sentait tellement heureux, quand il était auprès d'elle…

— Tu veux dire que tu me désires tout le temps ? demanda-t-elle d'un air presque contrarié.

— Oui.

Il n'en avait pas encore fini avec son oreille — ou le grain de beauté déposé dessous. Il était si près d'elle qu'il pouvait s'enivrer de son parfum, du goût de sa peau. Elle aussi le désirait, il aurait fallu être naïf pour ne pas s'en apercevoir : dans son cou, une veine tambourinait à un rythme effréné.

— Alors, pourquoi ne pas le dire, tout simplement ?

— C'est ce que j'ai fait.

S'il continuait à penser à tous ses grains de beauté, parsemant son corps comme des bijoux, il ne tiendrait jamais toute la nuit !

— Je ne comprendrai jamais tes plaisanteries, Bram.

— Tu t'y habitueras, mon amour, parce que nous sommes faits pour être ensemble. Mes jeux, ton travail ; mes sourires irritants et ce froncement de sourcils qui t'est cher. Je ne m'y attendais pas, mais nous nous correspondons. Et je t'aime.

— Tu… m’aimes ?

— De toute mon âme.

Jamais il ne se fatiguerait de la surprendre ou de se moquer ?

— Est-ce que tu te demandes comment une âme peut aimer ?

— Non, je sais déjà que c’est possible.

— Lioslath ?

— Je pensais que ce n’était qu’un vœu, un espoir, une preuve de confiance, mais c’est bien plus fort que cela. Comme une flamme. Je pense que…

Elle baissa soudain les yeux et il la laissa faire. Il était prêt à tout accepter, juste pour entendre ces paroles.

— Je pense que mon âme t’aime… qu’elle t’aime tout entier.

Le bonheur qui envahit Bram à ses mots le figea sur place. Néanmoins…

— Et ? demanda-t-il.

Elle leva le regard d’un air surpris.

— Et quoi ? Que veux-tu de plus ?

— Il n’y a pas que ton âme. Il y a toi aussi, lâcha-t-il, amusé.

— Tu en veux plus, c’est cela ?

Plus ? Seules leurs mains se touchaient et le corps de Bram s’embrasait sous le feu de son désir, de son amour, de sa passion. *Plus ?* Oui, il voulait… tout. Et pour qu’elle le comprenne, il ne la quitta pas des yeux.

— Est-ce que nous… Est-ce que tu en veux plus, toi aussi ?

— Je crois que oui. Comment est-ce que cela a pu arriver ?

Bram éclata de rire et attira Lioslath contre lui.

— Quoi donc ? Le bonheur ?

Elle paraissait surprise, troublée. En cet instant, il aurait voulu la faire descendre de la chaise et la serrer dans ses bras sans jamais la lâcher.

— Je sais que j’ai découvert ce bonheur quand je t’ai vue pour la première fois, en haut des remparts.

Lioslath tenta de retrouver son équilibre, comme si cet aveu lui faisait perdre ses moyens.

— Non, tu étais juste… vexé.

— Pas du tout. Je t'ai regardée me jeter des seaux d'ordures et crier tes ordres comme une louve, mais je ne pouvais pas te voir distinctement. Je ne devinais même pas la couleur de tes yeux ou la présence de… ça, répondit-il avec un signe en direction de son grain de beauté, près de la lèvre. Ta beauté me restait encore cachée, mais j'ai tout de suite admiré ton courage. Alors, quand j'ai vu à quel point tu étais belle, j'ai oublié tous mes projets. J'ai commencé à te suivre et je continue. Tu es mon étoile Polaire, mon ancrage.

Il laissa courir ses doigts le long des quelques grains de beauté égrenés dans son cou.

— J'ai été idiot de ne pas te traiter correctement. Je me suis laissé emporter, je t'ai blessée et j'ai vu ta lumière s'éteindre. Mais je veux te retrouver, à présent. Je veux que nous vivions ensemble.

— Dois-je prendre cela pour des excuses ?

Bram soupira, envahi par le regret.

— Oui, petite. J'essaie de te dire à quel point je suis désolé.

Elle pressa son doigt sur ses lèvres pour le faire taire.

— Ne t'excuse plus.

— Oh ! je pense que je n'arrêterai jamais, répondit-il en l'embrassant enfin.

— Je ne veux pas. Je veux que tu utilises tes mains et ta voix…

Obéissant, il la prit de nouveau dans ses bras et la porta jusqu'au lit.

— Tes mots, mon amour. Tu ne sais pas quel effet ils me font.

Il dénoua leurs chaussures et les lança loin, puis détacha sa ceinture qu'il laissa aussi tomber, avant de se tourner vers le dos de la robe de Lioslath.

— C'est à cause des tiens, de mots, Bram, et de ta voix. Tu…

Il commença à délacer son corsage tout en caressant la peau dévoilée au fur et à mesure.

— Tu parles, et puis tu fais ces choses avec tes doigts, reprit-elle d'une voix plus faible, plus sourde.

— Ces choses avec mes doigts ?

Elle se pencha pour qu'il puisse plus facilement la toucher, les yeux clos et les lèvres entrouvertes.

— Lioslath ? murmura-t-il. Est-ce que tu aimes des parties de mon corps, maintenant ?

— Tu me plais, toi. J'aime tout ce que tu es, répondit-elle avant de rouvrir les paupières et de braquer sur lui ses yeux assombris par le désir. Fais cette chose avec ta voix et tes mains, je t'en supplie.

Seul son désir empêcha Bram de rire à nouveau. Le dos de sa robe était délacé et il s'appliqua à dénouer ceux des côtés.

— Est-ce que tu vas me le dire ?

— Te dire quoi ?

— Tu m'as dit que ton âme m'aimait, mais tu n'en as pas dit plus, reprit-il, le cœur battant.

Elle soupira à son tour.

— Je t'aime, Bram.

— Alors, maintenant que tu m'aimes, est-ce que tu vas enfin me dire où ils sont ?

Elle se laissait distraire par ses demandes et il aimait cela. Il aurait voulu que cet instant ne s'arrête jamais.

— Je pensais que tu le saurais… Tu n'as jamais fait cela auparavant ?

Voilà : de nouveau son regard perplexe. Il aurait voulu ralentir, mais commençait à perdre le contrôle et tira sur les lacets pour lui enlever sa robe pour qu'elle ne portât plus que sa chemise. La lumière dansante du feu parait sa peau de reflets d'ambre dans la chambre mal éclairée. Peu importait la pénombre : Lioslath était l'étoile la plus brillante du ciel.

Il s'écarta le temps d'enlever sa propre tunique — ce qui arracha un petit gémissement à Lioslath.

— Le moment est venu, dit-il. Je t'ai désirée nuit et jour et je continuerai pour le restant de ma vie — au-delà même. Jusqu'à ce qu'il n'y ait plus ni jour ni nuit.

— Il fera bien sombre, à ce moment-là, chuchota-t-elle.

Elle tendit les mains vers lui et il les serra dans les siennes, contre son torse.

Avait-elle conscience de ce qu'elle lui faisait ? Est-ce qu'elle plaisantait ? Ses yeux scintillaient, mais il ne pouvait être sûr de rien avec elle. Après tout, il ne l'avait encore jamais vue plaisanter — pas même rire.

— Tu es ma lumière, Lioslath.

Elle savait qu'il cherchait à la séduire. Il jouait, comme à son habitude. Elle ne comprenait peut-être pas cela, mais elle l'acceptait.

Quand il l'attira à lui, ce fut d'un geste sûr, maîtrisé. Il était assez proche pour l'embrasser mais n'en fit rien. Au lieu de cela, il avait l'air d'attendre quelque chose. Quoi donc ? Elle n'en avait aucune idée et était incapable de réfléchir quand il la tenait contre lui, à demi nu.

Elle l'avait déjà vu travailler sans tunique, elle avait vu sa peau humide de sueur.

Elle l'avait déjà touché aussi, mais jamais comme cela. Jamais encore la chaleur de sa peau ne lui avait donné une telle envie de le caresser, d'explorer chaque recoin de son corps. Elle s'abandonna donc à ce désir. Elle laissa courir ses doigts le long de ses bras, de ses épaules. Elle posa ses mains à plat sur son torse et son ventre nu.

Elle ne s'aperçut de son souffle accéléré que lorsqu'il devint aussi rapide que le sien. Cet essoufflement commençait à lui devenir familier, tout en la surprenant à chaque fois.

Pendant qu'elle le découvrait ainsi, il resta parfaitement immobile, mais elle vit ses poings se crisper, comme s'il se retenait. Quand elle leva les yeux sur lui, il lui renvoya un regard brûlant.

— Tu sais ce que tu fais, n'est-ce pas ? murmura-t-elle, en cessant ses caresses.

Il *devait* le savoir. Il devait sentir sa nervosité s'évaporer un peu plus chaque seconde.

Il lui prit fiévreusement les mains sans la quitter des yeux.

— Pas vraiment. Pas avec toi. Ce n'est pas trop tôt ? Comment va ta jambe ?

Elle avait découvert sa peau et ne pouvait plus s'en priver.

— Elle ne me fait presque pas mal, répondit-elle donc.

En effet, elle sentait à peine sa blessure, maintenant que Bram était là, tout contre elle. Seulement, sa chemise frotta soudain douloureusement la cicatrice et elle ne put réprimer une grimace.

— Tu devrais l'enlever, suggéra Bram avec un sourire, tu te sentirais mieux. Mais je te préviens, si tu le fais, tout sera fini.

— Oh ! je pensais... qu'il y aurait plus.

Il l'embrassa alors longuement, jusqu'à ce qu'elle ne puisse que s'agripper à lui pour éviter de perdre la tête.

— Il y a plus, mais j'ai passé tellement de temps à t'imaginer sans cette chemise que je veux t'offrir tout le plaisir que tu mérites.

— Je ne comprends pas, Bram, et tu le sais très bien ! Est-ce que tu es sûr de savoir ce que tu fais ?

— Ce sont tes grains de beauté, petite. Quand je t'aurai enlevé cette chemise, je les verrai. Tu m'as dit que tu en avais d'autres. Je veux tous les toucher et les embrasser, les caresser avec ma langue. Je veux les explorer et voir jusqu'où ils m'entraîneront. Seulement, quand tu n'auras plus ta chemise, j'ai peur que tout aille trop vite. Il vaut peut-être mieux que je ne les voie pas tout de suite.

— Mes grains de beauté te poussent à... attendre ?

— Oui.

Il fit courir son doigt dans les plis de la chemise et la dévora tellement du regard qu'elle voulut se déshabiller elle-même. Parce qu'il la faisait attendre à son tour.

Après quelques secondes, il baissa la tête et embrassa de nouveau l'oreille de Lioslath. Elle se surprit à murmurer :

— Un peu plus, juste un peu.

Le désir qui brûlait en elle était si violent qu'elle aurait pu en pleurer pendant qu'il caressait à nouveau sa chemise. L'étoffe fine était soyeuse mais elle irritait son ventre, sa poitrine, ses tétons, comme la laine la plus rude.

Quand Bram croisa son regard, elle sut qu'il était parfaitement conscient de la torture délicieuse qu'il lui imposait.

— Je ne veux pas attendre, chuchota-t-elle.

— Je t'ai prévenue, Lioslath. Tes paroles…

— Je parlerai moins si tu…

— On négocie, maintenant ?

Dans un petit spasme, ses mains se firent un instant plus rudes, plus pressées, attrapant et relâchant l'étoffe de la chemise de Lioslath. Elle ne voulait pas de ses mains sur ses vêtements, mais sur sa peau. Sur son corps.

— Oui.

— Oh ! lâcha-t-il d'une voix plus grave, c'est pire. Je ne pensais pas que… Mais c'est pire.

Soudain, sans la quitter des yeux, il souleva la chemise pour l'abandonner au sol puis prit Lioslath dans ses bras et l'allongea sur le lit.

La fraîcheur des draps lui fit du bien tandis qu'il s'allongeait, brûlant, au-dessus d'elle.

— Ah, je savais que tu avais d'autres grains de beauté.

Le regard de Bram était aussi enflammé que ses doigts. Avec une douceur délibérée, il caressa un à un les grains de beauté de son cou puis descendit jusqu'à celui qu'elle avait sur la poitrine, sur son sein droit.

Il poursuivit son exploration jusqu'à sa hanche gauche.

— Ici aussi ? murmura-t-il d'une voix un peu rauque. Mon amour, écarte tes jambes pour moi.

En dépit du désir qui s'entendait dans ses paroles hâtivement susurrées, il paraissait presque tranquille — mais ses mains, elles, se faisaient plus fiévreuses, comme s'il luttait pour se contrôler.

Elle obéit et sentit immédiatement les doigts de Bram trembler. Elle écarta un peu plus les jambes et entendit son souffle s'accélérer. Depuis quand était-elle si audacieuse ? Se laissait-elle bercer par la voix de Bram, une fois encore ? Tout ce qu'il voulait, c'était voir ses grains de beauté et elle lui permettait simplement de mieux les regarder.

La chaleur du souffle de Bram sur sa peau était une douce torture. Elle s'entendit alors — un murmure à peine audible, comme une étrange prière.

— Tu… Tu les embrasses ?

Elle voulut paraître offensée, mais échoua lamentablement. Ce que Bram faisait naître en elle lui arrachait toute volonté.

— Je les honore, mais je dois savoir si tu en as d'autres. Retourne-toi.

Cette fois, sa voix n'avait plus rien de tranquille. Il la souleva et l'aida à se retourner, pressé. Nue comme elle l'était, elle savait bien que s'allonger sur le ventre la rendrait profondément vulnérable, mais elle ne pouvait résister à ses propres désirs : elle en avait trop envie.

— Je ne peux pas t'accorder cette faveur sans négocier, dit-elle, joueuse.

— Aie pitié de moi, répondit-il, son regard passionné toujours posé sur elle tandis qu'il dénouait la ceinture de son pantalon. Je te dois déjà tellement et tu veux m'en demander plus ?

Il laissa soudain tomber son pantalon, ses yeux plongés dans ceux de Lioslath.

Il était… magnifique. Ses épaules. Sa taille fine et bien dessinée. Ses cuisses puissantes, immobiles, alors qu'il la laissait le découvrir. Et ses mains, ses mains qui frémissaient comme s'il la caressait toujours.

Elle se retourna finalement sur le ventre et admira encore un instant ce corps qu'il ne lui cachait plus. Ce corps dont elle avait tant besoin.

Lorsque Bram s'assit à côté d'elle, sur le lit, il disparut de son champ de vision mais elle sentait chaque contact, chaque caresse. Cette fois, il ne se contenta pas de l'effleurer, ne s'attarda pas. Elle s'était trompée : elle n'était pas vulnérable. Elle ne pouvait pas être vulnérable quand il la recouvrait de son corps ainsi pour déposer une guirlande de baisers le long de son dos. Son souffle se fit plus chaud et plus humide.

— Tu vas faire de moi ton esclave… Tu as encore trois grains de beauté dans le dos, et cela me rend fou, tu sais.

Tout en parlant, il les toucha l'un après l'autre et les effleura du bout des lèvres.

— Là, là… et là.

Les cales de ses mains… La chaleur de ses lèvres…

Il se redressa soudain et elle tenta de se retourner, mais il l'en empêcha d'une main simplement posée sur sa cuisse.

— Tu en as aussi un là.

Sa voix, grave dans le silence de la chambre, se parait d'irrésistibles accents mutins.

Ce fut alors qu'il la toucha… là. A l'endroit même où le désir de Lioslath enflammait sa chair. Une simple caresse, lente, douce, le long des plis humides de son sexe. Puis une deuxième.

— Tu es prête pour moi, mon amour ; et quand je m'allonge contre toi comme cela, je sens tous tes grains de beauté sous ma peau.

Il remonta le long de son corps, appuyé sur les mains pour qu'elle ne sente pas son poids.

— Bram, est-ce qu'on va… ? Comme cela ?

La voix de Lioslath n'était plus qu'un soupir aigu, mais cela n'avait pas la moindre importance.

— Voilà, répondit-il dans un souffle. Tu as réussi.

Elle sentit un frisson le parcourir, presque un spasme. Il s'écarta un peu pour la prendre dans ses bras et l'aider à se retourner. Les mains enveloppant son visage, il l'embrassa ; fiévreux et possessif.

— Réussi quoi ? demanda-t-elle lorsqu'il s'écarta.

— Tes mots me font perdre la tête et je ne peux plus attendre. Je ne peux plus prendre mon temps ou m'attarder sur ta peau pour savourer sa chaleur. Je savais que cela se passerait comme ça, mais j'avais un peu peur, je l'avoue…

Peur ? Et pourtant, il continuait à l'embrasser, à la caresser, ses paumes englobant ses seins et ses pouces caressant ses tétons si sensibles. Il continua jusqu'à ce qu'elle ne sente plus rien que la chaleur, la passion, le désir. Ce fut alors qu'il se plaça au-dessus d'elle, entre ses cuisses, lui glissant quelques murmures encourageants à l'oreille. Elle sentit encore ses doigts dessiner la forme du grain de beauté niché sur sa cuisse dans un frisson.

— Est-ce que tu es vraiment prête, Lioslath ? Prête pour moi ?

Ses yeux sombres scintillaient dans la lumière des flammes, emplis d'amour, de besoin et de désir.

— Oui, je t'en prie, lâcha-t-elle.

Instinctivement, elle ouvrit un peu plus ses cuisses et l'attira contre elle. La peau moite de sueur et la docilité de son amant l'emplirent d'un étrange bonheur qu'elle n'avait encore jamais ressenti. Bram passa une main dans son dos pour la soulever en douceur et la presser contre lui. S'attendant à la douleur dont les autres femmes lui avaient parlé, Lioslath retint sa respiration ; mais Bram se contenta de se frotter contre elle. Là. Juste *là*.

Elle croisa son regard. Même en un tel instant, il souriait, l'air amusé. Il bougea encore, les yeux mi-clos, résistant à la fièvre qui s'emparait de lui. Amusé. Comme s'il savait.

— Oh ! gémit-elle en s'agrippant à ses épaules, enivrée par ces mouvements de hanches entre ses jambes.

Il se frotta une nouvelle fois à elle — une fois de trop.

— Bram, supplia-t-elle.

Il recommença.

— Oui, petite, c'est cela. Je te sens contre moi et j'aimerais que tu…

Il s'interrompit, le souffle court, laissant ses hanches remplacer sa voix.

Quand elle sentit ses doigts s'ajouter au va-et-vient de ses hanches, elle perdit le peu de contrôle qui lui restait. Emportée par son désir, elle le laissa entrer en elle, déterminé, puissant, et s'abandonna au plaisir. Ses hoquets surpris se muèrent en gémissements rauques. Bram la serrait contre lui, lui prit les mains et leurs doigts enivrés s'entrelacèrent. Il était là, en elle, et elle ne voulait plus jamais le laisser partir.

Quand Lioslath s'éveilla, une faible lueur baignait la chambre. Il était encore tôt, mais elle savait que la bruine qui tombait n'empêchait pas le fort de s'éveiller et de s'activer dans le petit matin. Ce n'était qu'une nouvelle journée pour les Fergusson, mais pour elle, c'était bien plus que cela.

Elle était heureuse. Heureuse... Elle connaissait ce sentiment, bien sûr, mais ne pensait pas l'éprouver à nouveau — tout comme elle n'aurait jamais cru que les tragédies que Bram et elle avaient vécues auraient pu les rapprocher de cette manière. Au cœur de la nuit, avant qu'ils s'endorment ensemble, elle s'était demandé comment cela avait pu arriver. Comment elle avait pu commencer par lui jeter des seaux d'ordures et finir enveloppée dans la chaleur de ses bras.

Elle s'était endormie apaisée et s'éveillait réchauffée par un doux bonheur tranquille.

Quand Bram commença à s'étirer à côté d'elle, quand elle sentit ses lèvres se poser dans son dos nu, ce bonheur explosa comme un ruisseau printanier qui se libère des dernières glaces. Incapable de se contrôler, elle laissa échapper un petit rire.

— Tu es réveillée ?

Les baisers de Bram se multiplièrent, revenant toujours aux mêmes endroits. Il répétait un motif qu'elle ne comprit pas tout d'abord. Soudain, elle sut ce qu'il faisait.

— Est-ce que tu joues avec mes grains de beauté ? demanda-t-elle, contenant à peine la joie qui pétillait en elle.

Elle le sentit sourire contre sa peau. Ses baisers devinrent alors plus tendres et plus fiévreux.

— Oui. Je veux te garder à côté de moi, Lioslath, et te faire découvrir le plaisir de jouer. Mais il faut encore que je découvre ce que tu aimes le plus.

Il jouait encore, même en cet instant. *Son* Bram savait jouer au lit et elle ne put se maîtriser.

Elle éclata de rire.

Il cessa immédiatement de l'embrasser et se redressa sur le coude pour lui faire face. Ses yeux troubles et gris étaient envoûtants, emplis d'une joie simple et sincère.

— Epouse-moi, maintenant, dit-il.

— Nous sommes déjà mariés, Bram, — ses yeux devaient sans doute scintiller autant que ceux de son amant — et je me suis déjà offerte à toi.

Il sourit de nouveau. Un sourire qui ne fit qu'accentuer le bonheur qu'elle découvrait.

— C'est plutôt moi qui me suis offert à toi.

S'habituerait-elle jamais à ses plaisanteries ?

— Il faut que tu deviennes vraiment ma femme, Lioslath, parce que je te fais rire, ajouta-t-il, remarquant sans doute ses joues enflammées, sa timidité. Ton rire est le plus doux au monde. Même les anges ne sauraient avoir un plus beau rire… J'espère de tout cœur que ce rire sera le dernier son que j'entendrai dans cette vie.

— Mon rire est vraiment la dernière chose que tu veux entendre ? demanda-t-elle, incapable de dissimuler sa perplexité.

Bram poussa un soupir exagéré.

— Ce n'est qu'une expression romantique, petite. Les plaisanteries, la séduction. L'amour. Je sens que je vais devoir passer ma vie à t'apprendre tout cela…

L'amour. Cela, elle pouvait le comprendre. Elle lui caressa la joue, la gorge nouée. Elle aimait ce sourire perpétuel — elle aimait cet homme.

— Tu m'apprendras à aimer pendant toute ma vie ?

— Oui, pendant toute notre vie d'époux. Tu peux compter sur moi.

Joyeux. Déterminé. Souriant. Il était le seul homme capable de la rendre aussi heureuse…

Épilogue

Quand on frappa à la porte, Bram et Lioslath sursautèrent vivement.

— Chut, ne dis rien et ils ne sauront pas qu'on est là, souffla Bram.

Lioslath ne put réprimer un petit rire qu'elle étouffa contre son torse.

— Mon seigneur, Lioslath !

— C'est Aindreas, dit-elle avant de s'écarter de Bram.

Il n'y avait absolument aucune raison pour qu'il osât les déranger en ce moment — sauf un cas d'urgence. Bram dut arriver à la même conclusion car il lança :

— Oui !

— Un cavalier approche du fort.

Sans un mot de plus, il s'éloigna et ses pas s'étouffèrent dans le couloir, tandis que Bram et Lioslath s'habillaient en hâte. Puis, Bram la porta jusque dans la cour où il se figea brutalement.

Robert et Gaira étaient déjà là, sous la pluie fine. Gaira faisait les cent pas, la main sur son ventre.

— Le bébé ! s'écria Lioslath tandis que Bram rejoignait sa sœur en courant avant de la déposer au sol.

— Un messager Colquhoun arrive au galop, annonça Robert. Aindreas est parti prévenir les cuisines et s'occupe des chevaux, au cas où on en aurait besoin.

Les portes étaient déjà ouvertes et le cavalier solitaire

entra dans la cour presque vide. Il bondit à terre avant que le cheval ne s'arrête complètement.

Le souffle court, il les salua.

— C'est le clan, mon seigneur.

Lioslath agrippa instinctivement la main de Bram et le sentit serrer brièvement ses doigts.

— C'est Maisie, poursuivit le messager. On l'a enlevée.

A ces mots, Gaira devint blanche comme un linge et elle s'écroula. Rapide comme l'éclair, Robert la rattrapa.

Bram, lui, ne quittait pas le messager des yeux.

— Que s'est-il passé ?

Aindreas et Colin arrivèrent au même instant. Colin prit le cheval par la bride et Aindreas soutint le messager, qui semblait mort de fatigue et luttait pour tenir debout.

— Elle est… partie, balbutia-t-il. Caird…

Bram se tourna finalement vers Aindreas.

— Occupez-vous de lui. Il a une heure pour se reposer, pas plus.

Robert prit Gaira dans ses bras et la souleva de terre, dans un élan protecteur, les yeux fixés sur son visage blafard.

— Je me moque de savoir si tout cela a un lien avec le Joyau des Rois ou l'Anglais, lança-t-il en direction de Bram. J'ai le devoir de veiller sur elle et ma famille. Tu comprends ?

Bram jeta un rapide coup d'œil à Lioslath, puis répondit :

— Oui, je comprends.

— Alors, occupe-toi de cette affaire. Nous partons pour le fort Colquhoun dès aujourd'hui.

Cela dit, il disparut dans le fort, Gaira toujours inconsciente dans ses bras.

Bram passa instinctivement un bras autour de la taille de Lioslath. Elle pouvait sentir son malaise.

— Tu es inquiet, dit-elle simplement.

— Ma sœur est courageuse. Elle ne s'est encore jamais évanouie jusqu'à présent.

— C'est le bébé. Elle va… Ce n'est pas encore fini, n'est-ce pas ? Que va faire Robert ?

— Il va les protéger à la pointe de son épée. Si l'Anglais

a enlevé Maisie, il ne se doute certainement pas de la malédiction qu'il s'est attirée, répondit Bram, les dents serrées. Bon sang, pourquoi prendre Maisie ? Cela n'a aucun sens : c'est Malcolm qui a le Joyau !

— Mais l'Anglais était là-bas, n'est-ce pas ? A Doonhill ?

— Oui, c'est le seul lien que je connaisse ; mais Doonhill est détruit.

Bram s'interrompit un instant et prit une profonde inspiration.

— Par sa faute. L'Anglais a mis le feu à Doonhill et a massacré tous ceux qui s'y trouvaient.

— Pas tous, chuchota Lioslath. Il y avait les enfants.

— Les enfants s'étaient enfuis dans la forêt... à part Maisie.

Son regard se fit plus dur, plus farouche.

— Cet enlèvement... Il ne s'agit pas de Malcolm, du Joyau, ou des raisons qui poussent l'Anglais à le poursuivre. Ce que nous devons découvrir, c'est pourquoi Doonhill a brûlé et comment Maisie a pu survivre.

Lioslath sentit un sombre pressentiment peser au fond de son cœur, mais elle refoula son angoisse.

— Je comprends.

— Lioslath, il faut que je...

Elle posa doucement une main sur son cœur pour le faire taire.

— Je comprends, Bram. Au moins, après tous les bouleversements de cette année, je comprends cela : tu dois protéger ta famille.

— Mon devoir et mon cœur exigent que je reste ici, maintenant.

— Des gens comptent sur toi, répliqua-t-elle, et je suis heureuse qu'ils le puissent. Ai-je tort ?

— Tu sais, je ne contrôle plus mes sentiments quand je suis avec toi et si c'est se tromper, alors nous avons tort tous les deux, dit Bram, soudain grave, en serrant la main de Lioslath contre son cœur. C'est trop tôt, après tout ce que nous avons vécu, mais je dois y aller. C'est la fille d'Irvette. Je dois faire quelque chose.

— Le clan Fergusson survivra, ne t'en fais pas. Tu t'es assuré que nous ayons de quoi survivre cet hiver.

— Tu ne me jetteras pas d'ordures ou de dagues à mon retour ?

— Tout ce que je te jetterai sera mon cœur, Bram.

— Lioslath…

Il la serra contre lui dans un soudain élan de tendresse.

— Quel romantisme de ta part. Et maintenant, en plus… Comment pourrais-je te quitter ?

— Tu ne me quitteras pas : je viens avec toi.

A ces mots, il s'écarta vivement, sans pour autant lui lâcher les mains.

— Jamais. C'est… C'est trop dangereux !

— Ce n'est pas une négociation, Colquhoun. Je viens avec toi.

Elle serra ses doigts entre les siens, le cœur battant. Jamais elle ne se lasserait de ce geste tant qu'il continuerait à y répondre avec autant de douceur.

— Tu peux compter sur moi, ajouta-t-elle avec un sourire.

Vous avez aimé ce roman ?
Ne manquez pas le prochain titre de Nicole Locke
à paraître en août dans votre collection Les Historiques !

Retrouvez en juin,
dans votre collection

LES HISTORIQUES

La comtesse sans nom, de Carol Townend - N°750

CHEVALIERS DES TERRES DE CHAMPAGNE - TOME 5

Champagne, XIIe siècle

Francesca n'est pas dupe. Si sa dame de compagnie l'a entraînée dans cette fête costumée, c'est pour qu'elle se trouve un nouveau mari. Mais comment pourrait-elle oublier Tristan, l'homme qu'elle a épousé avant d'apprendre qu'elle n'était pas la fille d'un noble, comme elle l'avait toujours cru ? Tristan était en mission lorsque la vérité a éclaté, deux ans plus tôt, et, depuis, il n'a répondu à aucune de ses lettres. Francesca sait parfaitement que son mariage va être annulé et que Tristan ne reviendra pas. Alors, pourquoi le regard de l'homme masqué qui l'invite à danser lui semble-t-il si familier ?

Capturée par le Highlander, de Terri Brisbin - N°751

AMANTS ET ENNEMIS - TOME 3

Écosse, XIVe siècle

Lorsque Fia les voit envahir le village, il est déjà trop tard. Ces bandits qui sèment la panique sur les terres des Mackintosh l'encerclent et, sans l'intervention de l'un des leurs – un dénommé Iain –, elle n'aurait pas donné cher de sa peau. Devenue sa prisonnière, Fia doit désormais lutter chaque jour pour maintenir ces brutes à distance. Heureusement, son ravisseur défend rigoureusement aux autres de l'approcher et il se montre attentionné et respectueux lorsqu'il est seul avec elle. A tel point qu'elle se demande s'il est bien le hors-la-loi qu'il prétend être…

Mystérieuse Amaryllis, d'Eleanor Webster - N°752

Angleterre, 1817

Paul, vicomte de Wyburn, ne peut s'empêcher de se montrer méfiant quand sa belle-mère lui annonce qu'elle va introduire dans le monde les deux filles de leur voisin, un érudit sans fortune. Prétextant une visite de courtoisie, il va s'assurer que ces demoiselles ne cherchent pas à profiter d'elle pour se constituer une dot. Accueilli par la cadette, il se retrouve désarmé : cette singulière jeune femme ne prétend même pas envisager le mariage. Alors, pourquoi vouloir séjourner à Londres ? Intrigué, Paul compte bien découvrir ce que cachent ces yeux frondeurs qui semblent lire en lui…

LES HISTORIQUES

HARLEQUIN

L'imposture d'une lady, de Laura Martin - N°753

INTRÉPIDES DÉBUTANTES - TOME 1

Angleterre, Régence

Quand sa cousine Amelia la supplie d'échanger leur identité pour quelques semaines, Lizzie n'a pas le cœur de refuser. C'est avec un mélange de curiosité et d'appréhension que Lizzie débarque à Londres en qualité de riche héritière, laissant derrière elle Bombay et sa vie de parente pauvre. Mais, la tante qui l'accueille chez elle insiste pour l'introduire dans le monde, la Saison battant son plein. Comment pourrait-elle tenir son rôle, en sachant qu'Amelia devra reprendre sa place ? Et comment réagir lorsque l'irrésistible lord Brunwell, le célibataire le plus en vue de Londres, commence à lui faire publiquement la cour ?

Un guerrier aux yeux clairs, de Michelle Styles - N°754

Angleterre, 876

Le cœur lourd, Lady Cwenneth fait route vers le clan de l'homme que son frère l'oblige à épouser : Hagal le Rouge, un seigneur viking réputé pour sa cruauté. Mais ces fiançailles sont en fait un piège, et Cwenneth ne réchappe que par miracle au guet-apens qu'on lui tend. Perdue au cœur de la forêt, elle se croit promise à une mort certaine… jusqu'à ce qu'un guerrier croise son chemin. Avec sa carrure imposante et son regard clair, ce Viking est l'homme le plus intimidant qu'elle ait jamais rencontré. D'un geste de la main, il lui accorde sa protection, avant de déclarer : « Vous m'appartenez, désormais. »

Dans l'antre du seigneur, d'Anne Herries - N°755

France et Angleterre, XVIe siècle

Lorsqu'elle ouvre les yeux, Anne est bouleversée. Qui est ce séduisant inconnu penché à son chevet ? Que fait-elle dans ce château dont elle n'a aucun souvenir ? Autant de questions auxquelles, étrangement, elle est incapable de répondre. A en croire l'inconnu, qui dit s'appeler Stefan de Montfort, elle aurait été repêchée par ses hommes après une terrible tempête… Mais, comme elle le découvre très vite, Stefan est un exilé, un seigneur banni tout à fait capable de l'avoir enlevée dans l'espoir d'obtenir une rançon…

Dans les bras d'un Highlander, de Marguerite Kaye - N°756

Ecosse, 1747

Madeleine est désemparée. Alors qu'elle a fui sa Bretagne natale pour retrouver son fiancé disparu, la voilà fascinée par le mystérieux Écossais qui lui sert de guide, et dont elle ignore à peu près tout. Peut-elle vraiment faire confiance à cet inconnu ? Calumn ne lui a-t-il pas promis qu'avant la fin de leur périple, il lui ferait connaître le plaisir qu'elle n'éprouvera jamais dans les bras de son fiancé ? Le pire dans tout cela, c'est que Madeleine ne peut s'empêcher de déceler une part de vérité dans les paroles du Highlander. Une vérité qui pourrait bouleverser sa vie…

Composé et édité par HarperCollins France.

Achevé d'imprimer en mars 2017.

CPi
BLACK PRINT

Barcelone

Dépôt légal : avril 2017.

Pour limiter l'empreinte environnementale de ses livres, HarperCollins France s'engage à n'utiliser que du papier fabriqué à partir de bois provenant de forêts gérées durablement et de manière responsable.

Imprimé en Espagne.